娘子

2之2

〈不做富人妾〉

大臉貓愛吃魚 著

風 文創 029

風文創 029

目錄

風文創 029

前因話說

最親愛的老爹仙逝後，郝光光拿著與人婚配的半塊玉珮下山嫁人，不料新婚之夜，新郎官沒進房，隔天竟然還直接給了她一封休書！哼，以為她是個可以任人欺負的主嗎？在拿了筆可觀的贍養費兼狠狠地整治了他一頓後，恢復自由之身的她又開開心心地過她的逍遙日子去了。

這天，她好心地請一個沒錢的漂亮娃兒吃飯，不料那踐得不像話的小屁娃兒竟恩將仇報，將她過世的美人娘唯一留給她的錢袋給偷了！雖然最後靠著一等一的偷功，順利將錢袋偷了回來，但卻也因此惹來娃兒他爹——葉氏山莊的莊主葉韜的關注。

這一大一小真不愧是父子，兩人不僅一樣漂亮，個性也一樣差，踐得沒天理，整天就只會輪流欺壓她。可憐她阿諛諂媚的話說了一堆，腰也彎得徹底，葉大莊主還是沒給她好果子吃，一下子逼她去參加選婿大會，一下子又逕自決定納她為妾，還一副對她是多大恩惠的嘴臉。拜託一下，他要娶她就得嫁嗎？不過就是看了她的身體而已，跟她的寶貴自由相比起來，這根本不算個事嘛！偏偏他硬要負責，逼得她不得不跟別的男人攜手跑給他追啊～～

第三十二章

被易了容的郝光光照著鏡子，久久回不過神來，摸著臉傻乎乎地望著鏡中的「葉雲心」。若非捏著臉會感覺到疼，她都要以為自己是作夢夢到鬼了，否則明明是自己照鏡子，怎麼就照出了另外一個人？

「小姐快換上衣服。」因將假臉皮給郝光光貼上而露出本來面目的女子催促著，手腳麻利地將身上的衣服脫下給郝光光穿上。

心跳越來越快，郝光光雙眼放光，激動中帶著緊張，這等為了自由而充滿了挑戰與危險性的豪賭，是她有生以來頭一遭。

一切準備妥當，女子嚴肅地望著正往懷中塞銀票的郝光光。「若想成功逃出去，就旁若無人地走出去，切莫心虛。」

又交代了下出了院子後去哪裡、會遇到什麼人、如何打暗號等事項，最後女子將自己打扮成郝光光的模樣，躺床上假寐去了。

魏哲安排得很詳細，但郝光光剛出房屋時還是有點緊張，直到如蘭她們都神色自然地喚她「心心姑娘」後才突然放鬆了。連與葉雲心認識那麼多年的人都一眼看不出來什麼，只要自己不露出馬腳來就不會有問題的。

因不會模仿別人的聲音，郝光光就模仿著葉雲心的表情對打招呼的丫頭、婆子們笑，不開口說話。

運氣不錯，沒有人突然拉住「葉雲心」說話，於是郝光光按照女子的交代，走去聽風閣，見到個穿著翠綠色衣裙、手拿碧綠竹簫的女子，彼此交換了暗號後，隨著她去了梅園，然後換成另外一名女子帶著郝光光走。

郝光光數了下，途中一共換了七個人帶她行走，走的路線蜿蜒曲折，可以說是「繞遠」出山莊的，雖然平時神經大條了些，但此時事關跑路，郝光光一路上精神都高度集中，她發現平時隱藏在暗中的暗衛還有經常巡邏的侍衛突然不見了大半，興許是魏哲將人引開了。

越接近正門，郝光光心跳得越是厲害，因為葉氏山莊規矩挺多，莊內的人不得隨便出入，若要出門還需拿著「出入證明」才成，但她手裡沒有……

擔憂之時，眉目清朗、笑得分外好看的蘇文遇突然出現，對領著郝光光的人點了下頭後，示意郝光光隨他走。

見郝光光眼中明顯帶著疑慮，蘇文遇笑得更歡了。「怎麼，怕我將妳帶出去拐賣了不成？」

先前帶路的人走過來輕聲說：「遇少爺會幫忙將小姐帶出去，儘管放心，他會直接將小姐交到公子手上。」

聞言，郝光光放心了，衝著蘇文遇友善一笑，乖乖隨著他出了山莊。

莊內的人若出去需要各種權杖，很是麻煩，但蘇文遇不是山莊的人，又因是葉韜同母異父的親弟弟，算是大半個主子，且每年都會來住上一陣子，人緣好、為人風趣，山莊上下都識得他，並且對他印象極好，是以蘇文遇出入不需權杖，也沒人敢阻攔，所以就這樣，郝光光很幸運地被帶出了山莊。

「你為何要幫我？」出了山莊有一會兒後，離魏哲的接應越來越近時，稍稍放鬆的郝光光忍不住問起來。蘇文遇明顯知道她是誰，可是卻還選擇幫助他大哥的「妾」逃離，這沒道理啊！

「呵呵，不只我幫妳，東方兄允了心心妹子的請求也在幫，要不然『小嫂子』妳如何能這麼順利地出莊？」蘇文遇調皮地衝著郝光光眨眨眼，一副不知天高地厚的模樣。

「不許叫我小嫂子！」郝光光氣得跺腳。

「可是大哥的妾，我直呼名字不好，叫大嫂又不合規矩……」蘇文遇狀似很為難地道。

「叫我郝姑娘吧！」郝光光瞪了蘇文遇一眼，暗罵這小子絕對是故意的。

「好吧，暫且先叫妳郝姑娘。」蘇文遇看起來心情很好，一直在笑。

「你為何會『背叛』你兄長？不怕他收拾你嗎？」郝光光狐疑地問。

「妳不覺得我哥哥的日子過得太壓抑、太一本正經了，急需一番刺激來調劑一下身心嗎？」蘇文遇側過頭來望向郝光光，衝著她調皮地揚了揚眉。「將妳送走他必然會大發脾氣，也算是為他枯燥、一成不變的生活增添樂趣了。至於我嘛，大概會被他大罵一通，然後趕回京城去。放心，哥哥捨不得打我。至於東方兄嘛……就自求多福去嘍！為了討好自己的女人而放走別人的女人，嘖嘖，自私到一定程度了是不是？妳說他怎麼會是這種人呢？真看不出來啊！」

好哇，這完全是個唯恐天下不亂兼幸災樂禍的主！郝光光無語地瞄了他幾眼，懶得再問。有他這樣的弟弟和朋友，真是葉韜和東方冰塊的不幸。

不多時，魏哲騎著馬出現了，下馬向蘇文遇道過謝後，將郝光光提上馬置於胸前，迅速離開。

魏哲一路無言，郝光光知道他為了她耽擱了許多時間，而且此時還沒有離開葉氏山莊的勢力範圍，尚不算安全，於是也不敢說話，只希望路上不要出意外。

兩人抄小路行走，行至一處河邊時停下，趁著四下無人，魏哲扔給郝光光一件丫鬟服，又遞給她一小瓶藥水，教她怎麼用後，便避嫌地走開了。

郝光光按著魏哲所說的用法，將藥水在臉部四周都點了圈又按摩幾下，臉皮鬆動後去河裡清洗乾淨。

恢復了本來面目的郝光光匆匆將衣服換下，髮型也改了改，簪子全部拔下，將長髮隨意編了個大麻花辮子綁起來，對著清澈的河水照了照，完全是一副眉清目秀的爽朗丫鬟樣子，郝光光很滿意。

再次騎馬上路時，郝光光問：「我們是過去與夫人他們會合嗎？」

「對。」

「那遇到了夫人，我這樣……」郝光光問得有點猶豫。

魏哲聞言唇角一勾，縱馬的速度未見減緩，心情頗好地道：「蘇文遇剛剛不怕死地將妳帶出來了，妳想伯母能如何？」

郝光光眼睛一亮。「睜一隻眼閉一隻眼！」

「東方曾欠我一個人情，所以這次才肯勉強幫我的忙，助妳逃走，途中的暗衛被他調走了，妳無須擔心。葉韜會被東方絆住，一個時辰後我們走得遠了，他就算得到消息也趕不及了。」魏哲為郝光光解惑。

「所以我們安全了？」郝光光的俏臉兒因興奮而泛起紅暈，語氣中含著掩飾不住的喜悅。

「差不多。駕！」語畢，魏哲揮了下馬鞭，加快速度與楊氏他們會合。

雖有貴人幫忙，但就算再有把握，魏哲也不敢掉以輕心，依舊按原計劃行事，會合後弄出了十輛與楊氏乘坐的一模一樣的馬車，讓打扮得與楊氏、魏哲、郝光光等人七、八分相似的手下分別乘坐馬車往不同的方向行去，以此來迷惑之後追趕而來的葉氏山莊的人。

郝光光與楊氏同乘一輛馬車，見到郝光光時，楊氏大為驚訝，明白了前因後果又得知自己的小兒子也參與了這一齣鬧劇之後哭笑不得，無奈之下只得消了某些念頭。

「唉，其實葉韜那孩子就是強勢了些，他對妳還是很好的。」楊氏惋惜地道。

郝光光聞言差點兒做出個要吐的表情，但楊氏待人親切溫和，是個好女人，於是一切不禮貌的舉止只得作罷，勉強擺出一副稱不上好看的笑臉來應道：「夫人說得是、說得是。」

看出了郝光光明顯不相信的表情，楊氏無奈一笑，繼續道：「還記得那幅畫嗎？我當時畫得很用心，原本是想帶回京去留作紀念的。」

郝光光聞言，臉上立刻流露出感激來，由衷謝道：「多謝夫人割愛，肯將辛苦作出的畫送給光光，光光早就想去道謝了，無奈被莊主阻攔，沒去成。」

「呵呵，若真想謝就去謝韜兒吧，是他執意要將畫拿走送給妳的，那孩子說畫對妳來說有著特殊的意義。實不相瞞，我本來不想給，見他堅持便改變了主意。這麼多年來，他第一次有求於我，我這個做母親的又如何忍心拒絕？」楊氏感慨道。

「什麼？那幅畫並非夫人特地要送給我，而是莊主要妳送給我的？」郝光光睜大眼，驚訝出聲。

「對，所以我才說他還是很重視妳的，要不然誰會為了無關緊要的人討東西？這可是我進蘇家門二十年來，他第一次向我討東西。以往為了不給我添麻煩或是惹來閒言碎語，他從來不求我什麼。」楊氏說話時，眼中流露出心疼，望著愣住的郝光光，語氣溫和地說著心事。「所有人都覺得我最疼愛的孩子是遇兒，實則韜兒才是我最放不下的那個，因為當年的事對他的性子有所影響。起初見妳這般活潑可愛，以為興許妳能讓他稍稍改變執拗冷硬的性子，豈料……」

「夫人說笑了，光光哪有那等本事能影響到莊主分毫？他可是很嫌棄光光的。」聽到畫像的由來時，郝光光心頭最初劃過一道異樣的感覺，稍稍感動了一下下，但一想起在葉氏山莊時她所經歷過的種種，感動便立消，覺得二十年來都不曾向楊氏要求過什麼的葉韜，這次突然將畫像要過來，並非是因為重視她，而是別有所圖！

圖的是什麼？無非是想靠畫像試探她而已。幸虧她反應快，否則真認為葉韜是為了關心她，那可就是蠢豬了。

「妳這孩子對韜兒成見頗深，這也不怪妳，是他的行為有失偏頗。」楊氏揉了揉眉心，對郝光光如此排斥、提防兒子的表現感到無奈。

「對了，妳這般逃出來是想往哪裡去？何時妳與魏哲走得這般近了，居然令他下了這麼大的功夫將妳帶出來？」楊氏問話時，表情頓時嚴肅起來。就算魏哲品行再好，但事關兒子的「內宅」，她不得不上心。

看出了楊氏在防備什麼，郝光光立刻開口解釋道：「先前光光就與義兄有過一面之緣，這次相遇，因義兄覺得我與他已逝去的姑母有著幾分相似，於是便起了要認我為義妹的心思，正巧前兩日我被莊主……壓迫得很慘，很想逃出來，便去求義兄，他禁不住我百般懇求，於是便答應了。方才在路上，他已正式收了我為義妹。」

魏哲已經幫了她很大的忙，郝光光不想再給他拉仇恨添麻煩，於是將責任全攬到了自己身上。

對這些楊氏不甚感興趣，她在意的只有一點，直接問道：「妳對魏哲那孩子可有不尋常的感情？例如男女之情？」

「沒有！」郝光光驚得直搖頭，萬分肯定地對楊氏保證道：「光光對義兄只有兄妹之情！夫人放心，光光以著莊主妾氏的身分逃出來，雖有名無實，但禮義廉恥還是懂得一二的，光光沒有嫁人的念頭，絕不會給葉氏山莊抹黑。」

聞言，楊氏放下了心，略帶擔憂地問：「妳到時要去哪兒？」

「義兄說讓我暫時在他的別院歇腳，他回魏家住。」光光繼續向楊氏保證她與魏哲之間很清白，不會住在一起。她雖然很不屑葉韜，根本不將自己是他妾的身分當回事，但她尊重楊氏，所以該有、不該有的保證，她一股腦兒地都說了。

楊氏微微皺了皺眉頭，最後像是想通了什麼，舒展雙眉，重新露出笑容來。

「夫人笑什麼？」郝光光好奇地問。

「快到京城了，高興而已。」楊氏如此回答道。其實她想說的是「就算妳逃了出來，用不了多久就會被韜兒抓回去了，逃也是白逃」。

郝光光不明楊氏的想法，聽她說快到京城了，大為欣喜，掀開簾子往外看。「快到京城了嗎？」

一旁騎著馬的魏哲聞言，衝著郝光光微微一笑，陽光照在他身上，像是在他身上鑲了一層金邊，令他的貴氣與俊朗更添了一分。他用令人聞之感到心安的沈穩聲音回道：「沒那麼快，還得要兩個時辰。」

還有兩個時辰就成功了！郝光光感覺自己渾身的汗毛孔都興奮得舒展開來了，臉上的笑容更是久久不散。

離開葉韜真是太好太好了，沒有什麼比這個更讓人振奮的了！

看著郝光光越來越歡快的笑容，楊氏眼中的同情之意也越來越濃。

郝光光以為她是在同情自己的兒子丟了「妾」，被狠狠削了面子，殊不知楊氏其實是在同情她，因為此時郝光光有多高興，等被捉回去的時候就會有多難受。

一個時辰後，魏哲又加快了速度。後面已經有葉氏山莊的人在追趕，由於先前有十夥人打扮成他們的樣子四散出發，分散了大部分葉氏山莊的注意力，此時他們已離開葉氏山莊近百里，算是遠離了葉韜的勢力中心，追來的人數量不多，暗中保護魏哲的人完全應付得了。

就這樣，沒費太多力氣對付了幾波追來的人，天黑之時，眾人終於趕到了京城，葉氏山莊的人這下是徹底追不上了。

到了天子腳下，郝光光僅有的一絲擔憂緊張也為之消失，只覺得京城比金山銀山還要美，站在天子的地盤上，彷彿天和地都變成了閃閃發光的金子，映得郝光光的心也為之變得金燦燦起來。

「哈哈，我終於自由啦！」郝光光一骨碌地躺倒在馬車內，在一旁楊氏錯愕目光的注視下興奮得手腳亂舞，完全是一個被關久了後突然被放出籠子的潑皮猴子樣。
就在郝光光因為成功逃出而大喜特喜之時，葉氏山莊上下則因為丟了「郝姨娘」而陷入了一片愁雲慘霧之中……

第三十三章

葉氏山莊的人這幾日不但不敢大聲說話，連大口喘氣都不敢，人人縮著脖子做事，哪裡敢多舌，都怕一個不小心惹得他們主上不高興的話，會項上人頭不保。人人過得可謂是戰戰兢兢，更甚者，有人緊張得晚上睡覺作夢都會嚷著「主上饒命」。

這幾日，葉韜的火氣特別大，那張無往不利、向來令人看了會忍不住兩眼發直、腦袋犯暈的俊臉，最近陰沈沈的，能迷亂女人心的俊眸也含冰，以往上自阿婆大嬸、下至稚齡女娃，只要被葉韜好看的鳳眼看上一眼，都會心花怒放，美得不知今昔是何昔，可是在這個「特殊」時刻，再花癡、再膽大的女人只要被葉韜宛如地府閻王般森冷可怕的眼睛一掃，都會嚇得臉發白、腿打顫，只差沒尿褲子了，什麼風花雪月、飛上枝頭的美夢想都不敢想！

眾人都知道，他們一向以身作則、賞罰分明的右護法被英明神武的主上狠狠罵了一通，最後被趕出去找人了。

是個男人都容忍不了自己的女人逃走，哪怕他不喜歡這個女人，葉韜這種男人自然更加容忍不了自己的弟弟和親如手足的夥伴兼下屬聯合瞞著他將郝光光放走。

東方佑說自己是償還魏哲一個人情才做下了如此錯事，但氣極了的葉韜聽了只冷冷一笑。

「還人情是其一，哄你的心上人開心才是最主要的吧？這兩日能隨意出入郝光光院子的只有葉雲心一個！有人稟報，說郝光光離開前一日，葉雲心去尋過魏哲，而之前她曾找過你！」

在葉韜泛著怒意的眼神注視下，東方佑不甚自在地低下頭，沒好意思開口。

他承認幫郝光光逃走這件事做得挺不厚道，很對不起葉韜，就像葉韜說的那樣，還人情是其一，想達成葉雲心的願望是其二。當然，這兩點還沒有重要到令他不惜惹怒葉韜的地步，最主要的一點是蘇文遇說的話。

蘇文遇說葉韜從沒將哪個女人放在心上過，包括子聰的娘，只是夫妻相敬如賓而已。而對待郝光光的方式明顯不同，面對郝光光時他會氣急敗壞，常常使出平時很不屑的卑鄙手段，如此他到底是真打心裡看不上、看不起她，還是對她是特別的，總要試一試才知道。

試過後，若是葉韜對郝光光沒有感覺，那就這麼放了一個被壓迫的善良小姑娘也不失為功德一件，就算葉韜再氣，畢竟是無關緊要的妾氏，時間一久自然就不當回事了。而若是經由郝光光的逃離令葉韜發覺到自己對她的感情不一般的話，那經過這一刺激，興許就能促成一段姻緣呢！

總之，幫著郝光光逃跑不管怎麼說都是做了好事，若經證明答案是後者的話，葉韜納過悶兒來後會感激他們的。

就這樣，秉著一點私心又確實是為葉韜著想的情況下，東方佑與蘇文遇聯手幫助魏哲，將郝光光弄出葉氏山莊，並且在葉韜發現後命人去追時，暗中小小地做了些手腳阻攔了。

「去京城將郝光光給我完好無缺地找回來，若她被魏哲藏得隱蔽或她又逃跑了讓你找不到的話，你就別回來了，葉雲心也別再惦記。敢放走我的女人，就要做好娶不到自己心上人的準備！前日說要作主將雲心許配給你的話，我暫時收回，何時你將郝光光帶回來，這話何時作數。這件事雲心那丫頭也插了一腳，簡直是被縱容過頭了，她短時間內嫁不了你也是自找的！」身著黑色披風的葉韜背手而立，臉色陰沈，無形中給人一種不容忽視的壓迫感。

東方佑額頭上滾下一滴冷汗，禮貌地衝著葉韜一抱拳。「屬下定當全力將郝姨娘安然帶回，到時再來主上面前請罪。」

「哼！」葉韜情緒欠佳，轉過身不再理會一臉歉意的東方佑。

就這樣，東方佑當晚飯都沒來得及吃，便帶著兩名得力手下向京城方向出發，而葉雲心則被罰禁足抄寫《女戒》、《女則》，郝光光被帶回來之前她是別想解禁了。

唯恐天下不亂的蘇文遇料對了，他被葉韜訓斥了一頓，然後不管怎麼求情示弱，當晚都被毫不留情地趕出了山莊。

葉韜揚言除非他允許，否則蘇文遇不得再踏入山莊一步！葉韜是動了真怒，沒有將蘇文遇和東方佑當場揍得半死是他還算理智，尚念及舊情而已。

蘇文遇被趕出去時，在山莊門口處當著門衛和附近護衛的面搖頭嘆氣扮可憐，捏起了蘭花指、尖著嗓子唱起戲來——「為了那冷心腸的女人～～將親弟趕出莊外～～露宿街頭～～餓寒交迫～～痛哭流涕～～淚眼汪汪～～哥哥你真是好狠的心哪啊啊啊～～」

那怪腔怪調逗得旁人肩膀直抖，緊閉著嘴憋笑憋得厲害，但為了小命著想，誰都沒敢笑出聲。

連續幾夜，葉韜都沒胃口，夜裡睡得也不踏實，開始在自己房裡睡不著，後來跑去郝光光的房裡睡，結果更睡不著了，於是這下可苦了如蘭她們，個個如臨大敵般小心翼翼地伺候著陰晴不定的葉韜，紛紛忍不住在心裡嘀咕：明明每次來這裡都會因為想起逃跑了的人而生氣，卻仍是夜夜宿在這裡，不僅折騰他自己，更是折磨她們啊！

京城。

郝光光來到京城已經三日，她被安排在魏哲的別院中，據悉這別院是魏哲兩年前掏私房錢購置的，所以魏家的人不會太過注意這裡。

魏哲安排了幾名好手看護著別院，順便保護郝光光。別院裡本來就有一些僕從，是以郝光光來後直接便有收拾得舒適的房屋住，有可口豐盛的飯菜吃，還有丫鬟可以使喚。

因京城不比其他地方，這裡路上隨便一個人都可能非富即貴，所以魏哲囑咐初來京城、躍躍欲試的郝光光儘量少出門，實在憋不住想出去的話，也要讓下人隨身保護著，否則她一個陌生人亂闖，就算不去招惹人，也有可能被別人招惹了而沒人保護。

「這幾日妳要安分，最好不要抱有偷偷逃跑的念頭，葉韜發現妳逃了定會著人來京尋找，他的勢力不小，少了我的人隨身保護，無論妳逃到哪裡都有可能被他的人找到，屆時會有何後果，想必妳能想像得到。既然認了妳作義妹，為兄自會擔起兄長的責任照顧妳，無須與我客氣，放心在這裡住下便是。平時我甚少來住，妳不住也空著，下人們的月錢還是要照發，所以不必覺得占了我多大便宜而感到內疚。」魏哲知道郝光光不想與魏家有太多牽扯，料到她想找機會一走了之，於是便先說了這一番話。

「義兄啊，讓你手下會易容的好手教教我易容術吧？」郝光光的眼珠子轉了轉，巴巴地望著魏哲開口求道。

魏哲聞言無奈一笑，寵愛地摸了摸郝光光的頭道：「那都是手藝活兒，不外傳的。」

郝光光的臉頓時垮了下來，她想學會易容，到時才不怕什麼葉韜之流的找。

「別想這些有的沒的了，安心住下。姑母的東西以後想看便看，記得不損壞了便可。這幾日我會很忙，不能時常過來看妳，若有事儘管吩咐管家傳話。」

「喔。」郝光光因不能學到易容術而有點沮喪，低下頭鬱悶了會兒後，突然想起一件事，抬頭問道：「義兄，那個王小姐目前身在何處？我想現在就去會會她。」

魏哲含笑定定看了郝光光片刻，意味深長地道：「這個不急，等妳適應了這裡，為兄稍稍輕閒之時便帶妳去見王小姐。」

「好吧。」郝光光不想麻煩魏哲太多，他暫時不讓她見王蠍子，她也不好意思強求，只得作罷。

郝光光適應能力極好，她這種人在哪裡都能過得很自在，前提是不受人壓迫的話。

庫房裡存有很多當年魏哲的姑母用過的物事，像錦被、絲帕、衣服、琴和筆墨紙硯等物，郝光光無聊時就會來庫房睹物思人，後來乾脆將被子、床罩都取出來洗了曬乾後拿來蓋了。

蓋著娘親的被子，拿娘親的筆墨紙硯練字，屋內也擺了一些娘親當年用過的擺設，生活在處處有母親影子的環境下，郝光光感覺很踏實，感覺那久違的親情又回來了。

沒有葉韜壓迫，也無人再喊她「郝姨娘」，這裡的人只拿她當魏哲的義妹對待，恭敬地喊她一聲小姐，郝光光對此非常滿意。過了好一陣子被壓迫的日子，突然變得自由起來，是個人都會珍惜的。

但老實了沒兩日，郝光光實在是悶得慌了，便知會了管家，帶上兩個身手還不錯的丫鬟出門逛去了。

此處乃是京城中心，繁華程度自是不必說。

魏哲很是大方，給了郝光光許多銀子，是以逛街遇到什麼好玩的、好吃的，郝光光可以隨意買，反正身後有幫忙拿東西的。

逛得滿頭大汗累了時，便去一家酒樓用午飯，酒樓裡很熱鬧，有個說書的正口沫橫飛地說著故事，聽的人一片叫好聲，郝光光走進去時正好到了結尾處，精彩的沒聽到。尋了個地方坐，剛點完了這裡的招牌菜，便聽說書先生說，明日要講魏家千金的事。

聽到這句話，郝光光手中的筷子啪噠一下掉在了桌子上，在兩名丫鬟疑惑的注視下趕忙將筷子拾起來，拚命緩和情緒，裝作若無其事的樣子。

明日講娘親的事，她無論如何都要來聽一聽！其實她之所以這麼老實地待在別院裡沒有逃走，一是害怕真如魏哲所說的，失了他的庇佑，葉氏山莊的人會將她抓回去；其二便是想多瞭解一下關於娘親的事。身為子女，她懂得的還沒有無關緊要的人多，這怎麼能甘心？

「這裡環境不錯，菜聞著味道很香，想必吃起來不會差，明日我們還來。」郝光光儘量神色尋常地對死也不肯坐下與她同吃的兩個丫鬟說道。

丫鬟都是聽從主子差遣的，只要郝光光不亂跑生事，她們就不會阻攔，於是點頭。

魏家乃京城大戶，魏相在官場摸爬滾打數十年，其勢力可見一斑，魏哲認了個義妹並且對她頗為重視的事早就傳到了魏相耳朵裡，幾日來暗中觀察著的人一日不落地將郝光光平日裡的言行舉止細細記下登記成冊，送至魏相手中。

於是在郝光光毫無所覺的時候，有關她的一些事早已經被魏相知曉。

葉氏山莊。

左沈舟回來了，因東方佑出外辦事，短時間大概回不來，葉韜不能左右手都不在身邊，於是便將在外奔波勞碌的左沈舟喚了回來。

在聽說了郝光光逃走、葉韜勃然大怒的來龍去脈後，左沈舟撫掌大笑，直呼東方那小子有種，氣得葉韜差點兒又將他轟出莊外去。

郝光光走後，葉子聰的食慾變得不好了，每日無論是練武還是學知識，進度都慢了一點，被葉韜知道後自是免不了一頓訓責。

受了委屈的葉子聰每回都拿郝光光沒有帶走的小八哥出氣，幾番下來，八哥明顯瘦了許多，眼神也憂鬱了，就連郝光光教牠的對葉氏父子說的奉承話，都沒力氣說了。

這日，左沈舟去書房向葉韜稟報公事，談了近一時辰的要事，起身要離去時見葉韜疲憊地揉眉心，眼下是濃濃的黑眼圈，眼內則泛著清晰的紅血絲，明顯是幾日沒睡好的跡象。

頓下腳步，左沈舟抿了抿唇，沒忍住，突然開口道：「自郝……姑娘離開後，你是否就一直沒睡好過？」

提及這個話題，葉韜本就不甚好的臉色驀地變得沈鬱起來，隨意點了點頭。

聞言，左沈舟莞爾一笑，目光在葉韜眼中的紅血絲及眼下的黑眼圈掃過，不怕死地說道——

「你有沒有想過，若一個男人完全不在乎一個女人的話，可能在她離開後吃不香、睡不著，整個人陰沈恐怖得人見人怕、鬼見鬼愁嗎？」

第三十四章

對不知是在關心他，還是純粹幸災樂禍的左沈舟，葉韜直接回應他一個飛過去的硯臺。

左沈舟眼明手快地迅速接住後，又輕輕擲了回去。他若是敢不接住，導致昂貴的硯臺摔破邊邊角角的話，難保心情不好的葉韜不會逮住這個機會訛他銀子。

說完了要說的話後，不敢再多待，左沈舟匆忙出了書房。

當屋內只剩下葉韜一個人後，書房內的氣氛頓時沈悶下來，葉韜將完好的硯臺放回書案上，眉頭緊鎖瞪著硯臺，一動也不動，思緒不知跑往了何處。

誠然，郝光光的逃跑令他憤怒，但這段時間來一直困擾著他的難道就僅僅是憤怒嗎？還有，他憤怒的究竟是什麼？是怒郝光光敢挑戰他的尊嚴逃跑，還是怒她「有眼無珠」？

葉韜對自己的能力及男性魅力從來都很有自信，可是這些令他引以為傲的東西在面對郝光光時突然就失靈了，若非每日照著鏡子看到的影像與原來的自己一般無二，他都要懷疑自己是否成了醜八怪，不然何以郝光光除了在第一眼見到他時流露出驚豔呆傻的模樣，往後就一直在躲？甚至還給他鬧逃跑！

那個女人不溫柔、不賢慧、沒才學，長得又不傾國傾城，只會氣人還做些白癡的事，但自從決定將她納為妾開始，他便已將她當成了責任、當成了自己人，吃穿用度哪樣不是極盡精緻？連丫鬟他都一次給她撥過去三個，若非她明顯表現出不喜丫鬟伺候的模樣，再給她撥三十個過去都不是問題。

治傷時因看了她清白的身子，一時腦熱決定給她個交代，誰想這個換成別的女人會感激涕零、受寵若驚的決定，在郝光光眼中竟比洪水猛獸都要恐怖。他承認就是這明顯的排斥令本來覺得收不收不甚重要的他立時改變了主意，決定非要了她不可！沒有哪個男人願意被女人這般排斥鄙夷，這只會挑起他們的挑戰慾。

於是，他用了不甚光彩的手段將郝光光帶回了山莊，又不顧她的意願強行給了她妾氏的身分，整個山莊都已知道郝光光是他的妾氏，這不是她反對排斥就能改變得了的。

其實收服一個女人最有效快速的方法，便是直接強要了她的身子。他也有想過，只是在氣得差點兒將郝光光變成自己的女人的那晚，箭在弦上之時他忽然打消了這個念頭。

強行將想要離開的郝光光帶入山莊限制了她的自由已非君子所為，若在明知她不情願之時還強要了她的話，那自己與畜生又有什麼兩樣？傳出去於名聲有損，他堂堂一莊之主還不至於掉價到靠強暴來收服一個女人的地步。

放過她是想給她足夠的時間來適應山莊、適應他、也適應她的新身分，自以為對她已經極盡寬容，只要她不逃跑，在山莊內，隨便想去哪裡就去哪裡，與一堆婆子丫頭胡說八道他也不去管；她不識字，他百忙之中抽出時間來親自教她；很討厭那隻嘰嘰喳喳的八哥，連牠見到他時說的奉承話也討厭，只因她喜歡便沒有將牠扔出去。

總之，種種他都在遷就郝光光，幾次被她挑起怒火都沒有真正將她怎麼樣，換成別人早沒好下場了。對於這個永遠不知長記性為何物，並且不知天高地厚的女人，他的脾氣會變得極差，相反地，他的忍耐控制力卻愈見增長，很矛盾的現象，就像他的心情一樣矛盾。

按說像郝光光那樣總氣得他青筋暴跳的女人，應該敬而遠之才對，但不知怎麼的，他偏就想有事沒事地去管管她、嚇嚇她，雖時常被她的言行激得氣怒非常，然那一日他的精神會出奇得好。難道真如賀老頭兒所說的，那樣時常被氣一氣有利於身心健康？

他承認有時對她太過嚴厲霸道，那也是情有可原。郝光光罵他、打他時難道不能生氣？她與其他男人走得近難道不能生氣？試問哪個人會樂見自己的女人與別的男人親近？尤其那個男人的目的還明顯不單純！那兩日他將郝光光看得牢些也是不得已而為之，難道要眼睜睜看著她傻乎乎地被魏哲帶走？京城宰相家只怕比葉氏山莊要恐怖得多，就她那又純又蠢的性子，到了魏家不被那一宅子女人啃得連骨頭都不剩才怪！

當他這麼想的同時，心中隱隱約約有個聲音在問他：真的只是因為氣她沒有做好「妾」的本分而氣怒，沒有其他了？

葉韜的心情突然變得亂了起來，結合他之前一直遷就郝光光、試陣法時擔心她困在陣法中遭到野獸襲擊、排斥她與魏哲過於接近等事件，再想想這陣子以來他因為郝光光離開而起的一連串不正常的反應，葉韜就算不想承認，但也不能忽略一個事實，那就是——他居然對那個渾身上下找不到幾個優點的郝光光動心了！

「真是養不活的白眼狼！拘著妳也是為妳好，那個王家千金一日不找到，妳的安危就一日無保證，只有待在葉氏山莊才能保妳安全無憂。」葉韜越想越氣，同時也有他動了心但明顯郝光光「沒心沒肺」而湧起的狼狽。站起身在書房裡開始來回走動，他從沒對哪個女人上心過，這郝光光簡直是膽大包天、狼心狗肺！養隻寵物還懂得感恩呢，她可倒好，他將她當千金小姐般伺候著還護全她的小命，結果她不感恩、不知足就罷了，還將他當成洪水猛獸避著躲著，甚至敢跟別的男人「跑」了！

魏哲風華正茂，文經武略非一般人所能及，尤其是他還長著一張能誘惑女人的俊臉……

葉韜只覺一股強烈的酸意與擔憂瞬間躥至四肢百骸，令他再也待不住，衝外喊：「狼星進來！」

狼星立刻進來，向葉韜抱拳。

「速速去京城將右護法找回來！」葉韜鐵青著臉沈聲命令道。

「是。」微微訝異了下，狼星轉身迅速出了書房。

葉韜站在書房內望著書案的方向微微眯起眼，攥緊拳頭低喃。「這次不用別人，我親自將妳這個吃爺不向著爺的小白眼狼帶回來！」

京城。

郝光光再次去了那家酒樓，為了占個便於聽說書的好位置，特地早到了。想到今日就能瞭解娘親的事，前一晚都激動得沒睡好覺。

「今日說書的內容居然跟魏家大小姐有關，真是稀奇，不來聽聽怎麼行。」剛進來的年近不惑的男人在郝光光不遠處的八仙桌處坐下來，對與他年齡相仿的同伴感慨著。

「就是，想這二十年來可是沒有一個說書先生敢說魏家的事，既然有個不怕死的要說，我們自然要來聽一聽。」另一名中年男人臉上帶著些許好奇地回道。

不只這兩個男人，隨後陸續進來的幾個人也有人小聲說著一些類似的話，聽入郝光光耳中令她好生納悶，難道魏家千金的事是不可隨便談論的不成？那今日……

心中突然湧起一股莫名的感覺，郝光光擰眉站起身，想走。

「小姐？」隨郝光光出來的兩名丫鬟見狀，好奇地出聲。

衝動一晃而過，郝光光搖了搖頭又重新坐下來，決定不理會剛剛莫名湧出的念頭。既然魏家千金的事不得隨意亂談，那她就更要聽一聽才是。過了這村可就沒那店了，對她來說，沒有什麼能及得上娘親的往事重要。

不多時，說書老先生搖頭晃腦地來了，往臺前一站，喝水潤喉，準備相關事宜。

郝光光點的菜已經上桌，剛動筷子便見到一個熟人走了進來，那人不是別人，正是助她逃出葉氏山莊的蘇文遇。

蘇文遇看到郝光光時面露詫異，轉身對跟著的幾名公子哥兒輕聲說了幾句話，隨後獨自走過來，毫不客氣地在郝光光對面坐下，笑呵呵地道：「真巧，居然在這裡遇到妳。」

「確實，京城看來也不大嘛，在這裡都能碰上蘇小弟。」郝光光回以一笑，感覺到身邊兩個丫鬟因為蘇文遇的突然出現均暗自戒備起來，不悅地瞄了她們一眼以示警告。

「蘇小弟」三個字令蘇文遇嘴角的笑意差點兒掛不住，瞪了瞪眼，突然想到什麼，衝郝光光揚了揚眉，幸災樂禍地道：「真以為到了京城就萬事無憂了？居然還敢亂跑，不怕我哥哥追來將『小嫂子』妳捉回去？」

「不許叫我小嫂子！」郝光光沒抓住重點。

「除非妳不叫我蘇小弟。」蘇文遇適時討價還價。

瞪了眼逕自拿起筷子吃她桌上菜來的蘇文遇，郝光光妥協了。「好，我不叫你蘇小弟。」

「這才像樣。」蘇文遇吃了兩口清蒸魚，又喝了一口鐵觀音後，指著桌子上的菜對郝光光道：「快吃啊，別客氣。」

聞言，郝光光連氣都不知道怎麼生了，對蘇文遇自來熟的厚臉皮模樣沒轍，不過這樣的蘇文遇，郝光光願意與其相處，也拿起筷子吃了起來。

說書的準備就緒，摸了摸八字鬍，開始說了起來。「今日說的是魏家千金，談起魏家千金來，想必在座各位的中年人士都聽說過她，那可是真真正正的美人，其風姿玉貌至今都無人能及啊！」

郝光光的注意力被吸引了大半，放慢吃菜的動作，認真地聽起來。

說書先生誇得太厲害了，酒樓內有個年輕小輩不信了，嚷嚷道：「有那麼美？小爺來京近兩個月都不曾聽說過魏家千金的芳名，你說她美就真美了？我說怕是她的模樣都不及瓊香院花魁半分吧！哈哈……」

被質疑的說書先生不高興了，吹鬍子瞪眼。「魏家千金芳名遠播時，你怕還在你娘懷裡吃奶呢！在座各位曾有幸見過魏小姐模樣的都來幫忙作證，小老兒所說是否誇張了？」

「無知小輩！自己孤陋寡聞，別在爺兒們面前丟人現眼了，去去！」

「敢拿那種地方的女人與魏家千金比，小子活膩了吧？」

「那種地方的人給魏大小姐洗腳都不配！」

「……」

幾名當年有幸聽說過或是見過魏大小姐的中年人紛紛炮轟起那名年輕男子來，年輕男子見不妙，飯菜都顧不得吃，落荒而逃了。

「無知小兒已走，我們繼續說魏大小姐的事。」說書先生氣消了大半，一手拿摺扇，一手摸著八字鬍，繼續搖頭晃腦地說了起來。「這魏大小姐不僅貌美，還多才多藝，為人也好，魏家上下都將她放在手心裡捧……」

郝光光不知不覺間放下筷子，開始認真地聽起來，隨著說書先生講的內容，她逐漸明白到當年娘親很得魏家上下喜愛，魏相當年兒子不少，女兒卻只一個，因兒子個個不爭氣，而女兒卻是學識人品均為上等，雖每每惋惜女兒的優秀不能分一些給兒子們，但對於這個自小便以美貌聞名的女兒卻是極為寵愛的，魏相夫婦對女兒的寵愛遠高於那些不爭氣的兒子。

因左相這個身分乃一人之下萬人之上，是以其子女在京中各大場合會經常露面參與，就這樣，魏大小姐小小年紀時便因其出眾的美貌被京中眾多人士所吹捧，在她及笄後踏入魏家的官媒更是數不勝數，連先皇都看中了將他後宮粉黛全比下去了的魏大小姐，無奈年已老，有色心而身體健康欠佳，心有餘而力不足，又不想這般美貌的女子便宜了別人家，於是便動了將其許配給太子的念頭。

當年太子年過二十，雖長相頗佳，但貪戀美色，年紀輕輕東宮便已美人無數，能力頭腦也只一般而已，是以哪怕女兒能當上太子妃，先皇去世後甚至能母儀天下，寵愛女兒的魏相夫婦都不樂意將女兒送入宮去，每每被請進宮，先皇只要稍稍提及這個念頭，都會被魏相夫婦四兩撥千斤地唬哢過去。

這事不僅魏家長輩不同意，魏大小姐自己也不同意。太子殿下她見過幾次，很不喜歡看到她就驚豔得走不動路的男人，被眾星捧月了十數年，因著自身美貌與才華，她總覺得非英雄男子配不上她，而且那個英雄人物還不得好色才成。

知道女兒的理想夫婿是這種人時，魏相夫婦連連搖頭笑話她傻，以女兒的家世，哪怕不進宮，也要嫁入其他家世顯赫的名門旺族才是，越是有身分的男人越不會只有一個女人，想嫁給後宅清靜的男子絕無可能。

心高氣傲的魏大小姐容忍不了娶了自己的男人還會想要其他女人，那是對她的污辱，京中一眾適婚男子她全看不上眼，總覺得男人窮些不怕，長得不英俊瀟灑也不怕，只要身懷絕技，能護她安全並且只寵她一個人就好。

對於抱有「幻想」的魏大小姐，家人都抱玩笑態度看待，幾位兄長嫂嫂時不時地還來酸幾句她癡心妄想，或是說她腦子壞掉了，各個名門公子哥兒都看不上，小心最後嫁個小偷或乞丐。

誰想，以為任何一個男人都看不進眼裡去的魏大小姐，某日居然動了芳心，得她青睞的非名門貴族，而是當時正令京中捕快大為頭疼的「好神偷」！之所以會是這麼一個稱呼，是因為此偷兒每偷完一樣東西，都會在人家的地盤上耀武揚威地留下三個醜陋無比的大字「好神偷」。

聽到此處，郝光光雙眼發光，激動得雙手一直緊攥著，她知道那個「好神偷」絕對是她老爹！

一直跟隨著說書先生講的內容或驚喜或擔憂或激動的郝光光，完全不知道在她情緒外露之時，有個花白頭髮、眼神銳利、手拄一根碧綠枴杖的老人一直在觀察著她的表情，那人此時正坐在她斜對面的二樓包廂裡，因窗戶關著，那人將窗戶紙捅破了個小洞，是以郝光光很難發現到異常。

正聽到激動處，想知道爹和娘是如何相識並且相愛時，說書先生突然停了，說了句令她聽了很想給他一拳的話——

「預知後事如何，請聽下回分解。」

「氣什麼？說書先生是不可能一次將故事都說完的，那樣酒樓還怎麼吸引顧客繼續來消費？」吃了八分飽的蘇文遇見明顯沒聽夠，又氣又嘆地吃不下飯的郝光光，好笑地直搖頭。

「這臭老頭兒，真想抓回去揍一頓，看他還敢不敢賣關子！」郝光光瞪著收拾東西要離開的說書先生，恨不得在他身上瞪出兩窟窿來。

「奇了，魏家千金的事與妳有何關係，怎的每次事關到她時，妳都反應不同尋常？」蘇文遇好奇地說道，上次在葉氏山莊剛看到魏大小姐的畫像時，她的反應也很怪異。

聞言，郝光光心中打了個突，立刻收起怒火，緩了緩起伏的情緒，像個無事人似地笑道：「好奇不行嗎？很少來這種大的酒樓聽說書，偶然聽到了個，還不一次說完，當然生氣。」

蘇文遇對這些不感興趣，便沒再繼續這個話題，吃飽喝足後，摸著鼓鼓的肚子，滿意一嘆。看著剛收回心思準備吃起飯來的郝光光，眼珠轉了轉，惡作劇一笑。「告訴妳一個秘密，昨日東方兄被緊急召回山莊管理莊內事務，自他口中得知，哥哥不讓他尋妳了。」

要捉她的人回去了？這是好事啊！郝光光聞言，雙眼放光，激動非常，剛想鼓掌歡呼，蘇文遇的下一句話頓時將她驚得魂都嚇飛了一半——

「因為我哥哥打算親自來京城捉妳回去。」

第三十五章

蘇文遇的話帶給郝光光極大的不安，她這還沒逍遙多久呢，那葉大變態就要來了？那麼一個容不得尊嚴被挑釁的男人親自來抓她，可想而知他的火氣有多大，真要被他抓到，她怕是連明日的太陽都別想見到了！

「小姐，妳怎麼招惹上葉氏山莊的大人物了？」其中一個丫鬟望著急匆匆往回趕的郝光光，納悶地問道。

郝光光埋頭走路，心情浮躁得很，沒好氣地回了句。「我才沒招惹那大變態，是他死纏著我不放！」

兩名丫鬟聞言愣了下，對視一眼後，均無奈地搖了搖頭，沒再多問，加快步子緊隨著心急火燎的郝光光回了別院。

回去後，郝光光去尋管家，要他去給魏哲傳個口信兒，若魏哲晚上有空的話，最好過來一下。

葉韜即將到來的消息令郝光光所有的好心情消失殆盡，連中午時想多瞭解點父母往事的迫切感都淡去了大半。葉韜之於她就像是趕不跑、打不死的害蟲，她跑去哪兒他就追到哪兒，簡直是上輩子欠了他的一樣。

度過了一個非常難熬的下午，黃昏之時，郝光光沒等來魏哲，倒是等來了一個年過花甲的老頭子。

此老頭兒頭髮花白，手拄一根碧綠枴棍，走路極穩，腰板兒絲毫不見佝僂現象，令人覺得那根枴棍完全就是個擺設。

來人雙目精爍，忽略時間在其臉上留下的痕跡，看得出此人年輕時絕對是俊美風流的，細細觀察會發現老頭子的臉有一絲絲與魏哲相似。

能不被阻攔地走進這裡，雖已年老但氣勢不減，如此人物究竟是何人，郝光光心裡已經有了底兒。

微感詫異，在猜到來者可能是誰時，心中有股莫名的情緒小小地翻騰了下，所幸沒多會兒就被她控制住了。

院內的下人見到老爺子均戰戰兢兢起來，拂身要行禮，結果剛行到一半，老頭子便打了個手勢，眾人會意，低著頭匆匆退下，將空間留給他和郝光光。

掃了眼神色不鹹不淡的郝光光，老爺子邁著四平八穩的步子走過來，指了指房間的方向。「去屋裡說話。」

這絕對是個剛愎自用、不好相處的老頭子！郝光光一邊腹誹著，一邊跟在老頭子身後進了屋。

老頭子在屋內主座上坐下，手裡依然握著枴棍，精明不失內斂的雙眼在郝光光身上打量了幾下，隨後以著慣於發號施令、不容拒絕的語氣冷聲問道：「妳自哪裡來？父母都是何人？」

這種高高在上、俯視一切生物的語氣和態度，最令郝光光反感，心中那股子悄悄冒出一點頭兒的孺慕之情頓消，郝光光眉頭輕皺，大剌剌地往身旁的椅子上一坐，背靠椅背兒，雙臂環胸，衝著因她的動作而面露不悅的老頭兒揚了揚下巴，無賴地反問道：「老爺子您這是自哪裡來？問晚輩的父母有何貴幹？」

「放肆！這就是妳對長輩該有的態度？」老爺子質問的聲音中含著濃濃的不悅，望向郝光光的眼神中帶有譴責。

郝光光眨眨眼，疑惑不解地望著氣得差點兒鬍鬚翹上天的老頭子。「晚輩又不知您是何人，豈會將父母的事透露？老爹常交代晚輩，對於陌生人不得透露家中隱私，誰知道他們安的是什麼心？尤其囑咐頤指氣使或不懷好意之人更要提防。」

「好個伶牙俐齒的小丫頭，頂嘴這麼厲害！難道猜不出我是何人？」老爺子的眼神愈加犀利起來。

郝光光一點都沒被對方可怕的眼神嚇到，對於這種眼神，她早被葉韜鍛鍊得能夠面不改色心不跳地泰然回視了。

望向嚴肅無比的老頭子，郝光光微微一笑，挑了挑眉道：「若晚輩沒猜錯的話，您老應該是義兄的祖父？」

「哼，不懂規矩的小丫頭！妳爹不愧是偷兒出身，教出的孩子都這麼目無尊長！」魏相對郝光光的第一印象非常之不滿。

見老頭子沒反對，那她就是猜對了。眼前之人是魏哲的祖父，同時也是她的外祖父！

除了魏哲外，又一名親人近在眼前，可是郝光光此時很難有喜悅激動之情，因為這老頭子言語中不但看不起她，更看不起將她拉拔大的郝大郎。

郝光光板起臉來朗聲回道：「是偷兒那也是我爹，您就算是義兄的祖父、是當朝左相，也沒有隨意道我爹不是的道理。」

魏相嗤笑。「我為何不能道妳爹的不是？此時就算他本人在這裡，只要我一句話，他立刻就得給我跪下！」

知道魏相沒有說大話，當大官的泰山要女婿跪下，「心中有愧」的女婿跪下也無可厚非，郝光光無從辯解，但心中不快，是以扭過頭不搭理這個不好相處的老頭子。

「回答我，妳父母是何人？現在何處？」魏相皺著眉繼續質問。

「我爹名叫郝大郎，我娘叫郝大娘，娘親於我五歲時病逝，我爹半年前也去了。」郝光光語帶苦澀，這個老頭兒難道沒調查出來她爹娘已經不在了？還反覆問，這不是故意在她傷口上撒鹽嗎？

「妳娘過世了?!怎麼過世的？」高高在上的魏相聞言神情大變，急促地追問起來。

郝光光詫異地望過去，見剛剛還不可一世的老人家此時居然情緒大亂，她已經糊塗了。

看他這反應，究竟有沒有查清楚她的身世？還是說只查了一星半點，沒有查完，所以她娘去世的消息他沒有查到？

「娘親生完我後身體一直不見好，好像還有著什麼想不開的心事，隱約記得當年大夫診治時說娘親身體欠佳還心有鬱結，就這樣才早早去了。」郝光光低頭悶聲回答道，說話時手緊緊攥著母親留下來的遺物錢袋。

聞言，魏相握著枴杖的手青筋暴起，因情緒起伏過大，整個身體都發起抖來，閉了閉眼道：「妳那個爹是怎麼照顧妳娘的？有夠無能，居然讓她那麼早就去了！」

原本還在傷心著的郝光光一聽這話，怒火頓生，跳起來大聲反駁道：「老爹對娘親和我都是一等一的好！娘親的死老爹比誰都難過，所以在將我養大後，他便迫不及待地與娘親團聚去了。別說他那麼好的丈夫世間少有，就算我爹真對我娘不好，敢問這與左相大人您有什麼關係！」

郝光光一生中最敬愛佩服的人就是郝大郎，他說的話她一直是奉為聖旨在聽的，容不得別人對他有一星半點的不敬，這個臭老頭兒一進來就對她鼻子不鼻子、臉不臉的不打緊，結果還一而再、再而三地說她爹的不是，管他是什麼身分，批評她爹就是不行。

「混帳！一再對長輩不敬，簡直無禮至極！果然是妳娘死得早，沒人教妳如何做人！」向來受人敬仰巴結的魏相被個小丫頭不敬，他哪裡受得了？光滑的大理石地板被他手中的枴杖戳得咚咚作響。

「別的我不管，只知為人子女者在『陌生人』反覆批評鄙夷父母的時候就要挺身維護，若畏懼強權便任由父母被辱沒恥笑而不反抗的話，那才叫做不會做人！」郝光光吼的聲音一點兒也不比魏相小，一雙杏眼兒瞪得極圓，雙拳在身側緊握，俏臉上尋不出一絲懼怕的痕跡，只有捍衛親人名譽的執著與勇氣。

魏相深吸了幾口氣，最後關頭穩住了惱火，沒有將郝光光怎麼樣，對她因護著郝大郎而對他不敬的行為感到相當不滿，瞪著郝光光那雙因冒火而更顯美麗並且熟悉的杏眼兒良久，最後問：「妳娘可有對妳提起……提起妳外祖家的事？」

「沒有！」郝光光翻了個白眼，沒好氣地回道，這個問題當初葉韜也問過。

「聽說妳會破迷魂陣？還是妳爹教的？他還教了妳什麼？偷功？」魏相這幾句話問的語氣平靜了許多，令人聽不出是鄙夷或是其他。

郝光光揚了揚頭，驕傲地回答：「老爹教給我的東西可多了。教我輕功，教我破各種陣法，還教我各種道理，其中一條是不得總說他人親人的不是，就算對方親人真的差勁兒也不能隨意亂說，這是一個人的道德素養問題。」

「啪」地一下，魏相重重拍了一下桌子，怒道：「胡鬧！妳可知我是妳什麼人？」

「您是官，草民是普通百姓，您要殺要剮草民沒有說不的分兒，唯一有的也只是說說理而已，至於哪句話會否不小心惹惱了您，要宰我滅口，草民雖不服但也沒有反抗的餘地。不過魏相大人，您不會真想將草民宰了吧？您的肚子可是能撐船的啊！」郝光光說完後，身體很配合地瑟縮了下，眼露驚恐，自稱都改了，不知是真怕還是假裝害怕故意氣人。

「不可理喻！」魏相使勁兒揉了揉眉心，對郝光光的不著調沒轍，面布陰雲地問：「妳娘是才女，琴棋書畫樣樣皆通，妳娘的本事妳學到了多少？」

「一樣都沒學到。」郝光光非常誠實地回答，氣得魏相差點兒沒喘上來背過氣去。

「妳是說……妳什麼都不會了？」魏相顫抖著手，不可思議地指著郝光光。

「也不能這麼說，草民還是識得幾個字的。對了，前幾日已將握筆的姿勢學會，所以不算什麼都不會。」郝光光眼神清澈，像是要證明自己並非一無是處似的挺了挺胸，回答得頗為驕傲。

「妳！」魏相聞言，無話可說了。沒想到來此一趟差點兒被氣死！

不想再待下去，起身便往外走，滿腔的怒火全發洩在了枴杖上，拄得咚咚作響，花甲之年的老爺子有這麼大的力氣，明顯身體狀況頗佳。

魏相走後，沒多久魏哲匆匆趕了過來，見到郝光光便問：「我祖父可是來過了？」

「嗯，來了沒說幾句話就走了。」郝光光攤攤手，無所謂地道。對於那個老人，開始時她是很氣，此時已經不氣了，畢竟她的態度也不好，雙方扯平。

「聽說你們好像鬧得頗不愉快？」魏哲顯得有些疲憊的俊臉上滿含擔憂。

「他們亂說的，魏相大人宰相肚量寬，能撐得下船，才不會與我這個無名小卒一般見識。」郝光光安慰地笑笑。通過與魏相的一番話，她猜到他是已經將她的身世調查得八九不離十，既然他已知道，那魏哲應該也很確定她的身分了。

魏相為何聽到她娘早逝的消息時那麼激動，她猜是時間過短，調查出來的東西不全面或是有些消息不確定，來見她想必是要確認一下調查結果而已，至於魏相是否得到了他想要的答案她不清楚，只知魏相對自己不懂禮儀規矩又琴棋書畫樣樣不通這件事實頗受打擊。

魏哲莞爾，揉了揉郝光光的頭輕笑。「妳定是將他老人家氣得不輕，以後注意了。」

郝光光躲過魏哲禍害她頭髮的手，做了個鬼臉道：「知道了，囉嗦！」

魏相來找她的事，郝光光沒怎麼太放在心上，因為他們又沒相認，所以沒什麼可操心的，她擔心的是葉韜要來的事。

「義兄，今日我得到消息，說葉韜很快就要親自來京城了。」郝光光說起這件困擾了她好幾個時辰的事時，臉頓時垮了下來，語氣也不見先前的歡快。

「他居然親自來?光一個東方佑還不行嗎？」魏哲頗為詫異。東方佑前兩日便到了京城，他的人一直在提防著，誰想對方還沒出手，葉韜還要前來。

「東方佑被叫回去做事，葉大變態要親自來。真不知我到底欠了他什麼，妾的身分也是他強加在我身上的，我可沒承認過。」當然，差點兒要失身時因形式所迫而不得已改口的話不算。

「我知道了，妳放心，有我在，自會護妳周全。」魏哲保證著。

「既然魏相都找來了這裡，葉韜也會知道我在這裡的，到時他跑來查探怎麼辦？」郝光光急得如熱鍋上的螞蟻一樣，在屋內四處亂轉。

被郝光光誇張的反應逗笑了，魏哲搖搖頭打趣道：「妳就那麼怕葉韜？祖父那威嚴慣了的人都不見妳怕成這樣。」

「那怎麼一樣。」葉韜會直接威脅她的清白，並且很可能關她一輩子，而魏相就不會，所以哪怕後者相對來說更有權力、更可怕，那對她來說也是前者破壞性更大些。

看著在自己羽翼下保護的人因為另外一個男人的到來而心驚膽戰成這副模樣，魏哲心中著實不是滋味，頓了會兒緩去心中泛起的異樣情緒後，才開口道：「明日起我搬來這裡住，有我保護著，妳的安危不用擔心。」

「啊？這不太好吧……」郝光光停住腳步，面帶猶豫地望向魏哲。他是魏家的人，若他在這裡宿下，那她還不得立刻被魏家所有人盯上？

魏哲聞言不是很高興，眉頭一擰。「有何不好？難道妳怕葉韜來了會誤會？」

「才不是。」郝光光不明白他怎麼就想到那兒去了。

「不是就這麼定了。我在葉氏山莊時葉韜防我防得夜裡都宿在妳房裡貼身保護著，現在他來了京城，我沒道理還在魏家住。」

郝光光聞言恍然大悟。「我想起來了！義兄在葉氏山莊時，有一晚我住的院子裡鬧了小偷，那小偷莫非是義兄？」

魏哲輕咳一聲，表情不甚自在地轉身往外走，不忘交代道：「妳早些休息吧，我回去交代一聲，明晚就搬過來。」

「好。」有人因當「小偷」被發現不好意思了！郝光光掩嘴偷笑。如此一鬧，困擾了她一整日的擔憂頓時淡去了不少。

為了防葉韜，魏哲搬來別院以便安郝光光心的行為不僅將在魏家引起軒然大波，當葉韜來到京城查到郝光光與魏哲同住時，會被氣成什麼樣也可想而知……

第三十六章

郝光光又老實下來了，不敢隨意出門，因惦記著酒樓裡說書先生還沒說完的故事，於是讓丫鬟去聽，吩咐其要認真聽，回來後給她詳細講說。

丫鬟講的自是不及說書先生精彩，但郝光光也稍稍瞭解了個大概。

魏大小姐與郝大郎的情事很具戲劇化，好美色的太子殿下對美若天仙的魏大小姐勢在必得，魏家人捨不得將鮮花般的女兒送去東宮給太子糟蹋，於是只能假裝不懂皇帝及太子的暗示，百般打著太極。

魏家曖昧不明的態度激怒了太子，跑去皇上、皇后面前告了一狀，最後一直玩暗示沒挑明白講的皇帝終於按捺不住，將魏相夫婦叫進宮中說了一通大道理，道理無非是東宮還沒有太子妃，而魏家千金德行才學均難有人及，與太子殿下可謂是天上一對、地上一雙之類的話，正好太子到了該立太子妃的年紀，魏家小姐還未有夫家人選，魏相乃當朝宰相，其女嫁進東宮再合適不過云云。

總之雖然沒有下旨將魏大小姐指給太子，但是皇帝話裡話外的意思已經很明確，等於是將窗戶紙捅透了。

魏相夫婦開始發愁，這裡面不僅僅是覺得配給太子可惜了閨女，更重要的一點是左相這個位置很扎眼，已經算是位高權重，若是將女兒嫁進東宮，幾年後真成了皇后，那魏家這個強大外戚必會成為新任皇帝的眼中釘，這於情於理都不是好決策。

誰想，就在魏相夫婦愁腸百結，整日為此寢食難安之時，他們那一直抱有「天真」想法的女兒突然對他們說有了心上人，而這心上人不是別人，正是一個月前夜探相府偷東西的「好神偷」！

這神偷姓甚名甚無人知曉，只知這是個近來令人萬分頭疼的人物，專門偷達官顯貴人家的寶物，偶爾會順走點銀錢去接濟百姓，是以這麼一號人物可謂是令達官顯要們恨得咬牙切齒，卻令窮苦百姓喜歡得恨不得叫其祖宗。

神偷跑入魏家來並非偷東西，而是慕名想來看看聞名京城的大美人魏小姐是否名副其實。

某些人的緣分就是那麼奇怪，本來是抱著好奇心態瞄幾眼就走的神偷，在看到豔冠群芳的魏小姐時驚為天人，一時不察驚動了府中侍衛，於是還沒來得及對見到他並未嚇得放聲尖叫的魏小姐說些什麼，便施展輕功逃跑了。

能作為令官府頭疼的神偷，其中最基本的一樣本事便是輕功卓絕，「好神偷」便是如此。魏相家中能者無數，愣是沒有一人抓得著他的，這種情況可是有史以來頭一回。於是就這樣，模樣不算英俊的男人憑其在相府來去自如的本事，給眼光極高的魏小姐留下了很深的印象。

後來幾日，貼身丫鬟陸續帶回來一些關於這個神偷不斷接濟百姓的消息，於是一向崇拜英雄又心地善良的魏大小姐，對功夫好又為百姓著想的「好神偷」便好奇起來，幾乎是有些盼著神偷繼續「夜訪」相府了。

沒有令她失望，神偷兒幾日後再次光臨相府，依然沒有被抓住。幾次下來，魏相氣得跳腳，府中侍衛急得滿嘴火泡，魏府上下恨不得將這個每次來什麼也不偷就純瞎搗亂的偷兒抽筋剝皮以洩心頭之恨。

就在魏家上下加緊防偷兒之時，誰也沒料到他們那美若天仙的大小姐居然與那頻繁光顧相府的偷兒互生了好感，等眾人察覺到異樣時，魏大小姐已經情根深種，非偷兒不嫁了。

這可是天大的事，堂堂相府千金居然對個下三濫的偷兒動心並且誓要嫁他，這傳出去不僅於她的閨名有損，對魏家的名聲也會大受影響。

想都不用想，魏家上下沒一個同意的，從沒對唯一的女兒惡言相向的魏相更是大發脾氣，嚴令她不許再出門，並在她的院子周圍多加了幾十個暗衛，房裡也添了好幾個丫頭婆子，連她睡覺都要有丫頭婆子在房裡陪著，這樣就算那偷兒再來也無法與她見面。

後來不知怎麼的，魏家千金中意「好神偷」的事被傳了出去，傳入皇帝耳中，勃然大怒。換成哪個當爹的知道自己的兒子居然被個偷兒比過去時，都會氣得跳腳的，一氣之下，不再顧魏相的意願，大筆一揮寫下聖旨，便命太監至魏家宣旨去了。

聖旨一下，魏家就算再不願意也是不能抗旨的，當魏大小姐聽說自己被指給了太子後，一急一氣病倒了，病得還不輕，初始時病情不算嚴重，只是心有鬱結，養個幾日就會好，但不知怎麼的，魏大小姐的病突然就變得嚴重了，尋常大夫紛紛搖頭表示無能為力，連御醫來了也治不好，最後就這麼著，病情愈加嚴重，名動京城的美人沒多久便香消玉殞了。

至於「好神偷」自魏家千金離世後再沒出現過，有人猜他是對魏家大小姐用情至深，受不住心上人死去的打擊而殉情了，還有人猜測是魏相因心痛愛女之死，將悲傷全部化為仇恨，投注在神偷身上，於是因心上人之死而大受打擊的「好神偷」神情恍惚，身手大失水準，最終被擒至死了……

這些內容都是說書先生所講，郝光光讓丫鬟出去後，一個人躺在床上久久不語。興許前面一小半都是真事，而結局部分便不是了。父母都沒有死，母親如何與父親走的、魏家對此事的真實態度如何，均無人知曉。當年那麼大的事——準太子妃與人私奔——若非保密保得好，魏家恐怕真是要吃不完兜著走了。

郝光光很想知道具體些，無奈這怕是除了魏相夫婦外無人知道的秘密了，又或許連魏相夫婦也做不到所有細節都一清二楚呢。

「那個嚴厲固執的老爺子才不會告訴我爹娘的事呢！」她大概是一輩子也不會瞭解的了，郝光光感覺到遺憾。爹爹那種人雖然樣貌一般，但身材高大很有安全感，功夫好又寵她們母女二人，為人風趣，與他在一起根本就沒有煩心事，小時候她經常看到娘親被老爹逗得笑不攏嘴，雖然他們當時日子過得很拮据，但很快樂。

郝光光有些戀父情結，她心目中理想的夫婿人選就是郝大郎那樣類型的男人，無奈她還沒遇到過，白小三不是，葉韜也不是。郝大郎畢竟是獨一無二的，就是太難找，所以不抱任何希望的郝光光才能那麼坦然地對楊氏保證說不會再嫁人，三從四德相夫教子那一套對她來說太過陌生。

自下午開始，便有僕從將一干魏哲常用的物事陸續搬了過來，下人們都沒閒著，忙著收拾出一個院落來準備給魏哲住，這院落離郝光光的只隔兩個院落，能起到避嫌的效果，同時若一個院子有狀況，另外一邊也能盡快發現。

太陽還未落山之時，魏哲來了，將郝光光帶出去吃晚飯。

身旁有魏哲在，郝光光倒是不那麼緊張，葉韜就算親自過來也要將莊內事宜都安排好了才成，如此一、兩天之內想必是趕不到的。

魏哲是個好看的男人，走在街上，大姑娘、小媳婦看到他都會忍不住多看兩眼，因此走在他身旁的郝光光很無辜地遭受了許多白眼。

「你收了個義妹的事被多少人知道了？我恐怕已經成了全京城小姐們的公敵了吧？」郝光光頗為無奈地說道。

魏哲聞言莞爾一笑。「哪有那麼誇張？我又非潘安、宋玉。」

「就算相貌比起那二位略遜些，將身世和本事加上，怕是就不比他們差了。」兩人說笑之中走進了一家看起來很老字號的大酒樓。

「魏狀元您二位請。」店小二屁顛屁顛地跑過來，殷勤地將兩人請進了二樓包廂。

「帶妳嚐嚐這裡的招牌菜醉雞。妳來京城幾日了，為兄還沒帶妳出來逛逛呢！」魏哲點了幾道菜後，對郝光光說道。

「你忙，公事要緊，再者經過今日，我可不願意與你一道兒出門了。」郝光光做了一個誇張的後怕表情。

「呵呵，妳這鬼靈精！」魏哲被擠眉弄眼的郝光光逗笑了，搖了搖頭說：「誰跟妳在一起都不會無聊的，怪不得……」

「怪不得什麼？」

「沒什麼。對了，用過晚飯帶妳去個地方。」

「什麼地方？好玩嗎？」郝光光來了興趣，雙手托著下巴，眨著一雙好奇的眼問。

「好玩。什麼地方到時妳就知道了，先保密，免得妳激動得飯都吃不下去。」魏哲決定先賣關子。

菜陸續上桌，魏哲明顯是這裡的常客，店小二跑來跑去的，歡實得很，對與魏哲一道來的郝光光也姑娘姑娘地叫個不停，拿到小費後伺候起兩人來更為賣力了。

「這是醉雞，京中很多人都喜歡吃，妳嚐嚐看。」魏哲說道。

郝光光挾了一小塊雞肉放進嘴裡，很香，肉質很嫩，酸辣之中帶了絲淡淡的酒味，呼著時覺得好吃，嚥下去後唇齒留香，更令人回味。

「好吃！」郝光光吃得兩眼放光，毫不客氣地又挾了一筷子吃起來。

「別光顧著吃它，其他菜也嚐嚐，味道都不錯的。」

「嗯嗯！」郝光光哪裡還顧得魏哲說什麼，一個勁兒地往嘴裡塞東西。不能怪她吃相太差，這些好東西她這輩子就沒吃過幾回，所以每次有好吃的都會忍不住使勁兒往嘴裡塞。在葉氏山莊倒是過了把小姐癮，吃了好一陣子的好飯好菜，但這醉雞不愧為這裡的招牌菜，葉氏山莊的廚子做不出這個味來。

醉雞裡放了點水果酒，吃得多了酒量不好的人會顯一些醉意，郝光光吃飽喝足後，雙眼微微泛了些醉意，話說到一半總忍不住傻笑，看得魏哲直嘆氣。

飯後，魏哲與郝光光出了酒樓，騎馬向先前他說的「好玩」的地方行去。

微微的醉意被冷颯的秋風一吹淡去了許多，郝光光甩了甩泛木的腦袋問：「多久到？」

「馬上就到了。」

不多時，兩人在一處看起來比較偏僻的院落前停下，魏哲讓隨從在外面候著，帶著郝光光走了進去。

「帶妳去見一個人，是妳早就想見的。」將郝光光帶到泛潮不見陽光的地牢前，魏哲說道。

地牢……郝光光腦子靈光一閃，驚呼：「莫非是王蠍子？」

「進去瞧瞧就知道了。」魏哲打開密室地板，帶著郝光光慢慢往地牢裡走。

越是往裡越潮，順帶還夾雜著臭騷味，若非裡面有差點兒要了她命的王蠍子在，郝光光說什麼也不會進去的，這裡比她當初被葉韜懲罰而待過的地牢不遑多讓。

「她就在裡面，要如何處置由妳決定。」魏哲將火摺子遞給郝光光，然後便停住不走了。

「知道，我過去說幾句話就來。」郝光光激動萬分地往裡走，味道太重，她不禁捏起了鼻子走。

地牢深處用鎖鏈鎖著個女人，從外表看來應該是個髮絲凌亂，已狼狽到看不出穿的是什麼顏色衣裙的女人，哪裡還有以往的絕色之姿？那張能令男子失魂的美麗臉蛋兒此時已經髒兮兮，像個女乞丐。

「王蠍子？妳死了嗎？」郝光光離王西月還有段距離時停下，對坐靠在牆上閉著眼不知是睡著了還是暈死過去的人問道。

王西月慢慢張開眼，目光接觸到火把時被刺痛，立刻閉上眼，過了好一會兒才再次睜開。起初沒認出郝光光來，在對方自我介紹後方知曉是誰。被關了近半個月的地牢，吃盡了苦頭，已經沒有精力去辱罵求饒，是以王西月直接將郝光光當空氣看，掃了一眼便閉上眼繼續睡。

「喂，不認識我了？忘了我是妳的救命恩人，結果被妳恩將仇報，差點兒滅口的事了？」郝光光不滿地質問道。

「我已經成了這副樣子，要殺要剮悉聽尊便。」王西月用著沙啞難聽的嗓音有氣無力地道。

王西月太過冷靜的反應刺激到了郝光光，郝光光重重呸了一口道：「我可不像妳一樣心如蛇蠍！殺人是要坐牢的，何況那樣未免太過便宜妳，留著小命慢慢折磨才是正理！」

沒什麼表情的王西月聞言終於有了反應，原本無神的大眼立時泛起怒意。

「義兄，拜託你將這個女蠍子的武功廢了吧，免得她再找人玩殺人滅口的遊戲。」郝光光回頭對遠處站著的魏哲說道。

「她的武功已經廢了。」魏哲淡聲回答道。

「原來已經廢了，怪不得她會是這副要死不活的模樣。」郝光光嘀咕了兩句，重新打量起瞪著她的王西月來，擰著眉頭想了一會兒，最後道：「妳武功已廢，再這麼關著妳，平白浪費義兄的人手和糧食。這麼著吧，把妳洗乾淨，送去給白小三當媳婦可好？」

「妳！妳不要欺人太甚！」王西月激動起來，鐵鏈因為她突來的怒火晃蕩得哐啷直響。

「『欺人太甚』四個字是形容妳的，本小姐我可是善良得很呢！」郝光光見仇人如此狼狽，心情大好，插腰開懷大笑。

「妳不是葉韜的女人嗎？怎的又傍上魏哲了？長得醜還如此水性楊花，簡直——哎喲！」

手。

罵到一半的王西月突然痛呼出聲，牙齒被打掉一顆，凶器是一粒爛石子，是魏哲動的手。

「想好要如何處置她了嗎？」魏哲問。

「想好了，將她洗白白，讓人送去白家吧，反正她賴以保身的武功已經廢了。」郝光光被地牢裡的臭味熏得受不了，大步向魏哲的方向走來，準備離開。

「可是想清楚了？」魏哲望著郝光光問。

「想清楚了，把她嫁給白小三，等於一次報復了兩個我極討厭的人，簡直一箭雙鵰！」郝光光走過來拉著魏哲的袖子就走，剛吃飽就聞臭味，她開始反胃了。

「既然如此，那好吧。」魏哲與郝光光不顧身後破口大罵的王西月，雙雙離開了地牢。

回去的路上，郝光光打了個飽嗝，酒味四散，腦子有點暈乎地向魏哲道謝道：「多謝義兄將王蠍子抓住並加以懲治，光光感激不盡。」

「舉手之勞，正巧遇上，並非特地去抓拿她的，妳無須如此。」魏哲解釋道。

「那也是幫了我很大的忙了，義兄你真是個好人。」郝光光感嘆著，想起先前她百般逃避魏哲的種種就想罵自己。魏哲比之葉韜好上成百上千倍，她因為葉韜而將魏哲想得過於可怕簡直愚蠢至極。

兩人回去時天色已晚，臨近別院門口時，郝光光的目光突然被一匹馬吸引住，那馬通體雪白，屁股處有一撮拳頭大小的黑毛，那正是她的白馬！

郝光光心中頓時湧起不祥之感來，她的馬在這裡，難道……

「這麼晚了，二位這是自哪裡回來啊？」

葉韜冷淡中帶有怒火的聲音突然響起，嚇得郝光光僅存的一點點醉意立失，一個激靈過後不小心「撲通」一下，自馬背上掉下來，摔了個大跟頭！

第三十七章

「哎喲，我的腰……」郝光光趴在地上，疼得小臉皺成一團，手摸向腰哀哀直叫。

「怎麼這般不小心？」

「比豬還笨！」

兩道男人的聲音同時響起，一道是語含關心，一道則是恨鐵不成鋼，這般鮮明的語氣對比，就算不去分辨聲音上的差別，郝光光亦能知道罵她比豬笨的話是出自何人之口。

葉韜和魏哲兩人不約而同上前對郝光光伸出手去，伸至一半又同時縮回手，不悅地看向對方。

「我的女人就不勞魏狀元費心了。」葉韜冷聲說完後，上前不由分說地將郝光光一把抱起，此極具占有慾的動作，不僅是擔憂郝光光的腰，還有向魏哲示威的涵義在內。

「我的腰要斷了！要斷了！」被撈起而碰到腰的郝光光突然尖叫出聲，疼得眼淚直冒。

葉韜被郝光光吼得僵住，一時不知如何動作為好。

魏哲適時開口道：「光光妳忍著些，進房讓丫鬟給妳揉揉就好。」

那句「光光」聽在葉韜耳中感覺極其刺耳，眉頭立擰，瞟了眼疼得真嗆呼的郝光光，隱忍著沒說什麼，抱著人的雙臂儘量維持一個姿勢，大步邁出，穩當地將郝光光抱進了院子。

葉韜無視眾人的注目，旁若無人地將郝光光抱進了臥房。

女子的閨房尋常男子不便入內，是以魏哲留在了外間，眼睜睜地看著某個男人像在自己家一樣，非常自然地進了郝光光的臥房。

扭了腰的人哪裡還有精力管是誰在抱自己，郝光光痛得都快將牙咬碎了，好不容易躺到了床上，便一動都不敢動，一個勁兒地流眼淚。

「上次見到魏哲妳扭到了腳，這次見到我妳又扭到了腰，妳就這點兒出息嗎？」葉韜雙臂環胸，站在床前無奈地對僵直著躺在床上的郝光光搖頭。

「疼、疼……」郝光光渾身僵得跟木頭一樣，唯恐動一下就會觸到腰。

郝光光這類似抱怨撒嬌的神情和語氣令葉韜一愣，不去辨別郝光光如此是純屬無意或是其他，總之前一刻因目睹她與魏哲在一起而陡升的怒火淡去了許多，葉韜神情一緩，俯下身道：「扭到腰而已，不用叫大夫來，我就能給妳治好。」

說著伸手去解郝光光的腰帶，眨眼的工夫腰帶便已解開，大手暢通無阻地摸向了郝光光的腰上。

「啊！流氓啊——」郝光光放聲尖叫，抬手便去撥在她腰上滑動著的大手。

「別叫！我在給妳治扭傷。」葉韜低斥，手上動作不停，兩隻大手在郝光光纖細光滑的腰上輕輕遊動了幾下後，尋好位置，雙手微一使力，「咔嚓」聲響後，郝光光的哀號聲頓時變了個調兒。

「好了，過會兒妳的腰就沒事了。」手上的觸感格外好，葉韜強忍不捨地抽回手，慢慢地重新將郝光光的腰帶繫好。

「你絕對是故、意、的！」郝光光手扶著腰，控訴地瞪著葉韜。先前聽到他的聲音而嚇得摔了個跟頭，而後又因扭了腰而疼得直掉淚，無暇去看他，此時才得以看清葉韜的臉，發現他的眉梢眼角都透露著些許疲憊，像是幾日沒睡好又趕了遠路一樣。

「妳動一下試試。」葉韜沒理會郝光光的話，淡聲建議道。

「小姐出什麼事了？」負責照顧郝光光的兩名丫鬟闖了進來，大聲詢問道。進屋後看到立在床前的男人，臉上立刻露出敵意來。

「這是我們小姐的閨房，男人不得入內！」兩名丫鬟看著葉韜的眼光透著濃濃的譴責。

「其他男人不得入內，我可以入。」葉韜的眼睛一直看著郝光光，語氣平淡地回道。

「除非是小姐的丈夫，否則任何男人都不得進女子閨房，就算你是葉莊主也不能例外。」

「我是她丈夫！」葉韜有點不耐煩了，不悅地瞪了眼如母雞護仔的兩個丫鬟。

「胡說！我們小姐至今還是黃花大閨女，你自稱是我們姑爺，請問可有文書作證？」兩個丫鬟起初有點害怕，後來越說越覺得自己有理，於是隱含的怯意消失，大步走到床前，兩人並立，牢牢將郝光光護在身後，與葉韜形成明顯的對峙狀態。

葉韜眉頭緊緊擰在了一處，想發脾氣但明白這裡不是自己的地盤，打狗還要看主人，於是收斂火氣，對依然不敢動彈分毫的郝光光道：「妳的腰已好，動動就知道，我先出去。」

說完後，葉韜看都沒看兩個丫鬟一眼便走了出去。

「小姐，妳的腰好點沒有？」礙眼的男人走後，兩個丫鬟均鬆了口氣，上前詢問起郝光光來。

郝光光一手扶著腰，小心地慢慢翻了個身，等這個動作做完後，感覺到腰只微微疼一下，並沒有先前那麼嚴重了，於是明白葉韜給她捏的幾下並非是占便宜，是真的在治腰。

「小姐，妳的臉怎麼那麼紅？」眼看著郝光光的臉瞬間紅成了蘋果，兩個丫鬟直感奇怪。

「沒、沒什麼，我的腰也沒什麼。」郝光光胡亂搖著腦袋，她能說方才是想起葉韜的手在她腰上「撫摸」的感覺而大窘致臉頰發燙嗎？

「小姐能坐起來嗎？」

「妳們扶我起來試試，要慢點兒。」郝光光將手遞過去，在兩個丫鬟的幫忙下，以著極慢的速度坐起來，背後墊上了靠枕。她感覺動動對腰有好處，此時除了感覺到痠麻外，已經感覺不到疼痛了。她有些懷疑腰上的痠麻感究竟是扭傷後的副作用，還是葉韜大手留下的觸感所致。

郝光光清楚地記得當葉韜的大手伸進她的衣衫摸上她的腰處時，感覺他的手像是帶了電似的，立刻傳入四肢百骸，致使她此時還清楚地記得當時腰處傳來的熱度與異樣感覺。腰上的熱度彷彿還未散去，連她的臉也開始隱隱發燙了。

這反應太怪異了，好像她喜歡葉韜的碰觸似的！郝光光用力搖了搖頭，心中強烈否認這股莫名的反應是因為她「害羞」了。這只是因為她的腰扭到，導致情緒產生了異樣，絕對是！

在暗自說服自己之時，郝光光聽到了外間兩個男人的對話，注意力立時被吸引，打了個手勢，制止住身旁要說話的丫鬟。

「葉莊主還真是一點都不見外，魏某義妹的閨房闖得像是進了自己家一樣。」魏哲含笑的語氣中帶著些微的諷刺。

「哪裡，聽說光光已經認魏大人為義兄了？那我們就是自家人，見外未免傷感情了。」葉韜說話的語氣就與話中的內容一樣，絲毫不見外。

「魏某是光光的義兄，而非葉莊主的義兄，何來自家人一說？」

「光光是我的——」

「葉莊主！」魏哲立刻打斷葉韜的話，表情變得無比嚴肅。「光光已是魏某的義妹，雖是剛認沒多久，但魏某是真的將她當成親妹妹一樣對待，實在不想聽人說她是誰誰的妾這句話，除非那人能拿出有力的證據來！」

聽到魏哲的話，郝光光大受感動，嘴角掛起笑來。從來都是葉韜給別人臉色看，終於盼到有人敢對葉韜「不敬」了，簡直美妙至極，果然認了有身分的義兄是明智的。

葉韜頓了頓，道：「這事是葉某欠考慮了，之前因不想太過強迫光光，便沒有不顧她意願地強行備下文書等事宜，硬將她變成葉某的妾，確切來講，此時光光仍是自由之身。」

「既然知道，那葉莊主這般旁若無人地接近光光，於她名聲有損，以後切莫再犯。天色已晚，魏某便不再留客，葉莊主趕一天路想必累了，還是早早回去休息為好。」魏哲聽葉韜沒再一口咬定郝光光就是他名副其實的妾氏，語氣緩和了許多。

「前些時日魏大人有要事要辦，敝莊招待了魏大人幾日，今日葉某風塵僕僕來到京城，魏大人禮尚往來之下，理應留葉某暫住這裡幾日才對。」葉韜要求道。

正聽著壁腳的郝光光聞言，心登時提了起來，急得要下地將腳塞進鞋中出去，說什麼也不能讓葉韜留下！

剛才腰還在疼，哪裡能做大動作？兩名丫鬟趕緊扶住郝光光，制止了她要下地的動作。這一耽擱，郝光光剛要發火便聽到了魏哲拒絕的話，如此才放下心，重新坐回了床上。

「情況不同，不可相提並論。敝舍簡陋，就不多留葉莊主了，見諒。」魏哲絲毫沒被說動，拒絕的態度很明確。

葉韜沒有勉強，起身準備離開，走至門口時停住。「魏大人，你搬來與光光住一間院子，於光光的名聲也有損。葉某不希望外面傳出對光光不利的話，自然也不希望有人玩『近水樓臺』！」

魏哲聞言，俊顏上立刻湧出薄怒，不悅地看著葉韜的背影，攥緊拳頭抿了抿唇，最後淡聲對屋外候著的管家道：「送葉莊主。」

「是。」管家禮貌地將周身散發著低氣壓的葉韜送出了門，送完人來向魏哲回話時，背後與額頭都滲出了一層薄汗。

葉韜走後，郝光光讓丫鬟扶著走了出來，對臉色不是很好看的魏哲道：「義兄，葉韜不會半夜來玩陰的吧？」

「無妨，夜裡我會加強防衛。放心，今晚我不會睡沈的。」魏哲見到郝光光時，臉色緩了過來，笑著安撫道。

「可是義兄白日要去忙，那葉韜……」

「為兄亦沒想到他會這般快便趕了來，不過這事妳無須擔心，為兄已經安排好。他來早了，那我安排的事也只能提前。」魏哲沈思著道。

「什麼安排？」郝光光問，有魏哲就近保護著，她倒是能心安許多。

「明日妳便知道了，興許這個安排妳不會喜歡，但若是想躲著葉韜的話，這個法子卻是最安全的。」魏哲一臉正色地說道。

郝光光像是感覺到了什麼，急問：「不會是要將我帶去魏家吧？義兄，真要那樣的話，我——」

「去魏家暫住與讓葉韜帶回去被迫做妾，妳選擇哪樣？若選擇後者，那為兄便什麼都不再管。」魏哲說完，起身就要走。

第三十八章

見到走進房中的老婦人，郝光光不由得愣住。

「這是我們老夫人，姑娘還不快過來拜見。」前面領路的婆子見郝光光傻呆呆地站在那兒，開口催促道。

郝光光之所以發愣，是因為這老婦人與母親很像，看這行頭便知其是魏家的主母——她的外祖母，可以說母親長得只有一點點像魏相，更像魏相夫人些。

「老、老夫人好。」郝光光有點緊張，快步走上前向老夫人躬身作了個揖。

穿男裝久了，行為舉止難免會帶一點點男子的習慣，郝光光問好時沒有像千金閨秀那樣規規矩矩地拂身行禮，而是毫無章法地作揖。本來她想抱拳的，因意識到對長輩這樣問好有些不合適，中途才改了作揖。

「噗！」一幫丫頭婆子見狀輕笑出聲，想開口說些什麼，被老婦人瞪了眼才不敢放肆。

魏老夫人上前親切地握住郝光光的手，眼眶微微發紅，聲音有些激動。「孩子，乖孩子，跟著老婆子我回家吧。」

握著自己的雙手在微微發顫，郝光光知道這是激動隱忍的反應，心中不由一軟，回握住魏老夫人的手，乖巧地點頭道：「好，光光隨老夫人去相府暫住幾日。」

「好、好孩子！」魏老夫人臉上立刻笑出了一朵花兒，拿出絲帕輕輕拭了下眼角後，對身旁的下人道：「還愣著做什麼？快去幫著將……五小姐的物事送上馬車。」

「是。」後面的幾個丫鬟隨別院的下人去收拾郝光光的東西了。

「老夫人，這五小姐的稱呼光光可承受不起。」郝光光嚇了一跳，連忙開口說道。

「誰說承受不起？哲兒認了妳為義妹，論排行就是我們魏家的小五。」老婦人拍了拍面露惶恐的郝光光的手，笑道。

「老夫人，光光不敢高攀魏家，就讓下人叫我光光姑娘吧。」郝光光快哭了，她只打算在魏家暫住幾日就好，可不想與魏家攀上過深的交情啊，她老爹會氣得自棺材中跳出來掐死她的。

見郝光光著實緊張激動，魏老夫人也不便勉強，嘆了口氣道：「妳這孩子怕什麼？算了，這事我們回去再談，如妳的願，暫且讓她們喚妳光光姑娘吧。」

「光光謝過老夫人。」郝光光吁了口氣，這老夫人慈藹多了，比魏相好說話得多。

郝光光沒來幾日，東西並不多，兩個小包袱便已解決，至於被褥等物，魏家都是準備好了的。

沒有多作停留，郝光光隨著老夫人出門準備去魏家，剛走出正門，一股強烈的注視感自某個方向傳來。

下意識地望過去，起先看到的是她熟悉到不能再熟悉的白馬，心驀地一驚，目光微移，剛好對上了正望過來的男人。

心跳立時加速，慌忙收回視線，有些手忙腳亂地隨老夫人身後上了馬車。

「臉色怎的變得這麼難看？」魏老夫人見郝光光像是受了驚嚇般猛拍胸口，詫異地向馬車外望了望，並未發現異常。

「沒什麼，剛剛不小心被個醜得嚇人的男人驚到了。」郝光光僵笑著回道。

「喔，原來如此。」看出了郝光光目光中的閃躲，魏老夫人體貼地沒再繼續這個話題，慈愛地笑了笑。

馬車正好自葉韜所在的茶樓前路過，車內傳出的話語清晰地被耳力甚佳的葉韜聽到，一口茶差點兒噴出來。葉韜黑著臉將茶杯放下，瞪著馬車的方向，直至其消失在視線內。

居然敢說他醜得嚇人？！好！很好！葉韜好看的黑眸中，惱火之色一閃而過，唇抿得極緊，片刻後才像什麼事都沒有似的繼續喝起茶來。

馬車上，魏老夫人一直拉著郝光光的手，不停地打量她，一會兒嘆氣一會兒笑，大多時候則是望著郝光光的一雙杏眼陷入回憶中，像是在透過郝光光看另外一個人。

「孩子，聽說妳一直都生活得很清貧？」魏老夫人用手摸著郝光光指腹上未曾消去的一層薄繭，心疼地問道。

郝光光在葉氏山莊住的幾日，雙手已經被養得白嫩了許多，繭消去了一些，但還沒全部消去。

「清貧但自在快樂，我喜歡那樣的生活。」郝光光輕笑著，她一點都不在意手上的繭子，這些可是她在山上和老爹一起生活的最好回憶。

「妳娘……在妳很小的時候就去了？」魏老夫人說這句話時，手下意識地將郝光光的手攥緊，雙眼流露出幾分隱藏不住的悲痛。

見狀，郝光光眼睛一熱，不去管被抓痛的手，點了下頭道：「是的。」

「孩子，與我說一說妳娘的事可好？」魏老夫人垂下頭，嘆了口氣，緩和完情緒後，抬起頭要求道。

「好。」感覺得出魏老夫人的悲傷，郝光光一下子就喜歡上了這個老夫人。聽說書先生說，當年魏相夫婦很寵女兒，因此白髮人送黑髮人的那種難過絲毫不亞於她死了娘。

郝光光記憶中關於母親的事不是很多，只揀了一些印象較深刻的事簡略地說了說。

魏老夫人聽得很認真，不時地拿起帕子擦眼角泛出來的淚。

不多時，相府到了，回憶因此中止，一老一少都抹了抹泛潮的臉，緩和好情緒後下了馬車，相府外候著管家還有幾個有點身分的管事先生和婆子。

「還不快給光光姑娘見禮。」老夫人淡聲交代道。下了馬車後的老夫人立時變了副樣子，不再溫和可親，而是舉手投足之間均透著不可忽視的威嚴。

「光光姑娘好。」管事和婆子們見老夫人這般重視郝光光，於是表情一整，紛紛禮貌地喚起來。

「呃，大叔大嬸們好。」這些人一看就是相府裡有些身分的，郝光光不敢托大，衝他們抱拳笑著回禮。

見到如此特殊的回禮，眾人一陣錯愕，礙於一旁老夫人嚴厲的目光，無人敢說什麼，規矩地迎著一干人等進了相府。兩個婆子過來將郝光光帶去給她新收拾出來的屋子梳洗，說是一會兒要先認認相府的幾位女主子們，等晚上幾位爺回來了接著去見禮。

一路走過去，郝光光的腳步益發沈重起來。這裡無論是丫頭還是婆子，說話做事都是規規矩矩的，就連看起來十三、四歲的小丫頭都循規蹈矩得很，比她更像小姐。

官家在禮儀方面極為重視，這裡的下人與葉氏山莊的完全不同，置身於做什麼都一板一眼的相府中，絲毫規矩皆不懂的郝光光感覺渾身不自在，預料得到在這裡她不會住得踏實的。

院子不大，打掃得很乾淨，種著一些花花草草，郝光光聽下人說這裡是四小姐住的地方，以前三小姐和四小姐同住一個院落，後來三小姐出嫁，於是院子便成了四小姐一個人的，現在郝光光來了，於是便與四小姐毗鄰而居。

像個布偶似的跟著別人的安排行事，洗手換衣服梳頭，然後出門去拜見相府中的各個女主子，其間郝光光一直是聽令行事的，別人要她做什麼就做什麼，因為這些事都是必須的，是以也沒敢有什麼怨言。

魏家內宅中的掌權人自然是老夫人，其次是長媳，也就是魏哲的娘魏夫人。因魏大爺早早過世，魏夫人寡居，如此情境本來不利於她掌權，但因兒子爭氣，是以魏大夫人穩穩當當地做魏家內宅中第二把交椅。

魏二夫人、三夫人、四夫人、五夫人，其中二夫人與大夫人一樣是嫡媳，後面三個都是庶媳。

二、三、四、五位爺與他們死去的大哥一樣，沒什麼本事，靠著魏相這座大山在朝廷領了有點油水的閒職，但賺的遠不及花的多，正事不見做多少，惹出的大小禍事反倒挺多，魏相平時除了操心國事外，還需經常給不爭氣的兒子們「擦屁股」，一擦就是十幾年。

府中共有三位少爺，大少爺魏哲是嫡出，二少爺和三少爺分別是四爺和五爺所出，兩位少爺自小被魏相管得嚴倒是不像他們父輩那麼一無是處，但與出類拔萃的魏哲相比便遜色多了。

郝光光被人帶著見過了五位夫人還有兩位未出門的少爺，未出閣的四小姐也見過了，給每個人見禮時都被笑話了，郝光光也不在意，像標準的千金小姐那樣行禮她又不會，總不能直挺挺站著什麼都不做吧？於是通通以作揖代替了拂身行禮。

該見的人都見過後，郝光光拿著各房送的見面禮往回走，與她一起的是和她同齡的四小姐魏瑩，魏瑩很有大家閨秀的模樣，走路不像郝光光那麼隨意，每一步都走得規規矩矩。

郝光光實在受不了魏瑩邁的小貓步，而且近一個時辰的忙活感覺累了，想趕緊回房休息，與魏瑩不熟，勉強走在一起只有尷尬的分兒，於是便稍稍加快了步子，打算先行一步。

「光光妹妹，妳走那麼急做甚？」魏瑩軟軟的聲音傳來，令郝光光不得不放慢了腳步。

「口渴，想回房喝點水。」郝光光如是回答，腳步不得已放慢了。

「在相府中，女子不得快步行走，沒看連丫頭們走路都不緊不慢的嗎？」魏瑩說話間趕了上來，拿眼角瞟著郝光光道。

「我這般走路慣了。」感覺出魏瑩不喜歡她，郝光光也沒有巴結討好她的意思。

「光光姑娘貧民出身，自然就不像我們家小姐這般顧慮得多。」魏瑩身旁的丫鬟開口笑道。

郝光光沒理會格格笑起來的幾個丫鬟，假裝不懂她們臉上流露的自我優越感，邁開步子便往前走，沒多會兒便將眾人甩到了後頭去。

回房坐在椅子上，郝光光的雙手托著下巴，開始思考著這幾日要怎麼過？剛剛逛了一圈下來，見到的各位女主子看起來都不怎麼喜歡她。她現在頂著魏哲義妹的頭銜，也不算什麼正經小姐，她們對她看不上眼也沒什麼好奇怪的，總之郝光光覺得相府中對她比較好的除了魏哲外，就只有知內情的老夫人了。

「哎。」郝光光忍不住嘆氣，果然是豪門深似海啊，在這樣的環境中生活得有多憋屈。她慶幸自己是在山上那個自由、充滿歡樂的地方長大，想笑就笑，想跳就跳的生活多舒服，在這裡連走路快些都會引人側目，她在相府所有人眼中大概是個異類吧？

「光光姑娘，老夫人命廚房特地送來的糕點，妳嚐嚐。」魏老夫人身邊的大丫鬟春桃端著一盤看起來就覺得很好吃的糕點走了進來。

「有勞姊姊親自送過來，回去代我謝過老夫人。」郝光光起身接過糕點盤，笑道。

「老夫人說光光姑娘很合她老人家眼緣，奴婢看著老夫人很是喜歡光光姑娘呢，喜歡的程度說不定還要高過四小姐。」春桃道。

「得老夫人眼緣是光光的榮幸，光光也很喜歡老夫人。」郝光光笑得更真誠了。

春桃走後，郝光光坐下品嚐起點心來，很可口，這點心其實並不勝於葉氏山莊的，但貴在心意，是老夫人命人特地送來給她吃的。

見各個女主子花去了很多時間，令郝光光非常不習慣，好在晚上諸位男主子們回來後沒那麼麻煩了，魏哲帶著郝光光去向魏相等人一一見過禮。

男人們不像女人那樣講究，郝光光拜見時輕鬆許多，很快便完事了。

晚飯時眾人在飯廳一起用的飯，男人一桌，女人一桌，郝光光坐在魏瑩的下首用餐。

吃飯有專門的下人負責布菜，每個人都細嚼慢嚥的，連喝湯也半點聲音都不發出來。在各個打量的目光下，郝光光也不敢快吃，拿出從來沒有過的耐心，學著在座女人們的動作，小口小口地吃飯，一口飯嚼三、四十下才慢慢地嚥下去，要多彆扭就有多彆扭。

每道菜最多吃三口，再喜歡也不得挾了，這是相府的規矩。因這莫名其妙的規矩，郝光光沒吃好，只覺得才剛來半天，怎麼就像是過了半年一樣？

好不容易到了就寢時間，郝光光沐浴過後便躺上床準備睡覺。這大半日的一點都不自由，早累了，閉上眼沒多會兒便睡著了。

半夜，郝光光翻了個身，迷迷糊糊中感覺身旁睡著個人，登時嚇醒，睜大眼看過去，還未適應屋內光線，只看到一團黑，伸手一摸，摸到一具溫熱的身體，熟悉的觸感與男性氣息令她立時便明白了這是誰。

「不許出聲，妳想引來人圍觀嗎？」葉韜迅速捂住郝光光要驚呼的嘴，小聲說道。

「嗚嗚……」郝光光受了驚嚇般猛點頭。

葉韜移開手，見郝光光自己已經嚇得蔫了，哪裡還敢將人叫來圍觀，於是放下心，一把將渾身微微發顫的郝光光攬進懷裡，額頭頂著郝光光的額頭，低聲質問道：「我長得很醜？醜得嚇人？嗯？」

他聽到了?!郝光光頭皮驀地發麻，顧不得去想葉韜是如何避過相府人的耳目跑來她房裡的，連忙搖頭解釋道：「葉莊主誤會了！我沒有說你，真的！」

「是嗎？」葉韜聲音中透著濃濃的懷疑。

「是是是！」郝光光點頭如搗蒜，連連保證道。

「這事我們先不談，還記得先前我警告過妳什麼嗎？」葉韜的語氣突然變得危險起來。

「什、什麼？」不好的預感襲來，郝光光下意識地往後縮。

「企圖逃跑的後果是什麼？」語畢，葉韜抓過往床裡頭縮的郝光光，一個翻身將其壓在身下，捂住她要尖叫的嘴，低下頭在她的耳垂上輕輕一舔，嗓音因慾望而沙啞。「想起來了嗎？」

「……」

第三十九章

郝光光的眼睛逐漸適應了黑暗，睜大眼睛瞪視著壓在她身上的男人，連呼吸都不敢大聲。她當然知道葉韜口中所指的是什麼——她若企圖逃跑的話，落在他手中就要拿貞操來「承認錯誤」！

葉韜欣賞了會兒郝光光害怕的模樣，然後不再客氣，捏住郝光光的下巴便低頭吻了上去。

為了盡快來京城，莊內事務他加緊處理，覺都沒顧得上睡，匆匆趕來京城後看到的卻是她與魏哲結伴歸來的和樂情景！辛苦多日、相思多日，收穫的卻是她與別的男人相談甚歡，不但如此還住在一起！

惱火、妒忌、慾火，三火焚身，幾乎是一碰到郝光光的唇，葉韜便立刻化身為猛獸，激烈地啃咬「懲罰」起來。

「嗚嗚……」郝光光的心為之狂跳，握緊拳頭就往葉韜身上招呼，腦袋來回搖晃，但無論怎麼晃，嘴巴都被牢牢「咬住」。嘴被堵住無法求救，嗚嗚聲又過小，外面的人很難聽得到，急得她滿頭大汗，拳頭上的力道愈加大了起來。

將郝光光亂躲的舌頭纏繞過來，用力一吸，葉韜無視打在身上的小貓拳，撫摸著郝光光滾燙的臉，稍稍放鬆唇上力道，輕抵著她的唇低聲道：「敢逃跑就要有承擔後果的勇氣。」

「救——嗚！」一得自由剛要開口呼喊的郝光光再次被捂住了嘴，不禁忿忿地瞪著葉韜。若他僅僅是出現在她床上，很快就走的話，她自是不希望引來旁人圍觀，但若他想強行要她，即便再丟人她也要喊！

「我又不要妳的命，喊什麼救命？」葉韜的嗓音因慾望而更顯低沈性感，像是要懲罰郝光光的不乖一樣，另外一隻手熟門熟路般地伸進郝光光的中衣，繞過肚兜，直接探向了柔嫩光滑的肌膚，從腰際開始慢慢往上移。

「嗚嗚……」郝光光收回攻擊葉韜後背的拳頭，隔著一件薄薄的中衣牢牢抓住衣內帶有侵略性的火熱大掌，不讓他摸到更私密羞人的部位。

葉韜任由郝光光抓住手，鼻尖輕輕頂著郝光光的俏鼻，兩人呼出的熱氣在彼此口鼻間曖昧縈繞，葉韜暗沈的雙目透出的熱度像是要將身下之人燒起來，喉嚨滾動了下，低聲道：「當初我曾說過，妳若是逃走，我便將妳變成我的女人。身為一莊之主，豈能言而無信？」

你言而無信的地方可多了！郝光光在心裡辱罵著。葉韜的手沒有拿開的意思，她心中一急，張嘴叼住他掌心一小塊肉，用力咬去，惱火有多大，牙齒用的力氣便有多大。

「嗯。」葉韜因掌心傳來的疼痛而悶哼出聲，但沒有收回手掌，任由郝光光去咬去發洩。

當血腥味瀰漫在嘴間時，郝光光才自憤怒中脫離出來，鬆開他的手，閉緊嘴巴。

咬時很解氣，咬完了又有些害怕，怕激怒了這個男人，她的下場會更慘，但隨後又一想，此地是相府而非葉韜的地盤，諒他不敢真的做出什麼大膽的事來，為此郝光光稍稍有了一些底氣，她賭葉韜不敢明目張膽地挑釁魏家。

「咬完了，氣可是消了？」葉韜將手掌自郝光光嘴上移開，另一隻「不老實」的手也收了回來，在被咬破的手掌處輕點穴道止了血，隨後取過郝光光的手帕，將血漬輕輕擦拭掉。

「你也說了不曾過禮，沒有文書，我不算是你真正的妾氏，那你這般夜闖女子閨房又做這種事，與那下三濫的採花賊有何不同？」郝光光察覺到葉韜的身體不像之前那麼火熱衝動，不由鬆了口氣，因覺得自己清白能保，反倒沒有了呼救的衝動，只想將他勸走。

郝光光的心跳還沒有平復，甚至身體也變得熱起來，暗斥自己的身體不爭氣，被葉韜隨意撩撥幾下就起反應。她不是很討厭他的嗎？為何還有這般莫名其妙的反應？

「夜會美人反倒成了下三濫的採花賊？那當年妳……『好神偷』幾次三番夜探魏府的行為算什麼？」葉韜雖忍住了慾念，沒有再繼續的打算，但依然壓在郝光光身上不願下去。

「你！人家『好神偷』才不會夜闖女子閨閣做這種事，你少將所有人都想得與你一樣！」郝光光怒視葉韜，她不容許有人說她爹娘半點不是。

「做什麼事不重要，反正都是夜探相府私會美人，不過當年的魏家大小姐是名副其實的美人，而妳……」葉韜嘖嘖出聲，目光存疑地打量起郝光光來，目光觸及到她裸露的鎖骨及散亂的衣衫時，喉嚨猛地滾動了一下，立刻別開眼，默唸非禮勿視。

被鄙視了的郝光光心頭陡然竄起一股怒火，不知哪裡冒出來的勁頭，一把將葉韜推開，拉過被子蓋住自己，兩眼對著敢嫌棄她的男人咻咻直射眼刀。「我是不是美人還由不得你來評判！嫌我不夠美還不停地打攪我的生活，你變態啊！」

被推開的葉韜側身躺在一邊，支著頭望著郝光光，沒有因郝光光的話而生氣，反倒神色突然嚴肅起來，問：「妳與魏哲真的只是義兄妹的關係？」

「你什麼意思？」郝光光將自己包得嚴嚴實實的，心中又氣又惱。她雖然不及娘親的絕色，但長得也稱得上漂亮了！光顧著生氣，沒有去想為何自己會因為葉韜隨隨便便的一句話而起了這麼大的反應。

「妳只將魏哲當義兄就好，不許有別的，否則今晚沒完成的事，我一定找機會做完。」葉韜捏起一小縷郝光光的頭髮，瞇著眼警告道。

郝光光剛想說「你管得著嗎？」，但實力懸殊，此時情況又特殊，非逞口舌的時候，於是忿忿不平地道：「知道了！你還不走？一會兒被發現你就走不了了！」

「光光，我能理解成妳這是在擔心我嗎？」葉韜臉上揚起笑意，湊近郝光光的臉問。

「去去去，少往自己臉上貼金！」郝光光頭往後仰，避開葉韜接近的俊臉，瞪了他一眼。

是該走了。葉韜不再逗弄郝光光，正色道：「與妳同住一個院子的那丫頭妳要注意點兒，她想將妳趕出這個院子，不出兩日她可能會丟東西，妳自己放聰明些。」

「丟東西？難道要陷害我？」郝光光睜大眼，有點擔心了。她雖然不是出身在大富之家，日子過得一直很拮据，但卻從來沒偷過別人的錢財（請帖除外），若是魏瑩真丟了東西，那魏家上下定會懷疑她這個與魏瑩同一個院子住的「外來窮光蛋」。

「不算太笨，還有點救。」葉韜半閉著眼，如同一隻慵懶的貓。

「你是如何得知的？她會丟什麼，並且將東西藏在哪裡？」郝光光擔憂地問，問著問著突然覺得不對勁兒，瞪大眼質問道：「莫非你來我房裡之前還跑去四小姐房裡了？你這個——」

「閉嘴！我堂堂一莊之主至於像宵小一樣不停夜闖女子閨房嗎？」

「你出現在我房裡難道不是？」郝光光小聲嘟囔著。

「我葉韜只會偷闖妳這個笨女人的閨房！再亂懷疑，信不信我現在就要了妳！」葉韜生氣了，臉色變得很難看。

郝光光不敢再亂說話，想想也覺得自己想多了，葉韜有財有勢有貌，芳心暗許的女子無數，還真不用學採花賊到處闖女子閨房。

「那、那你能告訴我，四小姐是將東西藏在哪兒了嗎？」郝光光小心翼翼地問。

「告訴妳也成，不過要先收些利息。」

「什麼——啊啊啊！」郝光光再次被葉韜用手捂住了嘴，眼睜睜地看著某個男人無恥地在她的脖子上用力吸了兩口。

「好了。我是不會讓自己的女人冠上『偷兒』這頂帽子的。」葉韜因在郝光光的脖子上烙下兩朵吻痕，嗓音再度沙啞起來。為防自己好不容易壓下去的慾望會控制不住地再次暴發，說完後他立刻起身要走。

「你、你這個……你還沒告訴我，她將東西放在哪裡了！」郝光光捂著被吻疼的脖子，惱羞成怒，心跳再次被葉韜的舉動攪得紊亂。

「這事無須妳操心，到時負責看戲就好。」葉韜說完不多作停留，輕輕打開窗子一躍而出，沒有發出任何聲響。

「臭流氓！無恥男人！」郝光光沒好氣地嘟囔著，臉燒得厲害。想起葉韜離開前說的那句「我葉韜只會偷闖妳這個笨女人的閨房！」，不知怎的，心窩處像是有支羽毛在撓似的，有點發癢。

啐了一口，翻了個身閉上眼準備睡覺，本來睡得好好的卻被葉韜驚醒，這下不知何時才能再睡著了。郝光光閉著眼在心裡罵了葉韜第一百九十九遍後，才逐漸有了睏意，慢慢睡著了……

第二日一早，丫鬟進房服侍郝光光起床，掛床幔時不經意掃到郝光光脖子上的紅印，詫異地問：「光光姑娘脖子怎麼紅了兩小塊兒？」

「什麼？」郝光光聞言一驚，迅速捂住脖子，心虛地連頭都不好意思抬。

「咦？昨晚上明明還沒有呢。」小丫鬟眨著一雙純真無邪的大眼湊過來，納悶地端詳郝光光捂得牢牢的脖子。

「有、有什麼奇怪的？這是被蚊蟲叮的。」郝光光紅著臉說謊。

「蚊蟲？現已入冬了啊！」哪裡會有蚊蟲？丫鬟詫異。她們身在北方，現在天氣那麼冷，蚊蟲早被凍死了。

郝光光也覺得自己編的瞎話很差勁，怕小丫鬟再在這個問題上疑惑個沒完，趕忙轉移話題。「老夫人何時有空？我要去尋老夫人，陪她老人家說說話。」

問及正事，小丫鬟停止去思考收拾得乾淨整潔的房間裡何以會有蟲子出沒，乖巧地回答：「老夫人吃過早飯後要去拜一炷香的佛，然後處理府內事務，大概巳時三刻左右才會有空。」

「知道了。」郝光光背過身子迅速穿好衣服。幸虧是冬天，衣服穿得多，衣領也高，否則她脖子上被葉韜吻過的痕跡就遮不住了。

早上郝光光在房裡用的飯，下人不了解情況，怕郝光光無聊，於是拿過來幾本閒書給她解悶。

郝光光拿著書，欲哭無淚。她哪裡看得懂？謝過送書來的丫頭，將書擱在一邊了。

老夫人房裡來人傳話，說怕郝光光無聊，叫她沒事時可以在相府裡四處轉轉，多去各房裡走走，陪夫人們說說話什麼的。

於是郝光光只得起身讓丫鬟帶著一邊逛，一邊去各個房裡請安。相府很大，一處處的院子逛下來，時間很快就到巳時三刻了。

「老夫人此時有空了吧？」郝光光問。

丫鬟看了看天色，道：「差不多了，光光姑娘要不要過去瞧瞧？」

「走吧。」郝光光讓丫鬟帶路去老夫人院裡了。娘親死得早，十幾年來一直缺乏女性親人的愛護，此時突然多了個待她不錯的外祖母，她開心不已，恨不得一整日都膩在她房裡不出來。

郝光光剛走進老夫人的院子，便迎上了春桃。

春桃說：「真巧，老夫人正要奴婢去喚光光姑娘呢！」

「老夫人喚我？」郝光光訝然。

「是啊，相爺也在，光光姑娘快過去吧。」春桃笑著催促。

「好。」聽到魏相也在，郝光光的喜悅頓減。魏相太過嚴厲，有他在，直覺不會有什麼好事。

走進房中，一眼便看到坐在上首的魏相夫婦，郝光光走上前，躬身作揖道：「相爺、老夫人好。」

老夫人微笑著說：「光光在相府可住得習慣？飯食吃著可是合胃口？」

不同於妻子的和顏悅色，魏相擰著眉，對郝光光不倫不類的行禮方式感到不滿。

「讓老夫人惦記了，那麼多人伺候著，光光住得很習慣。」迫於魏相威嚴的目光，郝光光回答得有點拘束。

「緊張什麼？將這裡當自己家便是，別站著了，快坐下。」老夫人給一旁的丫鬟使了個眼色。

丫鬟見狀，立刻扶著郝光光，將她引至椅子上坐下，然後又端來茶水和糕點。

「好了，妳們都下去吧。」老夫人揮了揮手，將屋內的幾個丫頭都支了出去。

屋內就剩下他們三個人，郝光光直覺有要事要談，也沒敢喝茶吃糕點，挺直腰板兒等著兩位長輩開口說事。

「光光今年有十六了吧？」老夫人問。

「是。」

「妳曾與白家有過婚約，未曾圓房便離開了白家，而後又與葉氏山莊有些牽扯，這些經歷於姑娘家的名譽有損。妳如今來了魏府，以魏家的勢力可以給妳安排個全新的身分，如此那個曾嫁過人又與葉韜有過牽扯的人便與妳毫無關係了，不知妳意下如何？」老夫人解說道，最後耐心地詢問著一臉震驚的郝光光。

「換新的身分？那豈不是連光光的姓氏名字都要改掉？」郝光光驚得快坐不住，差點兒蹦起來。

「怎麼，就那麼喜歡姓郝？」一直沒出聲的魏相見狀哼了一聲，對郝光光的反應很不滿。

郝光光焦急地站起身，對魏相夫婦鞠了個躬道：「光光的姓氏名字均為爹娘所賜，豈能隨意換掉？多謝相爺、老夫人厚愛，光光覺得『郝』這個姓氏挺好。」

「不識抬舉！不換個新身分，妳又如何配得起哲兒？」魏相不悅地拍了下椅子把手，擰眉道。

「啊？」郝光光聞言，立時懵了，呆呆地望著臉色不好的魏相。

「別嚇著孩子。」老夫人嗔怪地看了眼老伴，然後望向不知是被老伴嚇到還是被他的話嚇到的郝光光，輕聲安撫道：「光光別怕，他就是這副脾氣，沒惡意的。」

「老、老夫人，你們說的什麼配不配的，光光不明白。」郝光光問話時聲音帶有幾分發顫，視線在魏相夫婦兩人臉上來回徘徊。她誤會了吧？肯定是想錯了才對！

老夫人嘆了口氣，開口解釋道：「哲兒已二十有二，還不曾有合適的妻子人選，難得見他對哪個姑娘這般上心喜愛，正好妳對哲兒應該也有些好感，如此給妳安排個全新的身分嫁進我們魏家來未嘗不是一件美事。妳若是同意，時機成熟後老爺便進宮請旨賜婚，這點面子聖上還是會給老爺的。」

第四十章

嫁給魏哲？郝光光大受驚嚇，剛來相府一日就已感覺度日如年，這裡的規矩還有複雜的人際關係令她想到便感頭疼，若是真嫁進來，一輩子可算是拴在這裡了，哪裡還有自由可言？何況郝大郎生前要她遠離魏家人，若成了魏家的媳婦，怎麼對得起老爹！

「相爺、老夫人，這事義兄可知曉？」郝光光小心翼翼地問。她不覺得魏哲對她有男女之情，頂多只是兄妹間的照顧寵愛，二老有沒有問過另一個當事人呢？

「還不曾說，先知會妳一聲，待他晚上回來再與他提不遲。」老夫人見郝光光一點欣喜羞澀感都沒有，心裡頓時有些沒底兒了。

「老夫人，義兄對光光只是兄妹間的喜愛，而非男女之情，光光對義兄亦是如此。何況光光出身貧寒，規矩禮儀一竅不通，委實不敢高攀，光光在此先行謝過相爺、老夫人的厚愛。」郝光光緩過情緒後，對著二老揖了個禮。

「出身貧寒有什麼打緊？我相府不需要個富兒媳來添磚加瓦，至於規矩禮儀，現學便是，一年半載的也能學得像模像樣。」魏相瞪著郝光光，不悅地道。

學那些笑不露齒、坐有坐相、吃有吃相這類近乎受虐的規矩……郝光光立刻打了個大冷顫，僵笑道：「相爺，光光有自知之明，學不來那些千金閨秀的東西的。在葉氏山莊曾學過認字，結果幾日下來也只是學會了握筆而已，不但一個字都不會寫，連學過的兩個字目前也已經忘得差不多了，至於那些規矩，光光定是無論如何也學不會的。」

魏相的臉頓時沈得更為難看，對著郝光光吹鬍子瞪眼。「妳榆木腦袋啊？什麼都學不會！」

「也不算是，光光學輕功、學陣法這類好玩的東西很快的。」郝光光小聲回道。

「荒唐！哪有姑娘家學這些的？妳以後可是要嫁人相夫教子的！」魏相板著臉訓斥。

郝光光聞言抿起了唇，不管她的真實身分為何，她此時的身分僅僅是魏哲的義妹，算是魏家的客人，哪有主人家對客人這般訓斥來訓斥去的？

「別那麼凶，嚇著了孩子。」老夫人嗔怪道。

魏相緩了緩臉色，不再說話，哼了一聲別過頭去。

「好了，我們不強迫妳，光光回去後好生考慮一下，畢竟是終身大事，嫁給個知根知底又對妳好的男人是女人最大的福分。」老夫人對癟著嘴不高興的郝光光說道。

「謝過老夫人，光光會考慮的。」考慮如何離開。

奇怪得很，總是有人想插手她的終身大事，先前是葉韜想強迫她去娶王蠍子，現在又是魏相夫婦想作媒人將她許配給魏哲，下一個想給她牽紅線的人又會是誰呢？

「聽說之前妳給各房夫人請安，可是感覺累了？先回去歇著吧，順便想想方才我們提及的事。」老夫人溫和地道。

「是。」郝光光拜別了二老後回房了。

傍晚魏哲回來，被二老叫去後，沒多久便來尋郝光光。

「義兄，相府光光住不太習慣，明日一早就走可好？」郝光光看到魏哲後，立刻將想了半天的事說出來。她來這裡是為了躲葉韜的，結果根本沒躲成，人家照樣能半夜潛進她的房裡，既然相府沒有想像中安全，又到處被束縛，還是走為好。

魏哲聞言，眼中湧過一陣愕然，輕擰了下眉道：「要走？不怕葉韜了？」

提及葉韜，郝光光突然感覺有點不自在，為防被魏哲看出什麼，趕忙垂下頭掩飾住眼中的心虛，道：「不敢瞞義兄，光光是習慣了自在的生活，相府雖好，上上下下都待我不錯，但終究不是可以隨意笑鬧的地方，興許近日內我能老實一些，但時間一久定會本性畢露，到時只會給魏家添醜。」

「就當相府是自己家，平時如何現在亦如何，誰敢笑妳只管說出來，為兄替妳作主。」魏哲安撫道。

「多謝義兄近來對光光的照顧，光光不想再麻煩魏家了，明日便走。」郝光光抬起頭，下定決心道，吃過晚飯後她便去向老夫人辭行。

「是今日我祖父祖母提及的事令妳不安了嗎？還是因為瑩兒？」魏哲倒了杯茶，淡聲問道。

「四小姐怎麼了？」郝光光詫異。

「她……沒什麼。祖父祖母提的事妳不必放在心上，方才我已勸通了二老，以後他們不會再提了。」

郝光光大大地鬆了口氣，歡快地笑道：「相爺和老夫人實在是太抬舉光光了，我貧民出身又什麼都不會，如何配得上樣樣出色的義兄？能做你義妹就已經很榮幸了。」

魏哲望著一臉輕鬆的郝光光，手中拿著茶杯，喝進嘴裡的茶明明香醇可口，卻不知為何感覺不太是滋味，放下茶杯似是不經意地隨口問道：「不與我湊成對原來令妳這般高興，莫非是我做人太失敗？」

「你我是義兄妹，彼此只有兄妹感情，如何做夫妻？再說以我這副德行，真要嫁過來，義兄豈不是虧大了？到時怕是想哭都沒地方哭去。」郝光光沒心沒肺地笑著打趣。

魏哲定定看著郝光光，抿了下唇，正色道：「我不覺得虧，更不會去哭。」

「呃！」郝光光愣住了，視線與魏哲的對上，笑容突然間有些把持不住，慌忙垂下頭道：「義兄真會說笑。」

魏哲見狀，幾不可聞地一聲輕嘆，手指把玩著茶杯，頓了下後道：「與妳說笑的。」

郝光光略微緊張的情緒突然放鬆下來，抬起頭笑嗔。「義兄平時看著一本正經，原來也會捉弄人。」

笑了笑，魏哲望向郝光光道：「這下困擾妳的事已解決，如此還要走嗎？」

「義兄。」郝光光略微為難地看著魏哲，話在嘴裡打了個圈，最後依然堅持道：「光光已經想好，還是覺得離開為好。」

魏哲眉頭微微一皺，道：「我是不會勉強妳，不過老夫人喜歡妳，這事妳還是與她老人家說說吧。」

「嗯，晚飯後就與老夫人提這事。是光光不識抬舉，給義兄添麻煩了。」

「說這什麼見外話，當兄長的不就應該這般縱容妹子嗎？」魏哲輕笑，站起身道：「我先回房了。」

晚上用過飯後，郝光光去了上房尋老夫人說話，將要離開的事稍稍一提便被阻止了。

老夫人有些激動，拉著郝光光的手不放，臉上哪裡還有平時面對相府中人的威嚴，就差沒當場抹幾把心酸淚了。

郝光光不知該如何是好，連忙安慰老夫人道：「老夫人，光光可以先在義兄的別院裡住著，白天也可以過來看望老夫人。」

「妳為何不願在相府裡住？難道是聽說了瑩兒做的錯事，氣不過？」老夫人面帶焦急地望著郝光光。

「四小姐？」郝光光疑惑了，先前魏哲也提了這事，此時老夫人又說，莫非魏瑩沒耐性到今天就「丟東西」了？為何沒人來喚她去「審問」？

老夫人沒去研究郝光光訝異的表情，嘆了口氣道：「那孩子不懂事，做出的事未免不太光彩，妳別與她一般見識吧。」

看來四小姐已經出手了，只是不知怎麼的，陰招沒耍成功……靈光一閃，突然想起昨夜葉韜說的話，難道是他幫她解決的？

郝光光猜到是怎麼回事，暗罵了一聲魏瑩後，回握住老夫人的手道：「老夫人放心，光光沒放在心上。魏家上下都待光光不薄，豈會因這一點點小事就不滿？」

「真是個乖孩子，可惜不能成為我們魏家的媳婦兒。」想到這件事老夫人就嘆氣，將郝光光永遠留在魏家就近照顧的希望落空了。

「當不成媳婦兒不重要，老夫人若是想光光了，派人捎個口信，光光立刻就過來。」離開相府的話，她唯一捨不得的就是老夫人。

「妳一個姑娘家出去住我不放心。」老夫人皺著眉不鬆口。

「不怕的，義兄的別院很安全，老夫人要信得過自己孫子不是？」郝光光好言相勸，這裡她是真不想再住下去了，每天要給各個戴著面具不停套她話的夫人們請安是件苦差事，何況今日魏瑩「丟東西」了，誰知道明日會出什麼糟心事？她不去惹人不代表沒有人來惹她。

「真的要走？妳若心意已決我也不便勉強，只是妳要保證好好地在哲兒的別院住著，莫要自己偷偷走了，知道嗎？」老夫人嚴肅地說道。

「老夫人……」郝光光不自在了起來。她的打算就是先離開相府，到時再找機會離開京城，總不能一輩子住在魏哲的別院吧？親妹妹都不好在哥哥家住一輩子了，何況只是義妹或表妹。

「聽話，老婆子難得見到妳，若是妳突然走了可如何是好。」老夫人眼圈紅了，拿起帕子擦拭眼角。

「老夫人放心，光光走之前定會來相府辭行的。」郝光光心裡也不好受，不能與真正關心自己的親人一起住是件令人難過的事。

「好了，明日讓哲兒送妳走吧。」老夫人終於鬆了口，就算已經肯定郝光光是她的外孫女，但在沒有認親的情況下，魏家沒有資格強留她。

「光光知道。」郝光光擦了下泛潮的眼角點頭。

入夜，郝光光洗漱完畢後，叫住了要去耳房睡的丫鬟，要她留下睡。

「光光姑娘，奴婢不能睡主子床的！」小丫鬟聞言直搖頭。

「昨晚作了噩夢，嚇得沒睡好，今晚若不尋個人陪著會不敢睡覺。」郝光光編了個理由道。

「奴婢……」

「別主子奴才什麼的了，我又非真正的千金小姐，講究那麼多做什麼？快過來睡！」郝光光往床的內側移了移，將外面那一半床位空出來。喚個丫鬟過來好防狼，這下葉韜應該不敢進來對她怎麼樣了吧？

丫鬟無法，乖乖地走過去，挨著郝光光躺下。

覺得萬無一失了的郝光光立刻便睡著了，半夜翻身時無意中碰到一隻不屬於她的手，有點大、有點硬，不像是女人的手，睡得迷迷糊糊的郝光光納悶地睜了下眼，透過朦朧的月光看到睡在自己身側的丫鬟突然變大了一號。

「天！」被嚇醒的郝光光伸手往前一探，摸到了屬於男人的肩膀。

「醒了？」葉韜的聲音中含著幾絲睡意。

「你怎麼又來了？小月呢？」郝光光猛地坐起身，四處張望起來。

「她在地上。」葉韜伸手拉住郝光光的胳膊，微一用力，將她扯入懷中抱住，閉上眼準備繼續睡。

「地上？大冷天的你讓她睡地上？」郝光光掙扎著要坐起來，無奈葉韜抱得死緊，掙脫不開。

「有地龍，地上熱，冷不著她。」相府與葉氏山莊一樣，主子們所住的屋子地下都打通了火道，在外面燒火，熱氣通到火道內，這樣地上有了溫度，能令整個屋子也變得很暖和。

「可是她沒蓋被子，會著涼。」

「那麼關心相府的丫鬟做甚？」葉韜不悅地睜開眼。

「你這男人委實可惡，自己闖女人閨房不算，居然還將人家小姑娘扔地上去！」郝光光氣得夠嗆，捶了下葉韜的胸罵道。

「她自找的，誰讓她占了我的位置。」葉韜說得理所當然。

「什麼你的位置？這裡又不是你的地盤，何況她是因為我才——」郝光光說到一半突然打住。

「怎麼不說下去？」葉韜瞭然地輕笑。

「哼！」郝光光恨得咬牙切齒，若是小月因此染了風寒豈不是她害的？抓住葉韜身上蓋的被子，咬牙道：「將你的被子給她蓋上。」

葉韜聞言挑眉問：「妳確定？」

「廢話！難道真讓她生病不成？」郝光光氣得想一腳將他踹下床，無奈怕「被罰」，只能忍。

「隨妳。」葉韜鬆開郝光光，抓起被子隨手一扔便甩到地上熟睡的小月身上，然後掀開郝光光的被子，毫不客氣地鑽進了被她的體溫焐熱的被窩。

「啊，你出去！」郝光光大驚，顧不得害怕，連捶帶踹地要將葉韜趕出被窩。

「妳這是在打我嗎？」

一句話，成功地令激動中的郝光光嚇得一動也不敢動。

「你、你告訴我四小姐陷害我的事是怎麼解決的。」郝光光的腦子轟轟作響，牢牢抓住衣帶，不讓葉韜的手伸進衣內，只想盡快轉移要「懲罰」她的葉韜的注意力。

葉韜像貓逗弄老鼠般，大手在郝光光的衣帶附近曖昧地徘徊著，享受著她又氣又怕帶來的成就感。不知她發現沒有，這兩日她似乎習慣了他的碰觸，只要不做得太過分，被他摸幾下或咬幾口，她的反應沒有先前那麼大了，甚至會臉紅，這是好現象，就比如現在。

「簡單，收買了她房裡的丫頭，在她跑去告狀時，將藏好的東西拿出來放在容易找到的地方。」如此一來，派過去查明情況的下人無須費力便翻了出來，加上四小姐臉色再難看點，眾人還有什麼想不明白的？

收買四小姐的丫頭有那麼容易？一定是色誘！郝光光紅著臉腹誹著。

想著葉韜誘哄純真小丫鬟的畫面，莫名地覺得極其刺眼，心中隨之湧起一陣陣不舒服的感覺。郝光光不悅地推了葉韜一把，道：「夜深了，我要睡覺，你還不趕緊走？」

不明白郝光光何以突然耍起小性子來，沒有被推搡影響到分毫的葉韜抓住郝光光的手道：「幫妳解決了麻煩，妳就是這般回報我的？」

「哼，要你好心！」郝光光沒好氣地道。

「沒良心的小東西！」葉韜抓過郝光光，在她鼻尖上咬了一口。

「哎呀！你屬狗的呀？」郝光光捂住被咬疼了的鼻子，差點兒尖叫出聲。

「這是警告！以後不許讓丫鬟睡妳床上，下次再如此，我直接將丫鬟點了穴扔到外面去。」葉韜好整以暇地威脅道。他都不知道自己的占有慾什麼時候變得這麼厲害了，連女人與她一床睡覺他都排斥得緊。

「你！」大冬天的扔外面去，不凍死也要丟掉半條命。郝光光告訴自己要忍，否則一失控大叫會將相府的人都引來。

「好好睡覺，今晚我不會對妳如何的。」葉韜說完後，閉上眼命令道。

被子只有一條，他決定占一半，她是無論如何也搶不回來的。郝光光氣餒，嘀咕了幾句後翻個身，扯過大半條被子，將自己蓋了個嚴實。

葉韜沒有理會郝光光的小動作，累了的他閉上眼準備睡覺。

有葉韜在，郝光光出奇的沒有失眠，反倒是很快睡著了，還睡得極香。

次日清晨，郝光光醒來，想到半夜發生的事一驚，迅速轉過身，葉韜已經離去，床邊站著正拿著被子、一臉困惑的丫鬟小月。

「奴婢半夜睡覺居然掉到地上，還將被子扯了下來，奴婢居然還一點都沒發覺，真是笨。」小月越說頭埋得越低，耳根子都紅透了。

知情的郝光光既心虛又愧疚，若非她自作主張，小月也不會睡了一宿地板，連忙問：「睡了一宿硬地板，可是有哪裡不舒服？」

小月不好意思地看了眼郝光光，回道：「就是身上有些疫疼，無大礙。」

仔細打量了小月幾眼，見她不像是要生病的樣子，郝光光心中愧意稍減，小小撒了個謊。「昨晚我也睡沈了，沒發現妳已不在床上。既然身體不適，今日妳就多休息吧。」

被關心的小月很是感動，開心地向郝光光道謝，將郝光光謝得越發抬不起頭來。

本來說好了魏哲下午送郝光光走，結果臨時有事沒能回來，老夫人重視郝光光，不讓她自己走，便讓魏哲的兩個弟弟去送。

郝光光坐上馬車，向魏哲的別院行去，相府與別院之間有一小段路程，行人少，路邊也沒有鋪子，很安靜。

正坐在馬車中想事情的郝光光突然感覺到不對勁兒，馬車停了，外面沒了聲音。郝光光掀開簾子向外探看，詢問道：「怎麼不走了？」

「光光，跟我走吧。」突然出現的葉韜嘴角噙著一抹勝券在握的笑走過來，將瞪大眼發愣的郝光光拉下馬車，抱著她跳上路邊停著的白馬，大笑著揚長而去。

她居然被劫持了！

郝光光剛要大喊，啞穴就突然被點，出不了聲，只能乾瞪著眼，任由自己被葉韜帶走。離開時，眼角餘光瞄到護送她的兩兄弟和幾名護衛均被點了穴道，此時正忿忿地瞪著她與葉韜離開的方向……

第四十一章

葉韜馬騎得很快，一手緊攬著郝光光的腰，一手控制馬韁，臉上不帶絲毫愧疚，有的只是滿滿的志在必得。

郝光光越是不老實，他摟得便越緊。挑小路走，大概兩刻鐘左右，最後在一處與魏哲的差不多大的別院前停下，抱著已經掙扎得虛脫了的郝光光跳下馬。

「主上。」門衛見到葉韜，趕忙過來問好，隨後將正用大腦袋親熱地蹭著郝光光腰部的白馬牽走。

葉韜拿眼角瞟了下捨不得離開的白馬，吩咐道：「多餵斑點兒些草。」

「是。」看出了葉韜的不耐煩，下人迅速帶著有點鬧脾氣的白馬走遠。

「光天化日之下，你敢強搶民女！」啞穴被點開的郝光光破口大罵，憋了一路的火氣此時全部爆發開來，她才不怕被周圍神色各異的下人們笑話。

「妳本來就是我的，何來強搶之說？」葉韜嘴角噙笑，不顧眾人的注視，攔腰抱起企圖逃跑的郝光光便向屋內走去。

「土匪啊！我義兄不會放過你的！」郝光光四肢亂舞，衝著葉韜大吼。

原本噙笑的葉韜聞言，臉色突然一沈，聲音似是暴風雨過境般陰森寒冷。「妳義兄在妳心中分量不小啊！」

氣懵了的郝光光理智早跑飛了，剩下的只有無限大的勇氣及惱火，抬手「啪」地一下，往葉韜臉上抽了一巴掌，罵道：「我義兄樣樣都比你強，他是正人君子，你是無恥小人！」

「好、好！」從來沒被抽過嘴巴的葉韜氣笑了，笑得令周圍下人見了都雙腿打顫。

葉韜冷冷看了郝光光一眼後，加快速度向前走，掃過一眾頭低得什麼似的下人，警告道：「將剛剛看到的給我盡快忘掉，還有，一會兒誰也不許接近我的屋子，聽到沒有！」

「是，主上。」葉韜森冷的聲音令下人們腿顫得更厲害了，頭低得恨不得讓下巴著地。

郝光光感覺到目前的情況非常不妙，既驚且怒，揚聲尖叫。「你要做什麼？」

「做什麼？當然是做妳口中『無恥小人』會做的事！」葉韜速度飛快，幾乎是話一說完便已經進了屋子，毫不憐香惜玉地將郝光光扔到床上。

房門及窗子都關好，葉韜看著跳下床要開溜的郝光光，諷笑道：「有我在這裡，妳以為自己能逃得掉？」

強烈的危機意識令郝光光極其沒有安全感，四處瞄了下，掃到個比較具有攻擊力的寶椅，快速抄起它置於身前，擺出防衛架勢，企圖輸人不輸陣，道：「葉韜，你這樣做是不對的！身為一莊之主，居然在眾目睽睽之下擄人，不怕令天下人恥笑嗎？」

「是妳自己回床上，還是我再扔妳一次？」葉韜一雙俊目凝聚著暴風驟雨，向著眼珠子亂轉想尋方向逃離的郝光光一步步走去，每走一步，眼中的顏色便深一分，襯得他那張能迷惑眾生的臉顯得既魅惑又危險。

「我只不過是說了實話而已，你至於反應這般大嗎？」郝光光一邊退，一邊不知死活地瞎嚷嚷。

葉韜雙眼瞇了起來，將郝光光逼到牆角後，站在她身前冷笑道：「實話就是我在妳心中的形象不及那魏哲的一根頭髮？」

郝光光剛要點頭，理智及時告訴她，此時說實話只會更倒楣。可是要她認錯或是求葉韜原諒她又不樂意，於是便板著一張俏臉，強忍懼意，毫不退縮地回瞪著葉韜，將寶椅牢牢抓在胸前隔開兩人。

「你若是對我好點，不欺負我的話，就是好人。」郝光光小聲地嘀咕道。

「很好，繼續，一次將妳要說的話都說了。」葉韜雙臂環胸，居高臨下地睨著強裝鎮定的郝光光。

不讓說時她說，讓說時郝光光反倒不敢了，嘴巴立刻閉得嚴嚴實實的，嚴肅地衝著葉韜搖腦袋。

「妳就這點膽子？嗯？」葉韜伸出手，輕而易舉地奪下郝光光用來護身的寶椅，隨手一扔，「哐噹」一聲摔在地上，那聲音聽在失了護身符的郝光光耳中，無疑是一聲巨雷。

郝光光背貼在牆上，雙臂交叉護胸，淚眼汪汪地道：「葉莊主，您若是到了發情期，請去青樓找姑娘好不？放過我這個要才沒才、要貌無貌的醜八怪吧！」

轟地一下，僅有的一點耐性理智都被郝光光磨沒了。葉韜拎起郝光光的衣領，幾步走到床前，將她一扔，解開床幔跟著上了床，以強而有力的男性軀體壓住哇哇亂叫的郝光光，扣住她的下巴，咬牙道：「敢用那兩個低等字眼來形容我？有什麼後果可是妳自找的！」

「別、別脫我衣服！」郝光光根本護不住自己的衣服，被葉韜連撕帶扯，不多時身上便一絲不掛，驚懼交加之下，哇地一下哭了，口中不停地喊著爹和娘。

「叫誰都沒用！」葉韜的視線在郝光光瑟瑟發抖的光裸身體上巡了一圈，眸中顏色頓時變得更為黯沈，大手強勢地移開郝光光擋住胸前兩點的雙手，瞇眼在那翹起的、微微顫抖著的「花朵兒」上看了片刻，終於忍不住誘惑，低下頭一口含住那點迷人的粉紅。

「啊啊啊——」像是被雷電擊到的郝光光，身體猛地一顫過後放聲尖叫，聲音高到彷彿能將房頂給掀掉。

有些意亂情迷的葉韜被郝光光像是死了兒子般的瘋狂尖叫聲驚得興致頓降，皺眉放過因他的「寵愛」而更顯嬌豔欲滴的茱萸，瞪向閉緊眼大叫的郝光光。「妳就算叫啞了嗓子也無人過來。」

「我就叫、我就叫，叫死你！」郝光光受的衝擊過大，爆紅著一張小臉兒，喊著毫無邏輯的話。

「隨妳，不過稍後妳若還這樣叫的話，我想我會更『興奮』。」葉韜的身體緊緊貼住郝光光，在她的耳旁低聲說著令人大為抓狂的話。

尖叫戛然而止，郝光光氣得差點兒背過氣。她被葉韜的無恥擊敗了，果然男人腦子裡裝的都是下作的東西！

因為貼著泛有女人體香的身體，葉韜的慾望以著幾可燎原的速度瘋長，前幾次的擦槍走火他都在關鍵時刻忍住了，這次他不打算再忍！

迅速褪去身上的衣服，掀開被子將自己與郝光光蓋住，葉韜摟住與他一樣一絲不掛的郝光光，唇自她的額頭開始慢慢向下吻，邊吻邊說：「早就警告過妳逃跑了的後果，前兩次是給妳時間慢慢適應，這次無論如何都無法阻止我將妳變成我的人。」

這次要來真的了？存有幾分僥倖心理的郝光光聞言，瞬間汗毛直立，驚恐萬狀，嚎得更厲害了。「你為什麼就偏揪著我不放啊？」

將腿伸進郝光光夾緊的雙腿間，正埋首在香軟鎖骨上的葉韜忍著慾望，稍稍離開誘惑著他的一片奶白，啞著聲音道：「只能是妳，我發現沒有妳在身邊，我會渾身不適。」

有你在身邊我才會渾身不適啊！郝光光在心裡吶喊著，只是在極度排斥的同時，身體卻很不爭氣地起了一些反應。

嗓子已經喊啞，再喊不但毫無威力不說，還令嗓子刺痛。男女體型力氣的差距令她想掙脫成功純屬作夢，感受著葉韜身上不斷傳來的熱度，尤其是他身下某處不斷變硬變大的「某物」正抵著她的下半身，郝光光感覺自己眼前像是糊了層彩紙，看什麼都覺得是五顏六色的，有點飄忽的感覺，很想因為自己羞恥的反應暈過去算了，可惜老天偏偏不如她意，不停地翻眼皮，愣是暈不過去。

自鎖骨向上吻，在咬住郝光光兩片嘴唇時看到「眼皮抽搐」的郝光光，葉韜自尊受挫，抬手懲罰地在她挺翹的胸前一捏，惱聲質問：「妳這是什麼反應！」

「啊！我那是肉不是饅頭！」被捏疼了的郝光光嘶了口氣，抬起指甲尖尖的爪子在葉韜手背上撓了幾道口子，用比葉韜還啞的嗓子怒聲說道。

「又活了？繼續裝死啊！」葉韜瞄了眼留下抓痕的手背，滿不在意地道。雙手沒閒著，將郝光光上半身所有地方都游移了遍後，手開始向下滑去。

葉韜的手指所到之處，均泛著微微的酥麻感，郝光光未曾經人事的身體鮮活敏感，隨意碰觸都會引來輕顫。

「妳好敏感。」葉韜舔了舔郝光光的唇，滿意地說道，頓了會兒，突然重重壓下去，掠奪起那可口芳香，不斷侵略，霸道地享有屬於他並且也只能屬於他的甜蜜。

「嗚嗚……嗯……」郝光光被「襲擊」得毫無招架之力，抗議的聲音因為嘴唇被牢牢封住而變了樣兒，傳出來的成了軟軟無力的呻吟。

這聲輕吟好比火上澆油，原本旺盛的火焰躥得更高，葉韜雙臂逐漸收緊，郝光光比一般女子稍稍高挺一些的身子與他精健的身體出奇貼合，彷彿他們就是為彼此而生的一樣。葉韜的大手再次撫上郝光光嬌美的豐盈，饜足地鬆開郝光光被侵略的唇，吻向她的頸部。

「別、別……」彷彿在天上地上都走過一遍的郝光光喘著氣求饒，身子因為葉韜嫻熟的逗弄早已軟成一汪春水，拳頭捶過去的力道彷彿小貓撓癢一般。

快感如潮般襲來，葉韜低吼一聲，感覺慾望如氾濫的洪水，在血液中翻滾肆虐，哪裡還控制得住，立刻擠進郝光光的雙腿間。

倒抽一口冷氣，郝光光的身子猛地一顫，連忙掙扎。

葉韜下定決心要在此時要了郝光光，哪裡還會中途放棄？壓制住不停掙扎的人，知她是初次，是以沒有立刻為所欲為，而是極盡耐心地取悅她的身體。

一隻純潔、毫無經驗的小綿羊，豈能禁得住邪惡大灰狼的勾引挑逗？殘留的一絲理智告訴她要反抗，可是敏感、禁不起逗弄的身體早已背道而馳，眼神已經迷離的郝光光哪裡還反抗得起來。

「準備好了吧？我等不及了。」見郝光光的身體已經準備得差不多了，葉韜決定不再折磨自己。

「啊——」下身突然傳來的疼痛令郝光光尖叫出聲，理智瞬間回來了大半，抬手用力向著葉韜捶打下去，吼道：「出去、出去……」

「忍忍，馬上就好……」

事實證明，葉韜說謊了。哪裡是馬上就好，分明是很久！

郝光光被折騰得連哭都沒力氣了，在葉韜終於滿足時，她已經累得手指頭都不想動一下了，連話都沒來得及說一句便累極地幾欲睡去。

郝光光眼一翻，暈過去之前，疲憊不堪的她暗自唾棄著，對自己幾次三番被葉韜勾引得意亂情迷的行為非常不滿，為什麼她的身體就那麼禁不住挑逗……

渾身汗濕的葉韜輕柔地撫了撫她疲憊的眉眼，剛剛那番深入骨髓般滿足的歡愛令他身心皆放鬆了，沒想到這樣一個不聽話、總與他對著幹的小人兒能帶給他近乎毀滅性的快感。

看來前人所說的情與愛結合的情事最為美妙果然是有幾分道理的，剛剛他就感受到了超乎尋常的快樂。他應該是愛上郝光光了吧？不僅是因為她帶給了他言語難以形容的銷魂快感，還因為他為了能踏實安心地抱得美人歸，不惜用卑鄙的手段強占了她的身體，只有這樣才能斷掉其他男人——比如魏哲的念想！

視線下移，在床單上未乾的血漬處停頓了片刻，郝光光的腿上亦有紅漬。葉韜用被子將沈沈睡去的郝光光蓋好，穿好衣服走出去，對外面的人吩咐了下。不多時，端著一盆溫熱的水進來，親自將乾淨的手巾浸濕擰乾後走回床邊，輕柔地將郝光光腿間沾著的血漬擦掉。

幾乎是剛擦完，外面便亂成一團，似是突然有一群人闖了進來。葉韜眉頭一皺，將手巾精準地扔進臉盆中，給郝光光穿好早就準備好的舒適中衣，重新蓋上被子，離開房屋之前不忘將床幔亦放下來。

走出門去，輕輕將房門關好，葉韜沈聲問道：「什麼事？」

匆匆跑來報信的下人見到葉韜彷彿見到救星般，激動地回道：「回主上，魏狀元帶著侍衛闖進來，奴才們快招架不住了！」

第四十二章

下人剛一說完，魏哲便已經帶著十幾名衣著整齊、訓練有素的侍衛闖了進來。

「葉韜！枉我一直敬你為君子，誰想你居然如此小人！將光光交出來！」魏哲臉色極其難看，與滿面春風、悠然自在的葉韜形成了鮮明的對比。

葉韜的頭髮只是隨意束在腰後，整個人都散發著一種得到莫大滿足的懶散感，對著怒目而視的魏哲友好一笑，迎上前道：「魏大人來訪，葉某有失遠迎——」

「停！光光在哪裡？」魏哲抬手打斷了葉韜公式化的虛禮，皺眉質問。

「光光她……累了，此時正在睡覺。」葉韜提起郝光光時，想起她累極而眠的模樣，眉眼間不自覺地湧現出一絲自己都沒發覺的溫柔與寵溺來。

「睡覺？」魏哲敏感地感覺到不對勁兒，雙眼銳利地審視起葉韜陡然變得異樣的表情來。

「一路奔波有些乏力，所以便睡下了。」姑娘家的名譽很重要，當著這許多人的面，葉韜不便說實話。

魏哲緊盯著葉韜。「帳我們稍後再算，我要見光光。」

「葉某先帶魏大人去正廳歇歇腳，待光光醒後再喚她過來如何？」葉韜微笑著擺出個

「請」的手勢。

葉韜越是反對，魏哲越是覺得不一般，遂轉頭對身後一名女手下命令道：「妳進去看看。」

英姿颯爽的女侍衛得令後，無視葉韜，繞過他直接進了葉韜剛剛出來的臥房。

葉韜見狀，不悅地抿了抿唇，隱忍地道：「魏大人，您這可是在搜查民宅？搜查令何在？」

魏哲冷笑一聲，森冷目光回視葉韜，譏諷道：「葉莊主點了舍弟及一干隨從的穴道，將光光搶走，如此可是大丈夫所為？閣下眼中可有魏家的存在？」

聞言，葉韜不悅的表情稍緩，略微歉疚地抱了抱拳。「這事是葉某理虧，懇請魏大人體諒一下葉某迫切想要找回光光的心情。」

「葉莊主點了舍弟穴道，又搶走魏某義妹，如此藐視魏家，魏某在此表示絕不能就這麼算了！」魏哲說完後一招手，身後十幾名侍衛立時上前將葉韜團團圍住。

這時，女侍衛自房內出來，臉色有些古怪，腳步邁得有些遲疑。

「什麼情況？」魏哲忙問。

「公子，光光姑娘她……」女侍衛的神情帶了幾分惱怒和不自然，回頭狠狠瞪了眼葉韜後，在魏哲伸過來的手心上寫下了幾個字。

「什麼？光光被……」魏哲臉色陡變，在女手下堅定地點了點頭後，怒火狂飆，大步上前，不顧眾人的反應，對著葉韜的臉便是重重一拳，罵道：「好你個卑鄙無恥之徒！此等德行人品枉為一莊之主！」

魏哲素來修養極好，在人前向來都是彬彬有禮，鮮少有這般控制不住情緒的時候，隨行而來的侍衛們見自家主子這般失控，詫異過後紛紛嚴陣以待，只等魏哲一聲令下便與葉韜等人玩命。

葉韜沒有躲，直挺挺地挨了魏哲下了狠力的一拳。魏哲乃練家子，這與先前郝光光抽他的那一巴掌可不同，郝光光那個力道有限，只疼一下子，五指印半刻鐘工夫不到就會消去，而魏哲的一拳剛打完葉韜的左臉，便瞬間腫了起來，嘴角亦滲出了血。

「主上！」在一旁防衛著魏哲一行人的下人們見狀，均衝上前對著魏哲等人怒目而視。

「你們下去。」葉韜擺擺手讓手下退後，抬手擦掉嘴角流出的血後，抬眼望向微微錯愕的魏哲，沈聲道：「魏大人，今日之事錯在葉某，是以甘願受你一拳，也僅此一拳而已。」

半邊臉頰疼得發麻，整個頭都被打得嗡嗡直疼。

「哼，你的所作所為又豈是一拳就能解決得掉的？就算葉氏山莊富可敵國又如何？還我義妹的清譽來！」魏哲說完，又對著葉韜打了一拳。

這次葉韜沒有再站著不動，而是躲閃起來，只守不攻。

兩人一攻一躲持續了有一刻鐘時間，葉韜覺得魏哲的惱怒發洩得差不多之時，適時開口道：「葉某已經決定要娶光光為妻，本想最遲今晚便請媒人去魏大人府上提親，誰想葉某還沒來得及行動，魏大人便已來訪。」

「娶光光為妻？」魏哲聞言突然停手，擰眉望向葉韜。

「是。」葉韜堅定地回道。

「呵！何以突然改變主意了？」魏哲再次揚起諷笑，眼中不自覺地流露出幾許輕蔑來。

一絲不悅迅速滑過眼底，礙於魏哲是郝光光兄長的身分，葉韜強忍不滿，和氣地道：「並不突然，在葉某決定親自來京城尋光光時，便已經作下了這個決定。」

「就在不久前，光光還只是你口中一個區區的『妾』，才短短幾日就要娶她為妻，這未免太巧，此等說辭能有幾分可信度？」魏哲的聲音轉冷，葉韜的轉變在他看來只覺得可笑。

「光光是特別的，僅此一點已經足夠！」葉韜眉心跳動著，想他何時如今日這般狼狽窩囊過！揪開先後挨了兩下，大失顏面不說，此時連說實話都被公然鄙視懷疑！他知道魏哲在懷疑什麼，想必不只是他，整個魏家人也會如此懷疑，覺得他突然改變主意定是看上了郝光光的「娘家」——魏家。

「光光的特別並非一日兩日！」魏哲明顯不信，抬手止住手下隱約的騷動，對葉韜道：「今日我將光光帶走，你辱我魏家顏面的帳過後再算。」

「不可，光光不能走。」葉韜立刻拒絕，腫著一張臉，嚴肅地道：「葉某是有錯在先，方才受了魏大人打在臉上的一拳亦算失了顏面，魏大人心中是否平衡了一二？之前唐突之處葉某很是抱歉，為表歉意，先前在葉氏山莊時魏大人提的要求，葉某無條件應允，如何？」

怒氣沒有發洩完全的魏哲聞言一愣，隨後更怒，指著葉韜訓斥道：「你這是在『賣』光光嗎？你將她當什麼了?!」

「魏大人誤會了，葉某並無此意。」葉韜抬手輕輕碰觸了下腫脹不堪的臉，強忍立刻冰敷的慾望，耐心地解釋道：「葉某發誓對魏家以及對光光均無不敬之心，這個條件一是為先前葉某魯莽的行為致歉，二則是作為光光的聘禮，希望魏大人以大局為重。」

這口氣無論如何也嚥不下去，但葉韜開的條件的確誘人，若同意了，他便是大功一件，龍顏大悅之下自會對他論功行賞，只是這對郝光光來說便不公平了。魏哲瞪著葉韜不再俊美，因臉腫而顯得有些滑稽的臉，陷入了兩難。

就在這時，房門突然開了，郝光光有些無力地倚靠在門框上道：「義兄，你來了。」

「光光?!」

「光光！」

兩道聲音響起，一個帶著擔憂，一個含有譴責，前者是魏哲在擔憂郝光光的身體以及之後的生活，而葉韜則在譴責郝光光在「累乏」之下居然還不在房裡好好歇著。

葉韜一轉身，令郝光光看到了他那張觸目驚心的臉，眼倏地睜大，原本有氣無力的郝光光突然變得精神了，指著葉韜的臉，啞著聲音解氣道：「葉韜你這個小人，遭報應了吧，活該！」

說完後不再理會臉瞬間黑成一片的葉韜，對正擔憂地看著她的魏哲豎起拇指讚道：「義兄打得好！應該將這小人的另外一邊臉也一併打腫了才對，這樣才好湊成一句成語『打腫臉充胖子』。」

「噗！」

在場無論是葉韜的或是魏哲的手下，均有人忍不住輕笑出聲，被自家主子冷眼掃過後，立刻捂住嘴不敢再出聲，忍得肩膀直直抽。

見郝光光在遭遇到那種事後還能如此精神奕奕地諷刺人，魏哲擔憂的心稍稍淡去一些，望著並沒有因失了貞操就要死要活或是立刻就以葉韜為天的郝光光，心中頗覺複雜。

如此特別、能令人身心放鬆的女子，終是與他無緣，或是可以說他不如葉韜無恥。自己一直想要給予郝光光體貼周到的照顧，讓她以前沒有享受過的舒適都在他的羽翼下享受一遍，至於感情這等問題則交給時間來評斷。自己對郝光光很有好感，但是現實不允許，她的性子不適合做魏家嫡長媳，誰想還未等他考慮好要如何決定時，葉韜已經無恥地捷足先登了。

「光光，隨義兄回去。」魏哲伸出手來，對郝光光溫和地說道。

「不成。」葉韜淡淡地掃了眼魏哲，快步走到郝光光身前，攬住她的肩膀便往房間裡帶，半哄半命令著。「回房好好歇著，若是妳還不夠『累』，我不介意讓妳再『累』一些。」

郝光光的力道本就不及葉韜，尤其在不久前剛做了頗費體力的「運動」，想使力更不行了，輕而易舉地便被葉韜半拖半抱地帶回了床上。

「好好在房裡待著，若不聽話再出來，我不介意再點一次妳的穴道。」葉韜威脅道。

郝光光惱極，瞪著葉韜罵道：「醜八怪，你怎麼不去死！」

臉腫痛著的葉韜聞言，眼皮子狠狠一抽，不悅地捏住郝光光的下巴，俯身在她左臉頰上一咬，在郝光光的尖叫聲中鬆開口，滿意地端詳了會兒白嫩臉頰上的一圈齒印，幸災樂禍地道：「妳此時也成了醜八怪，看妳還有何資格笑話我。」

「你、你這個……」郝光光手摸向臉，剛一觸到被咬過的地方便嘶了一聲，猛地推開葉韜奔向銅鏡，只見鏡中的她臉上有了一圈明顯的齒痕，雖沒有見血，但那一圈紅齒印卻清晰地印在了臉上，一個時辰內怕是消不去了。

齒印留在臉上不比其他處，郝光光就算再不注重外表禮儀，也沒臉頂著這麼個痕跡出去招搖。

「老實在屋內歇著，否則我要妳臉上永遠留下這個記號。」葉韜威脅郝光光幾乎成了家常便飯，威脅的話自然而然地便出了口。

「王八蛋，我打死你！」郝光光抄起手旁一個筆筒向葉韜砸了過去，力道不小，方向也很準，直衝葉韜的後腦勺去，可惜葉韜就像後腦勺長眼睛似的，身子往旁輕輕一邁便避了過去。

「好好歇著。」葉韜沒有生氣，留下一句話便出了房門。

郝光光看著散落一地的筆筒和毛筆，氣得直拍桌子。

她是被外面的混亂聲吵醒的，醒來時剛坐起身便覺身子痠痛無比，想起先前發生的事，腦子轟的一下，穿好衣服後，不顧身子的不適出了房間，出去做什麼郝光光也不清楚，只是覺得心裡憋得慌，老實在屋子裡待著難受。

魏哲來為她討說法這件事令她很感動，雖然相識並不久，但魏哲待她這個義妹真算是頂頂好的了，可是她目前這個樣子不想再與魏哲回去，覺得沒臉。她沒打算留在葉韜身邊，也沒想去投奔魏家的任何一人，究竟該怎麼做，郝光光毫無頭緒。

失去貞操她固然不高興也很生氣，恨不得將葉韜當成臭蟲拍死，但不可否認，當時她的拒絕並不過分激烈，事情發展到最後，她自己也脫不了干係。

為何沒有抗拒到最後，甚至在最後還迷亂了，郝光光不想去思考，也可以說她心裡隱約有了一點點領悟，但卻極力排斥，就像若與她做那件事的人並非葉韜而是其他男人的話，她是否會有不同的反應亦不想去理會。

她此時對葉韜的感覺究竟是討厭、排斥、害怕，還是經由這些抵觸情緒後逐漸轉變成其他複雜的感覺或感情，郝光光想不明白，也不想去想它了。

臉上頂著圈牙印，郝光光無臉見人，只能煩躁地待在屋子裡等齒印消去，連魏哲何時走的都不知道，只知他與葉韜似是去了書房談正事，聽下人說，談了有兩刻鐘左右，然後魏哲便帶著侍衛離開了。

聽說魏哲走時臉色雖然不好看，但與剛衝進來理論時比起來要平和得多，看來像是與葉韜兩人把手言和了。

郝光光得知後心情有一點點失落，聯想到先前聽到的葉韜對魏哲說的那個條件，隱約猜到魏哲似是為了某種利益放棄了為她討公道。

晚上葉韜回來與郝光光共用晚飯，葉韜說話時郝光光根本不搭理，埋頭猛吃。她早就餓了，直接將身邊那個臉消了一部分腫的男人視為空氣，他說什麼她都當作是放屁。

「來京城已有幾日，該回去了。若一切順利的話，兩日後妳先隨我回去，吉日定下來後妳再來京城小住，等我用花轎迎妳進門。」葉韜望著彷彿餓死鬼投胎的郝光光說道。

正與一塊冰糖肘子苦戰，聞言一塊肘子肉不小心卡在嗓子眼，嗆得咳嗽起來的郝光光手忙腳亂地倒了杯茶灌下去，好不容易才將卡住的肉壓下去。感覺好多了的郝光光拍了拍胸脯，喝下一口茶，潤完了嗓子後才得以有工夫問問題。

「你說什麼？用花轎迎我？」郝光光疑惑地望著葉韜。

「是。」葉韜望著牙印已消的郝光光，心情頗好地道：「我已決定要娶妳為妻，身為妳兄長的魏哲已經同意，明日媒人便會正式去魏家提親。」

第四十三章

「……白日作夢！」郝光光嗤笑，毫不給面子地拒絕了眼底含笑，看起來一臉喜意的葉韜。雖然表情上極盡鄙夷嫌棄，可是只有她自己知道，心跳剛剛陡然跳快了一拍。

聞言，葉韜笑容微斂，認真地望著郝光光說道：「我是認真的，婚姻大事並非兒戲。」

郝光光翻了個白眼，壓下心中泛起的異樣，繼續吃起飯來，沒將葉韜「認真」的話當回事，嘀咕道：「先前是妾，這次是妻，下次就成了你姑奶奶了吧？」

郝光光不合作的態度令認真說事的葉韜大為氣惱，板著臉死死地瞪著眼中只有美食沒有他的郝光光。

片刻後，見某人仍沒有談正事的自覺，葉韜放棄瞪人，收回視線，無奈地嘆口氣，揉了揉眉心，耐心地道：「以前總強行將妳當作我的妾，是委屈了妳，此時改變主意但願不會太晚。近日我已意識到妳對我來說是特別的，何況子聰那孩子也挺喜歡妳，如此……」

這等類似表白的話葉韜說起來感覺很彆扭，加上臉部腫脹未消，表情上帶了些微的不自然，這股不自然在看到郝光光對他有生以來第一次的「告白」聽而不聞後立即消失，黑下臉來怒目而視。「郝光光！」

「叫那麼大聲做什麼！」郝光光嚇了一跳，不滿地斜了葉韜一眼。就算她再沒有女人的細膩心思，在與他發生那種事後也做不到像沒事人一樣，此時與葉韜一同吃飯本來就渾身不自在了，他還一直拉著她說話，若非實力相差過大，他這麼嘮叨她早煩得將湯潑他臉上了。

「我說的話妳究竟有沒有聽到？」葉韜沈著臉質問。

「聽到如何，沒聽到又如何？本姑奶奶不嫁！」郝光光再次大聲拒絕道。

「為何？妳已成了我的人，不嫁我想嫁誰！」葉韜放下筷子，胃口頓消，郝光光的拒絕如同一桶冷水當面潑到他頭上。

不提這事還好，一提這事郝光光的胃口也大失，「啪」地一下放下筷子，惱羞成怒道：「不許提這事！」

「為何不能提？妳已經是我的人，這是事實！正妻位置不要，難道是突然覺得當妾好了？」葉韜眸中溫度驟降，置於桌上的手驀地攥緊，手上青筋一根根地浮了出來。

「滾你的妾！不管是妻還是妾，我郝光光都不想與你這個無恥之徒扯上關係！」郝光光亦氣得雙手緊攥成拳，臉上帶著一層薄怒。在蛻變成真正的女人後，此刻她那張薄怒的臉蛋上，倒顯出幾分成熟的韻味來。

葉韜聞言，眉頭緊皺，雙眼一瞇，一把將郝光光拉過來禁錮在懷中，冷聲道：「不想與我扯上關係？作夢！我娶定妳了！」

「你、你這個大流氓，莫非又想強暴我?!」郝光光掙扎著大叫。第一次的印象太過不好，那種事給她的感覺除了痛就是乏。

看出了郝光光眼中的懼意，葉韜一愣，手臂不自覺一鬆，任她掙脫了出去。

「妳若是很排斥被我碰，我以後不勉強妳便是。」葉韜隱忍著說道。任哪個男人被親密過的女人如此排斥想必都不會很愉快，尤其在他對與她的親密回味了大半日，對下一次甚至以後的每一次都存有期待的時候。

郝光光逮著機會，迅速繞到桌子對面去，在葉韜最不好抓到的地方坐下，聽到他的話，忍不住鄙夷地望過去。「你說的話若可信，癩蛤蟆都成蛇它大哥了！」

葉韜怒道：「看來妳很希望我這次出爾反爾了？」

「才不是！」郝光光驚得跳起來，腦袋搖得跟博浪鼓似的，不敢再囂張，緊張地道：「你最好說話算話，否則我永遠都看不起你！」

葉韜雙眉皺得死緊，冷哼道：「不必激我，妳如今已是我的人，犯不著再強迫妳。」

「你須得發誓！」郝光光一想到那件事就膽顫，望向葉韜的眼睛裡滿是提防。

「好，我發誓。」葉韜覺得自己被郝光光鍛鍊得耐心日益漸增，也就她敢如此！

「說啊！」郝光光催促著。

「我發誓，成親前絕不會再勉強光光，她一日不同意，便一日不能再與她行夫妻之事，若有違此誓，就讓我眾叛親離。」葉韜鐵青著臉發完誓後，不耐煩地看著猶不甚滿意的郝光光，怒斥：「已如妳所願，還有何不滿？」

郝光光輕哼一聲，小聲嘀咕道：「連我不滿都要管，我老爹都沒你這麼多事。」

「郝光光！」葉韜耐性用盡，被逼發誓已覺夠沒臉的，聽到郝光光嘟囔的話簡直暴跳如雷，猛地一拍桌子威脅道：「再亂說小心什麼東西都不給妳吃！」

聞言，郝光光什麼都不說了，立刻端起碗扒起飯來。得到保證，目的已然達到，其他的暫且放下，激怒了這個男人對她沒好處。

郝光光老實了，葉韜的火氣也逐漸沈了下去，冷哼一聲，拿起筷子繼續吃起來。氣歸氣，可是一想到白日郝光光並沒有盡了全力地反抗他的強要這件事，面部表情便不由得泛起柔意。以郝光光的性子，若她真討厭一個男人，根本不會任其強占，而他們已經發生了關係，很顯然郝光光對他是有感覺的，也許感覺還不小，只是她不承認罷了。

這個想法是吃飯前他無意中想到的，之後的時間便越想越覺得自己的想法有道理。葉韜像是窺見了別人秘密似的暗自偷笑著，雖然猜到是這樣，卻沒對著郝光光說出來，否則想讓惱羞成怒了的郝光光同意嫁給他，怕是更難了。

一時間，屋內兩人都默默地自吃自飯，誰也沒有再開口說話。

守在外間的丫頭將葉韜和郝光光的話都聽了個徹底，尤其在聽到葉韜「被迫」發誓的話時，表情驚得快抽搐了。難以想像她們那向來威嚴不容忤逆的主上，居然會因為一名區區女子而發這種幼稚的誓。

葉韜與郝光光的對話怎麼聽怎麼覺得好笑，葉韜如此「外露」的性情不多見，被郝光光激得大吼大叫卻還捨不得動她一根汗毛，想必這位光光姑娘在他心中的分量應該不低吧？守在外間的丫頭如是想著。

郝光光很想知道葉韜究竟與魏哲達成了什麼協議，但她明白就算問葉韜，他也不會說的。男人口中所謂的大事都不願意告訴女人，何況這事的促成還與她有關，就更別想問出結果來了。

一頓飯用得安安靜靜，葉韜見郝光光縮在桌子另一頭埋頭扒飯不挾菜，看了會兒實在看不過去，於是用自己的筷子在剛剛她吃得最多的菜中挾了一大筷子放入她的碗中。

「喝！」郝光光嚇了一跳，碗差一點扔出去。

「一驚一乍的像什麼話？吃菜！」葉韜輕斥。

看著碗裡突然多出來的菜，郝光光抿著唇不動筷子。這些是葉韜挾過來的，兩人雖然身體上已經親密過，但心理上還沒親密到這個地步。

「不吃？需要我餵妳嗎？」葉韜生氣了，瞪著郝光光，想將她扯過來揍一頓屁股。她那是什麼表情？他還沒嫌棄她什麼，她倒是一直在嫌棄他！

「不用。」郝光光想了想，覺得假裝這不是葉韜挾過來的就好。她絲毫不懷疑葉韜剛出口的威脅，她可不願被他餵。

明明是喜歡吃的，可是因為這是葉韜用自己的筷子挾的，所以郝光光吃得很痛苦，一張小臉皺得厲害，彷彿吃的不是可口飯菜，而是穿腸毒藥。

葉韜的嘴唇抿得越來越緊，眉毛皺得能夾死蒼蠅，暗斥郝光光不知好歹。深吸幾口氣壓下要發火的衝動，然後像是與誰賭氣般，將每道菜都挾了一筷子放入郝光光碗裡，不一會兒郝光光的碗裡便冒了尖。

「都吃掉！有些事妳必須要習慣。」葉韜指著剛挾的菜，對僵化了的郝光光道。

真狠！郝光光氣都氣飽了。瞪了眼葉韜，他那張明明還板著的臉看在她眼中就是得意和炫耀。

「啪！」地放下碗，郝光光將自己的筷子放進嘴裡認真舔了一番，筷頭每一處都不放過，然後在葉韜錯愕的注視下，用被她舔得乾淨的筷子將每道菜都挾了一箸放入葉韜的碗裡，惡作劇地望向正對著飯菜瞪眼的葉韜。

「快吃！有些事你也必須要習慣。」

葉韜並不嫌棄郝光光用她的筷子為他挾菜，但她若是在挾菜前將筷子惡意舔弄了一番後，可就另當別論了。

「妳自己吃，我還有事。」葉韜瞪了會兒碗中高高的「小山」，不悅地放下筷子，起身離開了。

葉韜離開後，郝光光樂了。能噁心到葉韜不可謂不是一件美事，這下看他還敢不敢再隨意給她挾菜了。郝光光輕哼著小曲，將碗裡葉韜挾的菜都扒拉了出去，然後繼續吃起來。飯桌上少了一個礙眼的人，胃口登時好了許多。

入夜，郝光光躺上床準備睡覺時，葉韜進來了。這裡是他的房間，她沒權利轟他走，葉韜已經嚴厲交代下人，不許讓她去別的房間睡，是以郝光光只能留在這間屋子裡，在這張有著稱不上多愉快回憶的床上睡。

葉韜躺上床，鑽進郝光光蓋著的雙人被裡，不顧她的抗議，將她攬入懷中。

「你說過不會再強迫我的，可要說話算數。」郝光光的身子頓時僵硬起來，一想起白天發生的事，她還有些泛疲的身體便忍不住顫抖。

「睡覺！」反覆被質疑的葉韜冷哼一聲，懲罰性地在郝光光的翹臀上輕拍兩巴掌。

郝光光更不敢動了，整個身子僵得跟木頭似的，睜大眼睛不敢睡覺。

感覺出懷中的小身子在瑟瑟發抖，葉韜狐疑地擰起眉問：「妳……是身子還沒恢復好？」

這種私密的問題他居然好意思問！郝光光沒好氣地回道：「沒好！」

本是氣話，當不得真的，卻被葉韜當了真，覺得郝光光是被他白天的孟浪傷到了身體，卻好面子不好對丫鬟說。葉韜鬆開郝光光，起身穿好衣服，將被子給她蓋好後道：「妳先睡吧，我出去一下。」

不知道他出去做什麼，郝光光希望他一宿都不要回來。葉韜一走，郝光光的身子慢慢放鬆下來，尋了個舒服的姿勢，沒多久便睡著了。

不知過了多久，睡得正香之際，突然覺得下半身一涼，有根手指摸了進來……

轟地一下，郝光光睡意全消，頭髮梢都炸了起來，睜開眼抄起旁邊的瓷枕便向正「行流氓之事」的黑影砸去！

因又驚又怒，這次可是用了全力，枕頭砸到了對方的肩膀，聽到一聲悶哼，覺得這道聲音有些耳熟，但郝光光沒心思去多想，坐起身一拳頭又打了上去。

「妳還有完沒完！」葉韜忍無可忍，攥住郝光光打過來的拳頭輕喝。

「是你?!半夜不睡覺居然做這等下流事！」郝光光抽回拳頭，怒極諷刺，迅速用被子將自己蓋住，縮在被子裡將被脫至膝蓋的褻褲穿好。

葉韜不知自哪兒摸出個夜明珠，屋內亮堂起來後，黑著臉舉起一個小瓶，對像是在看流氓似的看著他的郝光光道：「這是我剛自外面買來的藥。好心沒好報，做好事還被誤會！」

聞言，郝光光試著輕輕動了動，下身原本有些疼痛的地方傳來一股清涼感，舒服多了，看來葉韜先前確實是在替睡著的她上藥，而非趁她睡著後大占便宜。

「哼，這還算好事？也不想想我這樣是被誰害的！」郝光光脹紅著臉回嘴道，尷尬的同時，心中不自覺地因為葉韜體貼的舉動而泛起一絲甜意。

葉韜狠狠白了眼郝光光，隱忍著將瓶蓋扣好，放置在床頭，語氣不甚好地對郝光光說道：「明日若還不舒服，就再上一遍。」

臉皮就算再厚，可是被個男人說著如此私密的事，郝光光也做不到無動於衷，於是翻了個身背對著葉韜，什麼也不說便直接睡覺去了。

一夜無話。

次日，葉韜早早出門，據說是去尋媒婆了。

郝光光氣悶，她逃不出去，無論走到哪裡都有丫頭婆子隨身跟著，而且一向不招她待見的狼星居然也在，有個輕功高手看著，想逃跑的成功率只會更低。

接近晌午時，蘇文遇來了。

蘇文遇一身月白色長衫，白淨俊秀的臉上帶著溫和的笑意，令人看了就忍不住想親近，與葉韜那「生人勿近」的冷臉形成鮮明的對比。

「恭喜嫂嫂、賀喜嫂嫂，我們馬上就是一家人了。」蘇文遇見到郝光光就彎身行禮，鞠了個大大的躬，將郝光光嚇了一跳。

「別叫我嫂嫂，就叫光光吧。」郝光光側身避過蘇文遇的大禮說道。

「借小弟八個膽子也是萬萬不敢喚嫂嫂芳名的，傳進哥哥耳中可就麻煩了。」蘇文遇立刻做出一副害怕的表情來，彷彿葉韜是洪水猛獸。

「噗！」郝光光被逗笑了，指著耍寶的蘇文遇笑。「他哪有那麼可怕？」

「就是那麼可怕！將妳送走的那天晚上，他可是毫不留情地將我扔出了葉氏山莊，可憐的我啊……」蘇文遇控訴地看著不承情還哈哈笑的郝光光。

「你們在說誰可怕？」葉韜低沈的聲音自正門處傳來。

「哇，哥你來得好快！」正在說葉韜壞話的蘇文遇聞言，驚得跳起來，轉過身連忙擺出一副討好的表情望向葉韜。

「你來做什麼？」葉韜皺眉看著蘇文遇，表情明顯寫著「不歡迎」三個大字。

「聽說哥你去請媒人上魏大哥那裡提親了，於是我便過來看看嫂嫂。」蘇文遇嬉皮笑臉地解釋著，狗腿得緊。

「人看過了，你可以走了。」葉韜下逐客令。

「哥呀，小弟我剛來，連水都還沒來得及喝一口呢！」蘇文遇眼巴巴地看著葉韜。

「回你蘇家喝去！」葉韜向一旁的手下使了記眼色，讓他送客。

「遇少爺，今日不方便，您改日再來吧？」下人走過去，笑著對蘇文遇說道。

蘇文遇嘆了口氣，垮著臉望了眼不假辭色的葉韜，轉過頭對正看熱鬧的郝光光道：「嫂嫂，小弟改日再來看妳，今日就不打擾妳與哥哥恩愛了。」

郝光光聞言，氣得彎腰就要脫鞋，中途被身旁的丫鬟阻止了，令拿她和葉韜說笑的蘇文遇逃過被女人扔繡花鞋的命運。

蘇文遇灰溜溜地被趕出來後，往回走的途中摸著下巴竊笑。「防得這麼緊，不就是怕我再次將你的準妻子放走嘛！就說老哥你重視小嫂子，明眼人都看出來的事了，偏當事人自己還死鴨子嘴硬不承認，悶葫蘆一個，嘿嘿……」

第四十四章

葉韜及其手下辦事效率很高，向魏哲提親的事已經辦好，魏哲同意，魏家二老本來不同意，結果不知怎的被魏哲說服了，就這樣，即使二老對葉韜不甚滿意，但因為個別原因而沒有阻止。

郝光光聽說魏哲已經同意這門親事，以她兄長的身分要替她張羅一切成親事宜時，忍不住冷笑出聲。「我爹娘已不在，沒有人有權力決定我的親事。」

葉韜聞言，表情露出一絲異樣，揚了揚眉反問：「魏哲在妳心中的地位不是高到非一般人能及嗎？」

郝光光想說魏哲只是義兄非親兄，更何況最後還為了自己的利益將她「賣」給了葉韜！雖然心裡或多或少在氣惱著魏哲的所作所為，但卻不打算讓葉韜知道，哼了一聲道：「地位高不代表就能作主我的婚事。」

「魏哲目前來說算是妳的大半個親人，本著尊重妳的原則才去向他提親的，若妳覺得他根本無權作主妳的婚事，那更好，明日妳隨我回葉氏山莊後，尋個吉日立刻將親事辦了吧！」葉韜樂了，眉眼瞬間放鬆，笑得跟隻偷到腥的貓一樣。

郝光光聞言，心驀地打了個突，拿眼角斜了葉韜一眼，毫不給面子地道：「我義兄無權作主我的婚事，同樣的你也不能。」

「無妨，我籌辦我的，妳不願意妳的，互不妨礙。」兩天不到已被打擊、拒絕了無數次的葉韜，此時再面對拒絕鄙夷，已經能做到面不改色心不跳，可以心平氣和地應對從沒對這門親事抱有絲毫期待的郝光光。

「你！」郝光光氣得想翻白眼，葉韜的無恥程度正以每天十倍的速度增長著，簡直防不勝防。

「好了，乖乖地等著與我一同回葉氏山莊，其他沒用的東西還是不想為妙。」葉韜半玩笑、半警告地瞟了忿忿不平的郝光光一眼後，笑著離開了。

郝光光所不知道的事情是，當初魏哲護送楊氏去葉氏山莊的內幕。楊氏也非葉韜特地叫去辨認郝光光與魏家千金是否有關係的，而是受了皇后的請求——其實間接相當於皇帝的請求——去葉氏山莊談正事的。

葉氏山莊身為北方第一大莊，其財勢極其招眼，雖然每年光上交的賦稅及各處孝敬的錢或物已經不少，但是好色成性的皇帝廣納三宮六院，花銀子如流水，國庫早已入不敷出，於是便將主意打到了天南海北的知名富商頭上。

但凡有點錢的人都希望捐個官做做，這樣出門在外顯得更有地位，可這種幾乎稱得上是常見的現象，在葉氏山莊卻沒人稀罕。皇帝幾次暗示葉韜，可以讓他或是他的親朋等人當個不算小的官，不料這個條件次次都被葉韜拒絕了。

他對作官沒興趣，也不想平白將自己賺來的錢給皇帝花，除了賦稅等該有的東西孝敬一番外，其他可謂是一毛不拔。

當今皇帝手腕並不算強，就是因為沒本事才導致國庫漸漸空虛，也好在邊境尚算安全，沒有敵國要來入侵，否則一個除了貪花好美色外，再沒擅長之處的皇帝，根本保不住國家。

今年因國家兩個地方先後犯了大災，本來就空虛了的國庫因救災而更加慘不忍睹，皇帝別無他法，便派一些得力手下去富商們手中摳錢，為了不被笑話，這些事還要秘密進行。因葉韜是個不愛當官的，沒有什麼可以利誘，想自他手中撈到點油水委實太難，皇帝為難之下，突然想起蘇家與葉韜的淵源，於是特地命楊氏去葉氏山莊，企圖用母子親情來感化葉韜，讓他為了國泰民安、為了天下蒼生獻上一分綿力。

楊氏的丈夫蘇尚書忙，脫不開身，於是便由蘇文遇陪同她一併去往葉氏山莊。冬天行遠路頗不太平，蘇文遇的三腳貓功夫真遇到搶匪之流的，連自保都成問題，根本起不到保護楊氏的作用，在皇帝尋思著挑個人護送他們時，魏哲挺身而出攬下了這個職責。

於是說服葉韜「孝敬」國庫的責任便落到了楊氏和魏哲兩人的身上。魏哲打算趁著辦這趟公事順便將私事也一併解決掉，私事便是將他表妹郝光光自葉氏山莊帶出來。

其他勢力略小點的商戶基本都不敢反抗朝廷，或多或少都孝敬了，但葉氏山莊不同，它雖然賺錢很厲害，但其主要定位是武林世家，武林中的人和事均不歸朝廷所管，素來武林與朝廷都井水不犯河水，很多事只要武林中人做得不過分，朝廷向來是睜隻眼閉隻眼的。換句說法，便是皇帝有一點點窩囊，對於勢力不小且沒有做出什麼挑釁朝廷權威之事的武林世家，朝廷為了不損兵折將，根本不去招惹。

最後可想而知，楊氏與魏哲這趟出行的目的沒有達到。葉韜不想養一條永遠也餵不飽的色龍，於是沒有看在楊氏是他親生母親的分上當「冤大頭」，果斷拒絕了皇帝暗地裡的要求。

沒辦成交代的事，皇帝不太痛快，但因為要錢要糧的事實在是不光彩，是以不敢擺到明面來談，就算不滿也是在心裡，對楊氏及魏哲明面上還是如往常一樣，但會經常在某些小事上挑挑錯處數落他們，令其當眾丟臉。

其實這幾十年來魏相暗地裡斂財不少，但幾個兒孫著實不爭氣，將他辛苦大半輩子撈的錢財敗光了大半，於是不僅國庫空虛，相府也沒有人們想像的那麼富裕，而在葉韜分別許以朝廷及相府一筆可觀的錢財後，魏家不但打消了要追究他當眾擄人的打算，連他強占了郝光光的事也不予追究。

不為郝光光出頭，雖然說是利益當頭，但其主要原因還是郝光光沒有與他們認親，魏哲上門打了葉韜一拳就算是給過教訓了，至於魏相夫婦沒有那個資格也不便去出頭，若引來懷疑，抖出當年欺君的事，魏家的百年基業可就一併玩完了。

在這件事上，葉韜給足了魏家面子，稱是被楊氏及魏哲的誠心打動，同意背地裡給朝廷捐糧、捐銀子。

當時的擄人事件由於路上沒有行人，是以除了幾名當事人外，根本無人知曉，因不會留人話柄，是以雙方便都默契地當作沒有發生過這件事。

葉韜有錢，魏家有權，魏家的權力目前葉韜用不到，但難保以後不會有用得到的地方；而葉韜的錢，魏家卻已經用了，或許以後還可能再用。雙方各取所需，因為郝光光搭上了一座和諧默契的橋樑。

雖然魏家權力極大，但身為官場中人，有些不宜明面上解決的事，由江湖上的人出面再合適不過。

雙方都知葉韜與郝光光成親後，魏、葉兩家算是姻親關係，因為這點，葉韜與魏相幾個「知情人」相處起來倒是越發地和樂融融。

晚上，葉韜帶著郝光光去了魏家，因第二日要走，晚飯兩人是在魏家用的，權當是讓郝光光與魏相夫婦及魏哲辭行。

用飯時，老夫人拉著郝光光與她坐一起。在座之人大部分是長輩，按理郝光光應該坐在最下首，緊挨老夫人坐於禮不合，但老夫人固執，席間根本是拉著郝光光的手不放，於是不得已，郝光光在十多雙或羨或妒的目光注視下，不太自然地挨著老夫人坐下用餐。

「光光喜歡吃哪樣菜就多吃些，無妨的。」老夫人親自給郝光光布菜，為了補償對郝光光的虧欠，老夫人只允許郝光光一個人可以隨便吃，不需要拘泥於每樣菜最多只挾三筷子的禮節。

望著碗中冒尖的各種喜歡吃的菜，再看看老夫人空蕩蕩的碗，郝光光原有的那麼一點點失望不平立即消失。老夫人有她的苦衷，魏家大事上由不得她作主，於是決定，對魏家沒有為她出頭而與葉韜成了盟友的不滿，只歸咎到魏哲一個人頭上就好。

四小姐魏瑩見老夫人一直給郝光光挾菜，自己從來沒有享受過這等殊榮，又想起魏哲對待她這個親妹妹也不如對郝光光親，不禁心生委屈，忍不住嫉妒地道：「祖母偏心，只知道給光光妹子碗中填菜，瑩兒也想吃祖母挾的菜。」

老夫人聞言眉頭一皺，瞪過去訓斥道：「閉嘴！一會兒用過了飯，妳須得向光光道歉！」

魏瑩的表情頓時僵住，原本紅撲撲的小臉兒血色漸失。讓她堂堂千金小姐去向個平民、土老帽道歉，簡直比罰她跪佛堂及抄沒完沒了的書還難以接受。

郝光光見魏瑩瞪過來的目光越發不友好，不禁莞爾一笑，知老夫人是想補償她，不想這頓飯是在某道怨忿的目光注視下用，於是開口道：「不必的，老夫人不提光光都忘了那件事了。四小姐已經受過罰，想必以後也不會再犯，道歉就——」

老夫人握住郝光光的手，神情嚴肅地道：「妳無須多說，她犯了錯就必須要承認錯誤，若以為自己是千金小姐就可以為所欲為，那可就大錯特錯了。在娘家還有人寵著、容忍著，一旦成了親，在婆家誰還縱容妳？」

魏瑩聞言，眼眶紅了，一汪眼淚立刻湧出在眼眶裡旋轉著，想說什麼結果被老夫人眼睛一瞪，嚇得將話嚥了回去，不情不願地低下頭，味同嚼蠟般地繼續吃起飯來。

老夫人自己顧不得吃，不停地為郝光光布菜的表現，以及為了郝光光而訓斥魏瑩的作為，令在座的夫人、少奶奶們感到極其納悶，搞不清楚為何郝光光會這麼受老夫人的喜愛及重視。一時間眾人望向郝光光的眼神全變了，各種猜測湧上心頭，但在答案未明之前，每個人都暗自決定不去招惹郝光光，以免激怒了老夫人。

一頓飯吃得每人心裡都轉了無數彎，郝光光吃得也不是很自在。老夫人對她越好，她越是心情複雜，好不容易吃完了飯，眾人各自回房的回房，有事要做的去做事，郝光光在魏瑩委委屈屈地道過歉後，被老夫人帶去上房吃飯後甜點。

不多時，魏哲來了，老夫人說：「光光隨哲兒出去說說話吧。」

郝光光有點不想與魏哲單獨相處，無奈被老夫人要求，只得起身隨魏哲出去了。

「光光，妳很生為兄的氣吧？」來到院子光線較暗的背陰處，魏哲停下腳步，轉過身，神色複雜地望著自出來後一直沈默著的郝光光。

郝光光沒有走近，在離魏哲還有一段距離時停了下來，視線定格在魏哲的靴子上，淡聲道：「生氣談不上，失望倒是有。」

魏哲聞言，眼中滑過一抹愧意，嘆著氣歉疚地說道：「雖然很想說是迫不得已，但我為了某些利益放棄為妳出頭這是不爭的事實。我就站在這裡，妳若是心中委屈或生氣，儘管過來打幾下出氣吧。」

郝光光並沒有如魏哲所願地上前打他出氣，而是抬起頭望過去問：「你與葉韜究竟是達成了什麼協議？」

「這事不便說，見諒。」魏哲回答時，表情有些尷尬。

早猜到他不會說，但郝光光心中還是湧出失望來，冷聲道：「你無須愧疚，這些時日以來義兄沒少照顧光光，何況當日義兄打了葉韜一拳，算是為光光出氣了，反倒是相識以來光沒有為義兄做過什麼，真要說抱歉應該也是我才對。」

郝光光的話太過客氣，魏哲聽得眉頭直皺，緊緊盯著郝光光。「光光，妳若不滿，為兄寧願妳打罵，也不願妳變得這般客套。為兄看得出來葉韜待妳不同，他會善待妳，而且在葉氏山莊時，為兄發現那裡的人大多都喜歡妳，那裡適合妳，嫁過去後不——」

「停！」郝光光打斷了魏哲的話，深吸一口氣道：「別說了，若義兄還念及我們兄妹情分的話，就不要說了。」

魏哲頓住，望向郝光光的眼神染上一絲不易察覺的心傷，苦笑道：「我又何嘗願意說這些祝福妳與葉韜的話?光光，其實我——」

「魏大人，時候已不早，葉某該帶光光回去了。」葉韜突然出現，打斷了魏哲未說完的話。

「葉莊主來得可真快。」魏哲冷聲諷刺道。

「哈哈，魏大人難道不知，如今葉某恨不得將光光隨時隨地帶在身邊，一刻見不到她都坐立難安啊！」葉韜大笑著走過來，攬過郝光光的肩膀說道。其中聽著玩笑成分居多，但不可否認自從他明白了自己的心意後，一天見不到郝光光都會感到不舒服。

郝光光猛地打了個冷顫，葉韜的話令她起了股惡寒。

魏哲盯著環擁住郝光光的那隻手臂，眸中溫度頓降，冷聲道：「希望葉莊主所言屬實，並且好好地待光光一輩子，否則但凡她在葉氏山莊受到一點委屈，我們魏家都不會坐視不理！」

聞言，葉韜不但沒惱，反倒收起玩笑表情，嚴肅地望向魏哲，保證道：「魏大人放心，葉某這麼多年來僅有的一次要娶妻的念頭是因為光光，我自然不會負她。」

「好，我們拭目以待。」

兩個男人對視的目光互不相讓，暗潮洶湧。

夾在兩個男人之間的郝光光沒察覺出他們之間的詭異暗流，只是被葉韜的話激出了一身雞皮疙瘩，覺得葉韜這人平時看起來挺冷淡的，誰想說起這些有的沒的話來能噁心死一片人，噁心得一聽就知道是假話，想讓她感動都不可能。

拜別了魏哲，葉韜帶著郝光光去魏相及老夫人那裡打過招呼後便回去了。

次日早上用過早飯，葉韜帶著郝光光騎著郝光光的那匹白馬上路了，騎馬快捷，郝光光又非嬌弱千金，是以葉韜沒有選擇乘馬車。

將郝光光置於身前牢牢攬住，縱馬馳騁中，葉韜心情頗好地大聲說道：「天黑之前便能到家。我們要快些，子聰那孩子大概已想妳想得緊，此時怕是已迫不及待想要見妳了。」

第四十五章

路上葉韜沒怎麼休息，只在途中一處檔次還算高的酒家歇了歇腳，用過午飯後就繼續上路，待日漸西沈即將落山之際，他們終於趕回了葉氏山莊。

郝光光一路被葉韜環抱著，雖然不及策馬奔騰的葉韜出力多，但是被長時間維持一個姿勢固定在馬背上，不僅屁股顛得生疼，全身各處也都又疼又乏。平時她騎馬才不會騎這麼久更不會騎這麼快，今日一騎騎了近一天，不累才怪。

因天冷被各種棉衣披風裹成圓球狀的郝光光讓葉韜抱下來，如當初郝光光第一次來一樣，被打橫抱著進了葉氏山莊的大門。

郝光光被馬顛得渾身疼，再加上太陽一下山，天有些冷，她的手腳微寒，沒精力去掙扎，於是就這麼一路被葉韜抱著進了山莊。

提前有人報了信，下人早早地便將一切事宜安排好了，葉韜直接將郝光光抱進了她先前住的那個屋子，房間打掃得乾乾淨淨，被褥亦是新洗剛曬過的，郝光光躺進去還能聞到日陽的清新味道，一挨上柔軟的床鋪，睏意立刻便湧了上來。

「別睡，先洗漱一番，然後等著用飯。」葉韜囑咐如雪她們伺候郝光光洗漱，交代完畢後邁步出了房門。他目前的情形不比郝光光強多少，極需要清理一番，換上乾淨的衣服。

「小姐，妳可總算回來了，再不回來，奴婢們就要被少主的冷眼凍死了。」如雪、如菊她們提熱水去了，如蘭一邊給郝光光準備換洗的衣物，一邊抱怨道。

「子聰怎麼了？對了，我的八哥呢？」站起身，配合著如蘭脫下一層層厚厚衣物的郝光光，終於有精力去想自己的寵物了。眼睛在屋內瞄了一圈沒發現，然後望向窗外，眼中帶著一絲擔憂，八哥不會被葉子聰褪了毛，烤著吃了吧？

「小八哥自小姐離開後就被少主帶走了，小姐放心，小八哥還活著。」如蘭安慰著一臉擔憂的郝光光。

「活著是不是也生不如死了？子聰不知要如何虐待我的八哥呢！不行，如蘭妳去將小八哥帶過來，他要是不給，妳就說這是莊主吩咐的。」郝光光越想越不放心，趕忙催促道。若她一直不回來就罷了，回來了那自是不能允許自己的寵物再被小孩子欺負。

如蘭應了聲後就出門了。

如雪、如菊陸續將洗澡水提了進來，倒進浴桶裡，郝光光身上還在泛涼，急需熱騰騰的水泡泡，於是待水準備好後，迫不及待地去了屏風後，爬進浴桶泡澡去了。

當被溫熱泛著花瓣香氣的清水包圍時，郝光光舒服得差點兒呻吟出聲，坐在浴桶中閉著眼享受著，一時什麼糟心事都不去想，只全心全意地享受著適中的水溫給她帶來的舒適感。

不習慣洗澡時旁邊有人伺候著，丫鬟已經讓郝光光支了出去，一個人坐在熱氣騰騰的浴桶中昏昏欲睡之時，如蘭回來了，走過來說道：「小姐，少主說他不高興，要讓小姐哄得他高興了才會將八哥還來。」

郝光光了然一笑，早料到葉子聽不會那麼容易聽話的，輕笑問道：「我不在的這些時日裡，他可有虐待我的小八哥？」

如蘭在屏風處停下，隔著層屏風斟酌了會兒後，回道：「少主待小八哥還算和善，小八哥與小姐在時相比只稍稍憂鬱了下，並無大礙。」

「這彆扭的孩子還不知要怎麼折騰八哥呢，我一會兒過去瞧瞧。」郝光光擔心憂鬱了的八哥是一點，還有一點是離開這麼多日，她有點想葉子聽了。加快了洗浴速度，想早早過去瞧瞧。

「不急的小姐，主上交代了，小姐洗過澡後要奴婢們先伺候小姐用飯。」如蘭提醒郝光光。

聞言，郝光光摸了摸肚子，還真是有點餓了，想著也不急在一時，於是妥協了。「好吧，用過飯後再過去。」

洗完澡，身上舒服了，郝光光很想馬上鑽進被窩大睡一覺，但想到一會兒還有事要做，於是強打起精神，吃著廚房端過來的精緻飯菜。匆匆用過飯後，郝光光讓如蘭帶著過去找葉子聽了。

「小姐不在時，少主每隔一日便會過來坐坐，念叨著小姐。」

「是念叨還是罵我啊？」郝光光笑問。

「呃……」如蘭頓了頓，偷偷瞄了眼郝光光，見她心情不錯，於是放心地回道：「兩者兼有吧，不過也只是抱怨小姐冷血心腸，說走就走而已，其他不好的話沒有說。」

郝光光唇角上揚，葉子聰會說她什麼壞話，猜都能猜得出來。

沒多會兒就到了，郝光光走進去時，葉子聰正趴在方桌上瞪著鳥籠裡的小八哥，不知在想什麼。

「聽說你非讓我親自來才會將小八哥還給我？現在我來了，可以還給我了嗎？」郝光光走過去，在發呆中的葉子聰身旁坐下。

小八哥見到郝光光進來時，有那麼一剎那的愣神，待見郝光光坐下對牠微微一笑後，小八哥猛地回過神，激動地在鳥籠裡撲騰著翅膀，連飛帶竄地撲騰了好幾圈，連連叫著。「主人回來了！主人回來了！」

「閉嘴！吵死了！」葉子聰「啪」地一下拍向鳥籠子怒道。

小八哥立刻蔫了，不敢再出聲，老老實實地縮在角落中，不停地拿眼角偷瞄葉子聰。

「不許凶我的八哥！」郝光光一把將鳥籠移到自己身前來，瞪著葉子聰斥道。

「妳不是不要牠了嗎？怎麼還是妳的？」葉子聰板著一張精緻的小俊臉，拿眼角斜睨郝光光，語氣有抱怨、有冷漠、有氣惱，總之就是少爺脾氣犯了，不是很高興。

「胡說什麼？誰說我不要牠了？」郝光光白了葉子聰一眼後，開始仔細打量起小八哥來，見牠確實像如蘭所說的那樣憂鬱了一些，不過好在沒有瘦，身上的毛也沒見掉多少。

「哼，說走就走，害得一群人被爹爹罰，妳也好意思！」葉子聰冷哼道，自郝光光進來後，他就沒拿正眼看過人。

郝光光聞言，心中不由得湧上一絲心虛，感到理虧，不自在地撓了撓下巴說道：「這也不能怪我，我也是受害者好不好？要怪就怪你那個討厭霸道的爹。」

「我爹爹才不討厭，不許妳詆毀我爹爹！」葉子聰倏地挺直身子，側頭瞪向郝光光，大聲說道。

「嘖嘖，還真孝順呢！」郝光光說完後，打了個呵欠，感覺有點睏了，不想再待，站起身提起鳥籠子就走。「趕了一天的路，又睏又乏，我得回去睡覺了。」

見郝光光說走就走，剛要發脾氣的葉子聰聞言，立刻收回了即將出口的指責，轉而哼道：「暫且容妳回去睡一覺，明日記得過來找我。」

這命令霸道的口氣與他老子一模一樣，郝光光磨著牙道：「明日的事明日再說。」

「妳！」葉子聰站得筆直，望著郝光光離去的背影大聲道：「明日妳必須來！」

葉子聰小霸王似的口氣挑起了郝光光的怒火，這次什麼也沒說，加快腳步走出了葉子聰的房間，任憑某位少爺在身後哇哇亂叫。

小孩子不能太慣著，她又不是他家下人，憑什麼要對他言聽計從？這麼小的孩子都這麼不尊重她了，以後長大了還得了！

郝光光氣呼呼地帶著小八哥往回走，邊走邊在心中說葉子聰壞話。

「光光，誰讓妳走的！」

走著走著，小八哥突然開口說了一句話，嚇了郝光光好大一跳。

拍了一下鳥籠，訓斥道：「我是你的主人，不許叫我光光！」

小八哥彷彿沒聽到，繼續揚著脖子尖聲道：「討厭的女人，說走就走！」

這語氣頗有些像葉子聰，郝光光隱約猜到小八哥在學葉子聰說話，這次不再阻止，任牠說去。

「妳走了，我欺負誰去？」

「沒人鬥嘴，好無聊。」

「練字偷懶被罵了，爹爹好凶，都怪光光！」

「本小爺煩得吃不下飯，沒良心的女人卻在外吃香喝辣……」

「冷血女人，葉氏山莊哪裡對妳不好了？敢跑……」

「爹爹也走了，更無聊了，就欺負小八哥出出氣吧！」

「爹爹走了五日還沒將冷血女人帶回來，臭女人真不乖！」

「小八哥啊小八哥，我有點想你主子了，怎麼辦？」

「再不回來就桊小人詛咒妳！」

「沒良心、死女人，還不滾回來！」

「……」

小八哥學舌的話全是罵她的，郝光光聽得大怒，停下腳步就想踅回去尋葉子聽罵回來，結果剛轉過身還沒走幾步突然停下，因為小八哥接下來說的話觸到了郝光光心底的某一部分柔軟，滿腔怒火頓時消了去，憐惜之情漸漸升起。

「沒有人陪我，好難過，光光妳回來吧……」

小八哥說這句話時不似先前氣惱不悅的語氣，反倒聲音很低，帶著委屈，可憐兮兮的樣子，牠是很努力地在學葉子聽說話了。

如蘭見郝光光在愣神，適時說道：「雖然少主平時總對小姐橫眉豎眼的，但明眼人都看得出來少主很喜歡小姐呢！他平時在小姐面前總鬧小脾氣，那是在撒嬌呢，一般小孩子只有在自己信得過的或是親近的人面前才會露出小孩子霸道的一面。」

郝光光何嘗不知小孩子愛在親近喜歡的人面前使小性子，不僅是孩子，大人亦是如此。郝大郎活著的時候，她就極盡所能地耍賴胡鬧，無非是覺得郝大郎疼她寵她，她可以盡情地胡鬧，就是吃準了郝大郎不會將她怎麼樣。

如此一對比，倒是真覺得葉子聽在她面前的言行舉止與她在郝大郎面前的表現有些相似，不同之處就在於葉子聽嘴巴壞，吐出的話讓人聽了生氣，若非如蘭提醒，郝光光根本就不會想到「撒嬌」上面去。

「光光當我繼母吧，妳不會背著爹爹偷偷虐待我的對不對？」小八哥又想起一句話，於是搖頭擺腦地說起來。

「噗！」郝光光被搖頭晃腦的小八哥逗得笑出聲來，對正揚頭向她邀賞的八哥道：「你學了這麼多話，子聰知道嗎？」

如蘭也笑了，望著不清楚郝光光在說什麼的八哥道：「少主定是不知，否則哪可能同意八哥被小姐帶走。」

郝光光也是這麼想的，葉子聰那麼傲氣彆扭的性子，哪裡容忍得了一隻鳥將他的「心裡話」說給別人聽。

心情頗好，郝光光用手指輕輕敲了下鳥籠子，對小八哥囑咐道：「你要記著，千萬不許在子聰面前說這些話，否則小心你身上的毛。」

郝光光與如蘭往回走，天色越晚溫度越低，兩人快步走著。

「幾日不見，怎的小八哥一下子會說這麼多話了？」郝光光隨口提道。

「這都是被少主訓練的，小八哥一被恐嚇，學說話可快了。」如蘭嘻嘻笑道。

「可憐的八哥，我不在的這些日子定是沒少吃苦。」

「只要小姐不再離開，小八哥不就不會再被少主欺負了？」如蘭腦子轉得快，狀似無意地出主意。

郝光光沒接話，只輕輕笑了笑，很快兩人就回了房。

剛進房便看到坐在她床上的葉韜，郝光光眉頭輕皺，不甚歡迎地道：「你怎麼來了？」

「睡覺。」葉韜簡潔地回道。

如蘭見葉韜在，很識趣地退了出去，不忘將房門關好。

「你發過誓不會強迫我，既然如此，你還要與我同睡一床，豈不是自尋沒趣？」郝光光將鳥籠放在書案上，自己則坐入椅子，托著下巴與八哥對視。

「為了要讓妳盡快習慣我的存在。趕了一天路還不累？」葉韜皺眉望著屋中多餘的存在——八哥，表情極為忍耐，看起來很想將牠扔出去。

感覺到葉韜投射過來的不友好視線，小八哥的脖子縮了起來。方才在路上說了許多話，嗓子早乾了，此時顧不上說話，一個勁兒地喝著郝光光餵過來的水。

「累當然累，不過有你在我就不想睡了。」郝光光不大高興地道。

葉韜聞言沒生氣，瞟了眼郝光光還有八哥，脫了靴子上床躺下，無所謂地說道：「隨妳，妳就與那隻鳥對視一宿吧，我先睡了。」

側頭望向舒服地躺在柔軟被褥中準備睡覺的葉韜，郝光光很不平衡，她此時非常想睡覺，可是偏偏有這麼一個人霸占著她的床，氣得她雙眼冒火，死死瞪著閉上眼、一臉閒適的葉韜。

不多時，葉韜便睡著了，郝光光見狀更氣，站起身將鳥籠子提去外間交給如蘭她們，然後回了房也準備睡覺。她才不會傻到為了爭一口氣而一宿不睡呢！

脫掉鞋子，郝光光輕輕地爬上床，伸腿企圖跨過占了大半床的葉韜，一條腿剛跨過去，另外一腿還沒等跨過去時，葉韜突然轉了個身，由側臥變平躺，好巧不巧地在翻身時，一條腿支起，膝蓋頂了下郝光光的屁股，郝光光失去平衡，一個趔趄，趴在了葉韜身上。

「嗯？」葉韜睜開犯睏的眼，看著整個人趴在他身上的郝光光，受寵若驚道：「妳這可是在投懷送抱？」

「送你個頭！」郝光光惱羞成怒，脹紅著臉，彷彿葉韜身上有跳蚤似的，迅速爬下他的身子，扯過被子緊縮在牆角，背對著葉韜準備睡覺。

葉韜悶笑出聲，用略帶睏意的聲音道：「我不介意妳投懷送抱，難得妳這麼主動。」

郝光光咬緊牙關，聲音自牙縫裡傳出來。「你絕對是故意的！」否則她怎麼會跌到他身上！

「我可沒說自己是無心的。」葉韜心情不錯，說完後不再理會郝光光，翻了個身背對著郝光光夢周公去了。

「無恥！」郝光光都懶得生氣了，一想到葉韜在美美的睡覺，而她卻在氣惱得睡不著就覺得不值，於是強迫自己什麼都不要想，閉上眼睡覺去了。

不知過了多久，郝光光終於睡著了，這時葉韜睜開眼，翻過身，輕輕將沈睡的郝光光抱過來。

美人在懷，聞著郝光光身上傳來的沐浴過後的清香，葉韜的嘴角含著笑，也入睡了。

次日，郝光光醒來時，葉韜已然離去，洗漱完畢、用過早飯後，郝光光問如蘭。「心心呢？我回來了，她怎麼沒來找我？」

「心心姑娘被禁足了，主上氣她夥同他人放走了小姐，於是罰她閉門思過抄書，什麼時候放出來由主上決定。」如蘭如實回答。

「禁足？抄書？」郝光光詫異地瞪大眼，在她這個不喜被束縛又不會寫字的人看來，禁足與抄書是最折磨人的懲罰，其痛苦程度遠高於失身。

「是，心心姑娘好可憐的，被禁了足，整日辛苦抄書不說，連想見的右護法都見不到，聽說心心姑娘這幾日天天哭呢！」如蘭邊說邊拿眼角偷瞄郝光光。

果然，強大的愧疚感令郝光光坐不住了，連忙站起身道：「帶我去見她。」

「小姐可是要去解救心心姑娘？主上已經發話，誰去見都不成。」

「什麼？他禁錮人的自由還禁上癮了是不是？」郝光光生氣了，不聽如蘭的話，大步往外走。

「小姐。」如蘭小跑步跟上郝光光俐落的腳步，急忙說道：「小姐若是想將心心姑娘解救出來，方法倒是有一個。」

「什麼方法？」郝光光問話時，腳步片刻都沒有停。葉雲心是因為她被關的，而且這麼多日見不到東方冰塊兒，葉雲心不知有多難過。她可清楚葉雲心是一日見不到冰塊兒都會犯相思病的，這次居然十多日不見，這還得了！

如蘭就等郝光光這句話呢！馬上回答道：「主上說了，只要小姐答應嫁與主上為妻，並且承諾不再逃跑，他便立刻將心心姑娘放出來，不僅如此，還會盡快安排她與右護法的親事。」

郝光光又開始磨牙了，冷哼一聲問：「若我不同意呢？」

「不同意就慘了，心心姑娘只能繼續被關，直到小姐同意的那天為止。」

第四十六章

郝光光去了葉雲心的去處，結果就像如蘭所說的那樣，在院門前便被攔了下來。

葉韜大概是猜出郝光光會來尋葉雲心一樣，特地撥過來兩名五大三粗的婆子鎮守院門，不管郝光光是威逼還是利誘，都撼動不了這兩座大山，面對兩名加起來歲數近百的婆子，郝光光還沒下作到對年紀大的人動手硬闖。

是以憋了滿滿一肚子氣，氣不過的郝光光怒氣沖沖地上書房找葉韜算帳去了。

葉韜離開多日，有很多事需要處理，昨晚因回來得太晚，早早便回房休息了，今日一大早匆忙來到書房，將左沈舟和東方佑叫來處理堆積起來需要他親自過目的公事，忙得是焦頭爛額。

書房的房門被郝光光重重踹開時，葉韜正忙著坐在書冊堆成山的書案前檢閱蓋印章，左沈舟正向葉韜彙報多日來莊中的要事。

「主上，屬下沒攔住光光姑娘。」負責守門的人誠惶誠恐地在郝光光身後請罪。

「沒你的事，下去。」葉韜眉頭輕皺，對嚇得臉發白的守衛說道。

守衛出去後，郝光光走上前，一巴掌猛拍在葉韜面前的書案上，大聲道：「一人做事一人當！是我郝光光自己要離開的，與其他人無關，心心為我所逼迫才選擇幫我，你要罰就罰我一個人好了，罰無辜的心心算個什麼事！」

葉韜的表情有些難看，嘴唇抿起，一雙黑眸就這麼定定地盯著郝光光拍在書案上的手，一句話都不說。

左沈舟見葉韜後宅要起火，興奮得眼裡直冒光，唯恐天下不亂地湊過來，朝瞪著葉韜要算帳的郝光光嘻嘻笑道：「我說未來嫂嫂，妳這樣不問青紅皂白地闖進來尋主上討說法不太理智啊，且不說小弟與東方那小子也在，就算我們不在，妳這樣闖進來，被路上的下人看到也不光彩嘛！有些人興許會笑話，說主上懼內，連個女人都管不住，但我想大多數人都會笑話未來嫂子妳一個人，好聽點的大概會說妳真性情，為了朋友敢來挑釁主上神威，不好聽的那可就說什麼都有啦，母老虎、母夜叉、河東獅——哎喲、哎喲，未來嫂嫂別打呀！」

左沈舟抱頭鼠竄，嗷嗷叫著躲避郝光光不停打過來的卷軸。

「你說誰是母老虎、母夜叉？啊？你才是母夜叉、母老虎！你這個沒事找事欠收拾的傢伙！別的不會，火上澆油的本事倒是一流！再說不好聽的話，就命人將你嘴巴縫上，看你這爛嘴還能吐出什麼鬼東西！」郝光光拿著微硬的卷軸打得不亦樂乎，想她一個花樣嬌俏的小美人，居然被人說成是母夜叉，抽死他！

東方佑扯過鬧騰得正歡的左沈舟，擋在嫌他多管閒事的左沈舟面前，訕笑著道：「光光姑娘請息怒，我這便將他弄走。」

被東方佑擋住，郝光光不便再繼續追人打，拽著卷軸瞪著有點不情願地「躲」在東方佑身後的左沈舟，深吸一口氣，緩和了下暴動的情緒後道：「果然還是冰塊兒你比較上道，怪不得心……哼，如果所有人都像左沈舟那樣不斷挑事，葉氏山莊每天都得有打不完的架。」

左沈舟探出頭一臉無辜地說：「未來嫂嫂妳對小弟有所誤會，小弟從來不做這類討人嫌的事，我以人格擔保。」

「你有屁的人格！」郝光光一聽左沈舟說話就生氣，髒話都罵出來了，忿忿地道：「再不老實就將你扔船上自生自滅去！」

聞言，左沈舟一驚，連忙收起玩笑的表情示弱。「未來嫂嫂別嚇小弟了，小弟知錯了還不成？」

左沈舟姓左名沈舟，「沈舟」這名字簡直就是他命運的寫照，不知道是不是在娘胎裡被詛咒了，只要他一乘船，那船十之八九都會翻，在吃過幾次差點被淹死的苦頭後，左沈舟開始學泅水，會泅水後，乘船依然會倒楣得不是翻船就沈船，百試百靈。

從河中游向岸邊每每累得夠嗆，是以但凡上路，左沈舟一律陸行，再遠的路都不乘船了，何況也沒有人敢接左沈舟這個彷彿被河神厭惡了的客人，所有船家見到他時皆恨不得跪下來求他別乘他們的船。

所以想威脅左沈舟的話，扣他銀子或打他都起不了作用，唯有說將他扔船上去自生自滅才會怕。

「主上、光光姑娘，你們聊，屬下們先出去了。」東方佑說完後，扯著左沈舟匆匆出門了，不忘幫他們將房門給關好。

左沈舟一出門，郝光光的精力便重新移到了葉韜身上，「啪」地將卷軸往書案上一扔，站在書案前居高臨下地質問著葉韜。「心心一個天真活潑的小姑娘，被你一連關了半個月，你好意思嗎？」

雖然郝光光站著，一副興師問罪的模樣，但也僅只一個外強中乾的空殼子而已，一點都沒有坐著的葉韜有氣勢。

「她被關，妳愧疚了？以後可還敢再逃跑？」葉韜輕抬眼皮，淡聲問。

「她是因我逃跑被關的，現在我回來了，你是不是該放她出來了？」郝光光憑著一腔熱血與怒火，膽氣十足，站在葉韜面前插著腰凶道。

葉韜的眼睛在郝光光插著腰的兩手上輕輕掃了掃，道：「禁心心足是我命令的，何時放了她亦是由我來決定，這是葉氏山莊的內務事，只有葉氏山莊的主子才有權利插手，妳這無所不用其極想與葉氏山莊撇清關係的人就不勞費心了。」

「你！」郝光光被葉韜一句話頂得說不出話來，她不是葉氏山莊的人，是沒權利管，若一定要管的話，那就只能……她如何甘心！

葉韜老神在在地望著一張臉青紅交錯的郝光光，輕笑：「還有事嗎？沒事就回去，我還有很多事待處理。」

郝光光一口氣嚥不下去，深呼吸了好幾下依然嚥不下，於是決定不理會葉韜的逐客令，改質問為勸說。「心心這麼可憐，你還不讓她見見東方冰塊兒，這未免太不人道了。這大半個月過去，心心都不知哭成什麼樣子了，就讓東方冰塊去見見她吧，哪怕一面也算你積德了不是？」

葉韜聞言，眼中閃過不悅，下頷緊繃，冷聲道：「莫非是最近太過縱容妳，於是開始對我指手畫腳了？嗯？」

那聲「嗯？」宛如一桶冷水，倏地一下澆滅了郝光光的熊熊怒火，理智像是長了翅膀般，咻地飛了回來。郝光光一個激靈過後，插腰的手放下了，挺得筆直的腰板微微放鬆，不再拿眼角看葉韜，收起淩厲的表情，半忐忑、半疑惑地認真打量了下葉韜的臉色，想確定他是真怒還是裝怒。

看出了郝光光打量的目光，葉韜心底輕笑，表情卻嚴肅得一塌糊塗，冷眼一掃。「如何選擇妳自己決定，沒事的話就回房。以後再像今日這般冒冒失失地闖進來，我可不會再姑息！」

葉韜的眼神含著滿滿的警告，看得郝光光周身忍不住發寒，先前的熊膽頓時消去大半，當退縮之意即將上湧之時，葉雲心委屈帶淚的小臉霎時映入腦海中，於是膽子又回來了不少，郝光光咬牙切齒地道：「壞人姻緣是要下地獄的！你這樣不讓心心與東方冰塊兒見面就是在壞人姻緣，有報應時別怪我沒事先提醒你！」

強撐著說完這句勇氣十足的話後，不等葉韜反應，郝光光挺直腰板兒，轉過身快速離開，待出了書房時，郝光光身後已經滲出了一層細汗。吁口氣，暗罵自己不爭氣，被葉韜瞪幾眼、威脅幾句，就立刻窩囊得自大爺變成孫子。

左沈舟與東方佑在書房門口一邊等一邊說事，看到郝光光出來便住了口，齊齊望向臉青一陣、紅一陣猛喘氣的郝光光。

「未來嫂嫂可是說完了？那小弟們這便進去了。」左沈舟詢問道。

郝光光皺起眉頭瞪了左沈舟一眼，隨後望向面無表情的東方佑，對他臉上那道疤還有冷淡的神情，郝光光每每看到，心中都會不自覺地湧起懼意，為此她相當佩服葉雲心，這麼冷冰冰又有道疤的男人她居然不怕，還敢愛上。

「我有話要說，耽擱你片刻可好？」郝光光剛剛被葉韜嚇了下，此時見到表情淡淡的東方冰塊，不敢去命令，只能詢問。

「噗！」一旁的左沈舟看出了郝光光的懼意，不由得笑出聲來。

「笑什麼笑？滾一邊去！」郝光光惱羞成怒地瞪向左沈舟，她怕葉韜、怕東方佑，可一點都不怕左沈舟。

對於欺軟怕硬的郝光光，左沈舟什麼脾氣都沒有，畢竟未來女主子背後的靠山是葉韜，他不敢得罪，於是很給面子地走開了幾步，算是「滾」了。

「光光姑娘有話請說。」東方佑禮貌地點頭。

郝光光鬆了口氣，邁步向前走，走開一段距離後停住，回過頭嚴肅地望著跟在身後、一直維持五步遠的東方佑。

「心心被關了十多日，你想不想見她？」郝光光問。

東方佑猜到郝光光找他是要說葉雲心的事，聞言神情有些尷尬，又帶了幾分複雜。

「這……這想見又如何？那件事我們做得委實過分，激怒了主上，被罰亦是理所當然。」

被東方佑認命的「奴才論」氣到了，郝光光心中那股子懼意被怒氣壓住，瞪眼怒道：「你敢情是可以隨意出入，自由得很，心心被關在屋裡哪兒都不能去還抄書，你就不能想想辦法將她解救出來嗎？實在不行，你過去看看也好啊！別告訴我這麼多時日來，你都沒去看過她。」

東方佑被數落得俊臉暗紅，垂眸抿唇不語，如此態度等於默認了。

郝光光深吸一口氣，自她來書房開始就一直在做這個動作，閉了閉眼，隱忍著道：「虧我還覺得你對心心是有感情的，原來並非如此，是我多事了。好了，不勞右護法大駕，我自己想辦法去。」

光光轉身就走，東方佑眼中湧過一絲焦急，伸手要去攔郝光光。

這時，站在書房門口的左沈舟突然喊道：「東方，主上有請。」

不得已，東方佑收回手，輕輕一嘆，收拾好情緒後，向左沈舟的方向行去。

郝光光鬧了一肚子氣，回了房便猛往肚子裡灌茶水。她不僅生葉韜的氣，還生東方佑的氣。氣葉韜拿別人的終身大事威脅她，還氣東方佑的不上道，替癡心一片的葉雲心不值。

如蘭見郝光光氣成這個模樣，有點害怕，將糕點、水果放在桌上後就站在一旁，不敢亂說話。

「男人沒一個好東西！」除了她老爹。郝光光在如蘭一驚一乍的眼神注視下說了這句她認為非常對的話後，抓起個蘋果狠狠咬下去，咬得極用力，彷彿她一口一口吃掉的是葉韜那廝。

一個蘋果吃下去後，郝光光又吃了根香蕉，快吃完時葉子聽突然來了。

葉子聽小臉繃得緊，進來後瞄了眼吃得正歡的郝光光，氣呼呼地往她身旁的椅子上一坐，不說話。

嚥下最後一口香蕉後，郝光光莫名其妙地看著生悶氣的葉子聽，問道：「又怎麼了？」

葉子聽的臉上罩了層薄怒，頭往郝光光相反的方向一偏，不悅地道：「讓妳今日找我來，結果妳就不來。每次都是這樣，總要我來找妳。」

「呵呵……」憋了好一陣子的氣在聽到葉子聽孩童鬧小性子的話語時，一下子消了大半，郝光光笑了起來，寵溺地摸著葉子聽的頭道：「剛剛我有事出去了，才回來沒多久，你不來的話，我一會兒就去找你了。」

「真的？沒騙我？」葉子聽轉過頭，拿眼角斜睨郝光光，將信將疑地問。

「沒騙你。」自從知道葉子聽喜歡她後，郝光光是越看葉子聽越順眼，就跟看自己兒子似的，拿過一根香蕉剝開皮遞了過去。「來，吃根香蕉。」

葉子聰本不喜歡吃香蕉，但看到眼中盛滿善意溫柔的郝光光，拒絕的話嚥了回去，接過香蕉開始皺著臉吃起來。

郝光光沒發現葉子聰吃得很不情願，說了會子話後，開始轉歪主意了，神秘兮兮地道：「子聰啊，求你一件事行不行？」

好不容易將香蕉吃下去的葉子聰皺著臉，用郝光光的杯子猛喝了幾口茶，對著眼珠子滴溜亂轉的郝光光唇角一揚，很不客氣地道：「別想了，我是不會幫妳去見心心姑姑的。」

「臭孩子！你這什麼態度，老娘我想在你身上佔點便宜就這麼難是不是？」郝光光一巴掌拍在葉子聰的肩膀上。

葉子聰一下子滑下椅子，跳出老遠去，衝著郝光光做鬼臉。「妳才不是我老娘，想做我娘就趕緊嫁給我爹爹去。」

「揍你，讓你小子不聽話！」郝光光拿起一根雞毛撣子，追著葉子聰就要打。

於是一個追、一個跑，兩人在房裡鬧騰了近半個時辰才散。

晚上，葉韜回房時，郝光光已經洗完了澡，正坐在床上想事情。

「在想什麼？」葉韜忙碌了一整天，在自己房裡洗漱完畢後，就來郝光光房裡了。

郝光光看了眼葉韜，沒說話，繼續埋頭思考。

子。

「什麼事這般費神？」葉韜身心放鬆地往床上一坐，揉了幾下疲疼的脖頸後開始脫靴

「我在想心心的事，究竟怎麼樣你才會放她出來？」郝光光問。

葉韜脫好了靴子，拉下床幔上床，聽到郝光光的問題，唇角一勾。「在書房時我已說過，除非妳是葉氏山莊的主子，才有權利管這事，否則不勞妳操心。」

郝光光忍著要破口大罵的衝動，再次問：「你的意思是說，我嫁給你，成了葉氏山莊的主子後，才能將心心放出來？」

「可以這麼說。」葉韜躺上床，閉上眼道。

抿了抿唇，糾結了好一會兒後，郝光光像是下了天大的決心般，嚴肅地道：「我同意嫁給你，你將心心放出來吧！」

葉韜像是早料到一般，唇角上揚的弧度更大了，閉著眼道：「如此甚好，明日起我便著手安排定日子。妳要記住，並非我逼妳，是妳親口答應嫁過來的。」

郝光光開始磨牙，忿忿地道：「我知道，不勞你提醒！」

「嗯，天色已晚，睡吧。」葉韜的聲音中已經帶了些許睏意。

郝光光躺了下去，睜大眼睛望著床頂睡不著，想了想，以商量的口吻道：「可以提前將心心放出來嗎？她被關那麼久，很可憐的。」

「允妳。」葉韜心情不錯，很好說話。

聞言，郝光光鬆了口氣。閉上眼準備睡覺前，郝光光眼中快速滑過一抹笑意。只要葉雲心出來了，她便可以放心地去思考別的事。

葉韜成親是大事，準備相關事宜時，葉氏山莊上下必定忙碌得很，越忙於她便越有利，到時……

第四十七章

從郝光光同意出嫁的第二日開始，葉氏山莊便忙活起來，因葉韜發話了，最遲一個月內成親，時間太過短暫，是以全莊上下全部開始忙碌起來。

合八字、定吉時、備彩禮、採買成親所用的一切吃喝用穿等物事、準備請帖等等，平時葉氏山莊因下人多，丫頭婆子們都比較輕閒，這下因為葉韜與郝光光的親事，全部忙碌起來，山莊內的花花草草也開始重新佈置，總之全山莊除了郝光光及葉子聰，其他所有人都忙得連坐下來侃大山的功夫都沒有。

被關長達近二十日的葉雲心，在郝光光三催四求之下終於被放了出來。重獲自由後，許是還不適應這項轉變，整個人變得安靜了許多。葉雲心的家人見狀，紛紛稱這是好現象，一致認為是禁足抄書改善了她素來不沈穩、嗐嗐呼呼的性子。

郝光光一點待嫁新娘子的喜悅和羞澀都沒有，除了被人拉著量身要為她訂作嫁衣和首飾外，就沒她什麼事了，於是一有空就去找葉雲心說話。以前是葉雲心總跑來尋她，現在被關了一陣子後，葉雲心估計是心情還沒調整過來，很少出門，只能郝光光去尋她。

這日，郝光光又去尋葉雲心了，走進房間便見到葉雲心正對著繡了一半的帕子發呆。

「想什麼呢？一天到晚妳可有什麼時間是不發呆的？」郝光光一屁股緊挨著葉雲心坐過

去詢問。

葉雲心回過神來，放下繡帕，托腮嘆氣，略帶憂愁地道：「被關了這麼久，我還沒調整好心情跑出去玩，不發呆又能怎樣？有件事令我很生氣，妳猜怎麼著？我爹他們見我老實了許多，高興之下居然去對韜哥哥說禁我足很管用，要他以後多禁我足，治治我不老實、到處跑的毛病。」

郝光光驚愕地睜大眼，沒想到葉雲心的爹如此「與眾不同」，若換成護短的郝大郎，誰敢禁他女兒的足，他絕對會設十個八個的陣法困死那個敢關他寶貝閨女的人！

「妳在為這事生氣？我還以為妳是為了那冰塊兒生氣。」郝光光一臉同情地看著葉雲心。

提到東方佑，葉雲心的表情瞬間變得黯淡了，面帶愁雲。「我清晨時去找過他，好不容易鼓足勇氣問他對我是何想法？為何沒有在韜哥哥不在山莊時偷偷來看看我？結果他……」

未出閣的女子跑去問男人這種問題，需要提起極大的勇氣，葉雲心平時見到東方佑已緊張得話都說不俐落了，此時能跑去問東方佑這兩個問題，可想而知是下了多大的決心，面子什麼的已經不去顧了。

「他怎樣？傷妳心了是不是？」郝光光忿忿地道，看葉雲心這副失魂落魄的模樣，還有什麼猜不到的？

葉雲心眼圈紅了，喃喃道：「他、他沒說什麼，只說了句抱歉。」

「什麼？連句解釋都沒有？」

「對於不重要的人，有什麼可解釋的？」這就是葉雲心一直悶悶不樂的原因。本以為東方佑對她是不同的，結果誰想到會是這樣，心都涼了半截，可憐被關期間她是日日想著他才咬牙忍下來的。

「不該吧？妳之於他豈會是不重要的人？」明眼人一看就知道東方佑對葉雲心有情，葉雲心不會一傷心就將一切都否決了吧？郝光光擔憂地望著倏地冷下一張臉來的葉雲心。

「就是不重要！妳無須安慰我，興許他待我有一點點不同，但這點不同實在微小，連韜哥哥不在莊內他都不敢來看看我，哪怕他只是向我祖父母或爹娘打探打探我也好，結果他沒有，虧我還一直想他會不會擔憂我，簡直是自作多情！連左哥哥都時不時地關心關心我，還命人送一些好玩的東西來哄我開心，他呢？哼！」葉雲心很生氣，抓起繡帕來亂揉亂扯，將繡帕當成了東方佑。

郝光光對於感情這種事瞭解得比葉雲心少得多，所以她想不通東方佑的想法，看著葉雲心這麼難受，心中的愧疚感甚濃，臉猛地一垮。「這事都怪我，妳是為了幫我才被關的，結果還害得妳與冰塊兒之間起了隔膜，若是因為我而壞了你們的姻緣，那我……」

「沒那麼嚴重。」葉雲心搖搖頭，揉著繡帕思索了會兒後，道：「韜哥哥承諾我嫁給東方哥哥就一定會說到做到，所以沒有壞人姻緣一說的，我只是生氣他對我不管不問的態度。」

郝光光鬆了口氣，拍拍最近好像長了點肉的胸脯，慶幸地道：「還好還好，那姓葉的傢伙總算還會做點好事。」沒讓她有「機會」害人姻緣。

葉雲心吸了吸鼻子，將委屈藏起來後，想了想突然問：「妳要嫁給韜哥哥了，可是不見妳有多歡喜，是有苦衷還是被逼無奈？」

郝光光一呆，她不好意思說是因為要解救葉雲心才不得已向葉韜妥協，怕葉雲心愧疚，於是垂眸嘆道：「從去了京城後發現還是葉氏山莊自由多了，這裡的人也好，若是這輩子必須要嫁個人的話，葉韜還算是不錯的選擇。」

那就不是兩情相悅才嫁的。葉雲心若有所思起來。

其實這話也並非全是郝光光寬慰葉雲心的，她自己也是這樣想的，哪怕她再不想承認，而且她隱約感到自己對葉韜的感覺變了，有時一天不見他就會發呆，等醒過神來後才發現自己在想著葉韜。

自從在京城她就感覺到了，葉韜碰她，她的感覺並非全是排斥，更多的是手足無措及害羞，這個她極力掩飾排斥的事實在她經歷越來越多的同樣反應後，即使再不想承認，她也不能自欺欺人了。

如若不是如此，當初她也不會妥協，讓葉韜那麼輕易便得到了她的身子。這幾日她一直沒給葉韜好臉色，不僅是因為他霸道地強要了她，更多的是氣自己居然這麼不爭氣，對這麼一個總欺負她、霸道又強勢的男人竟轉變了初衷！

目前郝光光不想嫁給葉韜的原因有兩點，一是她不想當個被擺佈的人，就這樣被葉韜和魏家人算計成親她不服。自小就不是受人擺佈的性子，豈會老實同意嫁給葉韜？二是以前葉韜對她不好，雖然最近他的態度有所改進，但依然時不時地威脅或凶她一下，這讓她很不高興，何況也沒有做好為人婦的心理準備。

郝光光不想過那種嫁人後要三從四德、相夫教子的日子，自小在山上長大，對於貞操這東西不像一般女子那般視如性命，初夜沒了她很氣是真的，倒不會去尋死覓活。

如果躲不過，這輩子非要選擇嫁一個人的話，葉韜尚且稱得上是比較好的選擇，他沒有惡習，睡覺不會呼嚕震天響、腳不會臭氣熏天、不會打女人、不會花街柳巷亂轉，無須擔心會染上花柳病傳染到她身上等等。

葉雲心緊緊盯著郝光光的表情，盯得人發毛時才挑眉了然地道：「我看出來了，妳說得很勉強，而且面無喜色，兩目無神，說妳打心裡願意嫁給韜哥哥那是不可能的事。」

「有那麼明顯嗎？」郝光光驚訝地抬起頭摸臉。

「摸什麼？難道妳能摸出自己的臉寫著什麼？」葉雲心白了郝光光一眼。

「切！告訴妳也無妨，我是不情願嫁過去，是妳那韜哥哥逼我嫁的。」郝光光聳了聳肩，裝作無所謂地道。

葉雲心早就料到了，是以聽了也沒有感到驚訝，打量了會兒郝光光，最後湊過去附在她耳旁，用非常小的聲音問：「妳想不想逃？」

郝光光的雙眉猛地一挑，瞪過去，懷疑地問：「妳什麼意思？」

葉雲心做賊似地在屋內瞄了瞄，沒有回答郝光光的問題，站起身將房門打開，往外探了探，見門口沒人，於是將門拴上，依樣畫葫蘆地將窗戶也關緊了，隨後神情有些激動地回來對郝光光再次詢問。「妳想不想逃走？別擔心，我沒有坑害妳的意思。」

郝光光也不知是否變得謹慎了，沒有正面回答葉雲心的話，只輕笑反問：「目前這情形我如何逃？葉韜又不是傻子。」

葉雲心有點著急，抓住郝光光的胳膊輕搖。「妳不想逃了？可是我想逃！妳帶我逃走吧光光！」

「什麼?!」郝光光嚇了一大跳，聲音陡地拔高，被極度緊張的葉雲心一把捂住嘴。

「噓！別這麼大聲，妳想將所有人都引來嗎？」葉雲心瞪著郝光光，警告道。

郝光光的眼睛睜得溜圓，雙手用力將葉雲心的手扒拉下來，一臉震驚地小聲問：「妳想逃跑？逗我玩的吧？」

「我是認真的！」葉雲心的神情極為嚴肅，看向郝光光的眼神中充滿了信任。「我自小到大就沒有離開山莊多遠過，外面的世界我嚮往已久但沒去過，被關了這麼久，我更嚮往自由，而且、而且東方哥哥又那麼冷淡……我難受，想出去散散心。妳自己闖蕩過，有經驗，所以帶我走好嗎？」

郝光光還沒從震驚中回過神來。葉雲心這個乖寶寶居然想鬧離家出走？心咚咚跳起來，她承認葉雲心的提議相當相當誘人，令本來就想逃跑的郝光光激動得雙手發顫，握住葉雲心的手問：「妳確定真想走？不怕妳家人擔心？萬一被抓回來，後果可不是鬧著玩的！」

「我會給家人留信，不會突然消失。後果是什麼不去管了，總之我若再繼續待在莊中，絕對會瘋掉！」葉雲心更激動，回握住郝光光雙手的力道更大。

「等等，此時不是商討妳說的是不是真話的時候，上次我逃跑有那麼多人幫忙尚且險險成功，這次就妳和我兩個人如何逃？」郝光光嚴肅地提醒道。逃跑的意圖自她再次回到葉氏山莊的地盤起就沒有消失過，她一直愁的是如何在眾人的眼皮子底下逃脫。

葉雲心安靜了下來，她沒有像郝光光那麼愁，歪著頭衝郝光光眨眨眼問：「聽說妳很懂陣法？連韜哥哥他們都對妳佩服得緊，上次妳不是被韜哥哥叫去後山試陣法了嗎？感覺如何？」

郝光光有點明白葉雲心的用意了，雙目炯炯地回道：「那次啊，記得呢，去試陣法害我扭到腳了。那陣法不是很難，比葉韜他們口中什麼迷魂陣的要容易，就是找出口麻煩些。」

葉雲心激動了，扯住郝光光的袖子道：「妳若是能不被那陣法困住就好辦了，至於出口我們可以慢慢找。平時很少人去後山，找個機會只要我們避過一些巡視之人就成了。」

「怎麼避開？據我所知，葉氏山莊明衛、暗衛極多，想逃跑沒那麼容易。」郝光光翻白眼道。

「這個不難，到時妳與我一起，我知道一條通往後山的密道。」葉雲心越說越開心，彷佛她們已經逃了出去，自由就在眼前一樣。

郝光光聞言，眉頭為之舒展，杏眼兒亮晶晶的。「若妳能神不知鬼不覺地將我直接帶去後山，那我便能在一炷香內帶著妳破陣逃出葉氏山莊。」

「好！這事我們從長計議，一定要保密，絕不能引起他人的懷疑。」葉雲心開心地緊緊擁抱了一下郝光光，然後便與郝光光交頭接耳地嘀咕起逃跑的相關準備事宜。

逃跑有望，郝光光心情大好，不過為防被人看出異樣，她不敢任情緒太過外露，平時該做什麼還做什麼，不敢總與葉雲心膩在一塊兒，平均兩天見一次面而已。

這次的婚事葉韜想辦得體面些，於是需要宴請的人很多，光請帖這一項就耗去許多精力。葉韜不僅要處理葉氏山莊的公務事，還要張羅成親事宜，忙得每晚都在郝光光睡著之後才回房，早上郝光光醒來時葉韜已經不在床上。

碰面次數少了正合郝光光的心意，因為這樣就不用擔心她藏不住心事，被葉韜發現什麼來。雖然開心歸開心，只是偶爾總會莫名地覺得有些空虛，起初的興奮過後，再想起逃跑一事，心中總是會若有似無地湧過一絲黯然。

待黯然嘆氣的次數越來越多，郝光光開始坐立不安了，她不喜歡自己的心不被控制的感覺，動心令她感到不安，斥罵自己幾次後，開始努力地期盼逃跑那日的到來。

最開始葉韜便說過，帶郝光光回葉氏山莊住一段時間，等定好日子，一切準備就緒後，再將郝光光送回京城魏家小住，十日後葉韜親自去京城迎親。

大喜之日越來越近，郝光光明日吃過早飯便要出發去京城了，葉韜親自護送。

這日晚上，葉韜終於在百忙之中抽出時間來與郝光光一同用了晚飯，席間葉韜像個老媽子似的，對郝光光說著一切需要注意的瑣事，看那神情，若是沒有成親前男女雙方不得見面的說辭，葉韜絕對會在自家山莊裡就將郝光光娶了！

「知道知道，別囉嗦了！」郝光光被叨唸得耳朵快起繭子了，捂住耳抱怨道。

葉韜停下叮囑的話，定定看了郝光光一會兒後，突然放下筷子，猛地抱過郝光光，趁她驚訝間俯首重重吻了下去。

「嗚……」郝光光被偷襲個正著，羞惱地捶打著葉韜，無奈她越是不老實，葉韜抱得越緊，吻得越嚴實，力道差距過大，沒多會兒郝光光便無力掙扎，被葉韜刻意的引導挑逗下，不自覺地閉上了眼睛……

兩人正在用飯，口中還泛有飯菜餘香，葉韜抱住郝光光，將離別的不捨全部傾注到這一吻之中。

不知過了多久，在兩人氣息不穩，差點兒要擦槍走火之際，葉韜才放開郝光光。

「在京城乖乖等我娶妳回家，知不知道？」葉韜眼中火苗未熄，手指輕撫郝光光被吻腫的紅唇，沙啞著嗓音道。

郝光光兩頰紅得像即將成熟的桃子，嘴唇紅腫，氣息不穩，雙眼迷離，感覺跟作夢一樣，聽到葉韜的話，只是下意識地點頭，根本沒有聽懂對方在說什麼。

郝光光這副模樣看得葉韜差點兒把持不住，深呼吸幾次，好不容易平息了一部分身體上的衝動，為防自己失控，葉韜不敢再待下去，快速囑咐了還在神遊的郝光光幾句話後，便匆匆出了房間。

葉韜離開好一會兒後，郝光光才醒過神來，一手撫著微微腫脹的唇，一手摸向怦怦亂跳的心口，想到剛剛自己在無意識中回吻了葉韜，臉立刻便燒起來。他總是能輕易挑起她的衝動，害她丟臉地回應了。

剛剛葉韜說了什麼？郝光光擰眉思索，他好像說了句什麼「等我娶妳回家」？

「娶妳回家」四個字映入腦海，就彷彿一粒石子投入河中，攪亂了河面的平靜，令郝光光的心中驀地蕩起幾絲漣漪。多麼溫馨幸福的四個字，他說了「家」這個字，這對於父母先後離世，只剩下孤零零一個人的她來說，是多麼奢侈珍貴的字眼……

「不對、不對，不要胡思亂想！」郝光光猛地搖了幾下頭，強迫自己清醒，不能去想那個令她沈淪的吻，不能想那句令她莫名感動、心幾乎化成一汪春水的話語，更不能去想這些時日以來葉韜對她的照顧和溫柔，她今晚是要與葉雲心逃走的。

若以前她只是為了逃離葉韜的控制而想逃走的話，在發現自己動了一點點心，到剛剛被葉韜的吻及一句話勾得心蕩神馳、差點兒放棄逃跑後，郝光光便一刻也待不下去了。感情這種東西是很莫名其妙的，一旦動了心，那情感就像是滾雪球一般越滾越多，這才幾日，她的心神就已開始被葉韜的一言一行所牽引，照這樣的速度，再繼續在有葉韜的地方待下去，很快地她就會完全迷失自己的心，直到變得完全不像自己。

那簡直太可怕了！郝光光越想越慌，她要立刻走，在心還沒有完全遺失在葉韜身上之前一定要逃！

吃完最後剩下的兩口飯後，郝光光將如蘭她們喚來收拾桌子，漱完口後，郝光光假意往床上一坐，手摸到了早就準備好的絲帕。

「哎呀，這是心心的絲帕，定是白天時忘了帶走的。」郝光光望著白色絲帕，驚訝地說道。

如蘭走過來道：「奴婢給心心姑娘送還過去吧？」

郝光光搖搖頭，站起身道：「不用，還是我送過去吧，正好有話想問她。」語畢，抬起胳膊在衣服上聞了聞，嫌棄地道：「好濃的飯味，我要換件衣服後再過去。」

如蘭不作他想，趕忙去拿乾淨的衣物給郝光光換。

這幾日郝光光早將要帶走的東西準備好了，其中有一個便是當時楊氏畫的她娘親的畫像，這個早在前兩日就神不知鬼不覺地送去了葉雲心房裡，剩下的她只需拿上幾樣首飾和自葉韜那裡摸來的銀票，其他招眼的東西一律不帶。令她遺憾的是，馬和八哥又不能帶走了。

換好乾淨衣服，趁丫鬟不注意時，將銀票和首飾都塞好後，拿起帕子去找葉雲心了。

郝光光與葉雲心已經商量好，今晚吃過晚飯後趁眾人放鬆期間逃跑。兩人雖不是武林高手，但好在身手靈活，哪怕在外面遇到不平事，打不過能逃跑，總之自保不愁。晚上上路不及白天安全，但顧不得那麼多了，白日莊內到處人來人往，更別想逃。

兩人一致認為葉韜他們肯定是將精力放在郝光光回京城的路上，還有在魏家居住的那幾日，這兩段時間郝光光最容易逃跑。任誰也不會想到，郝光光會突然聰明到想在出發前一晚逃跑，並且很巧的是，還多了個知曉通往後山密道的葉雲心。

是成是敗就在此一舉！

走在去找葉雲心的路上，郝光光的手心全是汗，此時她所有精力都放在逃跑這件事上，至於方才在屋內那一剎那湧起的悸動，早被拋在了腦後……

第四十八章

葉韜正在與左沈舟他們交代他出門送親時，莊內的一些安排，正商量著時，外面傳來了守衛的聲音。

「主上，如蘭姑娘有急事求見。」

葉韜聞言神色一變，拋下正在談著公事的東方佑兩人，一個閃身奔向了書房門口。

左沈舟見狀挑了挑眉，捅了捅身旁木然站立的東方佑，小聲道：「瞧瞧，他對未來娘子多上心，你學著點兒吧！」

東方佑不悅地瞥了左沈舟一眼，側身挪開一大步，躲開左沈舟的毛手，一句話都沒說。

「嘖嘖，這麼冷淡，小心人家心心妹子不要你了。」感覺到了東方佑的愛搭不理，習慣了他這副冷淡性子的左沈舟不在意地摸了摸鼻子打趣道。

「閉嘴！」聽左沈舟說起葉雲心，東方佑的俊眸不悅地瞪過去。

「不說就不說。」左沈舟呵呵一笑，不敢真去惹東方佑生氣。

葉韜打開房門，看到戰戰兢兢站在門外的如蘭，眉微擰地問：「怎麼了？」

如蘭看到葉韜，腰瞬間彎了彎，撲通一聲跪在地上，帶著哭音回道：「主上，光光姑娘不見了！」

「什麼？」葉韜聞言眼神一凜，嚴肅地問：「怎麼回事？狼星呢？」

如蘭不敢看葉韜的臉，低著頭嚇得直打哆嗦。「晚飯後奴婢陪同光光姑娘將手帕送還給心心姑娘，奴婢在外間等著時，不知怎麼的睡著了，醒過來後光光姑娘和心心姑娘就都不見了！」

「所有地方都找了嗎？」沒等如蘭回答，葉韜立刻對一旁的兩名守衛命令道：「通知府中侍衛去搜夫人和葉姑娘，快去！」

「是。」兩名護衛得令，咻地一下跑遠了。

「主上，奴婢將小姐平時常去的地方都找過了，當時奴婢睡著得太過突然，沒敢一直自己找，一意識到不對勁就趕緊過來稟報了。」如蘭額頭上的汗一滴滴地冒，不知是嚇的還是一路尋郝光光累的，卻愣是不敢抬手擦一下。

「妳說什麼？心心也不見了?!」東方佑突然衝出來，焦急地問。

「是、是，心心姑娘與光光姑娘一道不見的！」如蘭眼睛掃到東方佑臉上的那道疤，臉一白，嚇得重新低下頭。

東方佑平時不說話時就冷淡得讓人不敢靠近了，此時臉色一難看，威懾力更大，膽子小的人見了會嚇哭。

東方佑待不住了，衝著葉韜一抱拳。「主上，容屬下去找找吧。」

「去吧，多帶些人，見到狼星讓他過來見我。」葉韜的神情無比嚴肅，背置身後的雙手攥得極緊。
「是。」東方佑一刻也不耽擱，一個縱身不見了蹤影。
如蘭看丟了郝光光，過錯甚大，僵著身子跪在地上，一動也不敢動。
葉韜狠狠瞪了如蘭一眼，「砰」地一下關上書房門，將裡面的左沈舟嚇了一大跳。
「未來嫂嫂不會真逃了吧？這次居然還拐上個心心。你無須擔心，山莊上上下下這幾日一直都在盯著，她想逃也逃不掉的。」左沈舟見葉韜臉色鐵青，本想調侃的話沒敢出口，正經八百地安慰道。
葉韜走到書案前，手往上面一拍，咬牙道：「希望如此，否則……」
左沈舟驀地打了個冷顫，搓了搓泛起雞皮疙瘩的胳膊。否則什麼？不管是什麼，反正定是沒好事！
東方佑已經出去幫忙尋人，葉韜又一副陰陽怪氣的樣子，左沈舟在書房待不住，道了句「也跟著去幫忙找人」後，便匆匆逃離了沈悶的書房。
不多時，狼星來了，葉韜立刻出去詢問情況。
「夫人去尋葉小姐時，屬下因不便進後宅，便留在了院外守候，只兩刻鐘的功夫，如蘭姑娘便跑出來說夫人不見了。屬下在附近已經尋找過，沒有見到夫人及葉小姐的蹤跡。」狼星單膝跪地請罪，頭垂得極低。「屬下沒有看住夫人，請主上責罰。」
葉韜的臉黑了下來，雙拳攥得喀吱直響，對跪在地上的狼星和如蘭拋下一句「給我跪著！」後，飛速離開。

葉氏山莊大半的侍衛及暗衛都出動尋找起失蹤的兩人來，偌大一個山莊，雖然人極多，但有人若想藏起來的話，想找到他並不容易，只是郝光光較特殊，她自從再次回到葉氏山莊的地盤起，便一直被人暗中看著，防止她偷跑。

這麼一個被人明著暗著都看著的人突然不見，且尋了這麼久還沒尋到，八成是已經跑走了。

可想而知，葉韜的怒氣有多大，相關人等會有多驚懼！在吉日已定、請帖已發的情況下，新娘子不見了，到時拜堂不見新娘子的蹤影，葉氏山莊可是要丟大臉了！

狼星、如蘭等人誰也擔不起這個責任，若是一直找不到郝光光和葉雲心，他們絕對討不了好去，葉韜的怒火一旦燃起來，可是不會那麼容易消的。

所有人都急著找人，睏了累了都不敢停，不停祈禱郝光光被找到，否則他們就別想有好日子過。

尋了一個多時辰，沒有找到人，幾百個人戰戰兢兢地跪在地上，一句話都不敢說，也不敢看葉韜的臉色。寒冬臘月，地上森涼，可是跪著的人一句怨言都不敢有。寒風颯颯中，一大群人卻在冒汗，葉韜越是不說話，眾人便越是緊張害怕。

「糟了！」因沒尋到人而臉色灰敗的東方佑突然開口喊道。

「嗯？」葉韜不悅地望過去，用眼神詢問。

東方佑望向葉韜，用傳音術對葉韜說道：『光光姑娘她們可能是從密道逃出的，主上可還記得幾年前心心曾無意中撞見我們自密道裡出來？』

葉韜聞言神色立變，一個閃身便消失在眾人面前。東方佑緊隨其後，施展輕功追了過去。

當年葉雲心撞見他們時還不到十歲，這麼多年過去沒人再提過那條密道，葉韜他們都忘了這件事，而且誰也沒想到葉雲心居然也會跟著逃跑！平時只防著郝光光一個人，結果忘了居然有「內奸」幫忙逃，此時葉韜已經肯定郝光光她們是自後山陣法中離開的。

後山陣法還是前任莊主請高人設下的，極為高明，莊中只有葉韜、東方佑和左沈舟三人會破解，其他人一旦入內不是被亂箭射死便是被困在其中幾日出不來，其危險程度可見一斑。

郝光光在陣法上的本事不小，那個陣法於她來說不會太難，頂多是花費些時間的事，而現在一個多時辰過去，除非她們被迷惑住困在了裡面，否則早已逃出了葉氏山莊。郝光光連葉韜他們只有所耳聞卻不敢嘗試的迷魂陣都會破，後山的陣法於她還算什麼呢？

葉韜和東方佑很快便衝到了後山，站在陣法前，兩人面色均很陰鬱。

東方佑拿出火把將其燃著，道：「主上稍候，屬下先進去探看。」

「我與你一道，走。」最後一個字說完，葉韜便衝進了陣法之中，東方佑舉著火把追了上去。

入夜，今晚月亮比較亮，東方佑舉著火把其實是多餘的，兩人的目力完全能應付這等光線。

兩人在陣法中巡視了一圈，最後去了出口處，看了一圈，驀地，葉韜的目光定在了離出口位置最近的一棵大樹上，樹幹上的一行字氣得他一拳打了過去，大樹猛地搖擺了幾下，驚起鳥雀無數。

東方佑見狀詫異了下，察覺有異，舉起火把去看，只見樹幹上用黑炭寫下一行字——

已走，敢拿我的白馬和八哥出氣就是我兒子！

心心代寫

標準的郝光光語氣，只是這些字她不會寫，由葉雲心執筆的。

「我出去找找。」東方佑道。

「去吧，務必將那兩個丫頭找回來！」葉韜咬著牙冷聲道。

「是。」東方佑等不及了，將火把遞給葉韜後，焦急地往郝光光她們可能離開的方向追了上去。

葉韜瞪著樹幹上那行放肆的字良久，最後瞇著眼冷冷地道：「最好給我乖乖回來！」

葉韜和東方佑一同離開時，腦子轉得向來快的左沈舟立刻便猜出是什麼事了，命令一些身手好的人去莊外找人，待得葉韜回來，將莊內的事交給他後，左沈舟也幫忙去找人了。

葉氏山莊一片沈悶混亂之際，一處窄小街道的草叢處鬼鬼祟祟地冒出兩個人來。

「喂，妳說他們會找到什麼時候？」其中一人問。

「誰知道，妳都已經留了信兒，知道咱們非遭歹人劫持，應該不會找很久吧？」郝光光小小聲地回道。

兩人都已經變了樣子，頭髮亂糟糟的，臉上抹著灰，穿著灰不溜丟的髒衣服，加上縮頭縮腦的模樣，黑暗中遠遠一望那就是兩小賊，走近一看是兩乞丐，哪裡像是自葉氏山莊出去的主子。

「笨啊妳，若僅僅是我自己離家出走，才不會鬧出那麼大的動靜，關鍵是妳這個待嫁娘不見了好不好！」葉雲心恨鐵不成鋼地在郝光光的腦袋上敲了下，嗔道。

「這算得了什麼？成親當日隨便找個人陪葉韜拜堂就好了，反正蒙著蓋頭，那些客人又不會掀開蓋頭看看新娘子長什麼模樣。」郝光光努力忽視心中的異樣，眼神複雜地往葉氏山莊的方向逗留了片刻後道。

葉雲心看了會兒郝光光，最後搖頭嘆氣。「怪不得韜哥哥總愛說妳是養不活的白眼狼，果然是，嘖嘖！」

「一邊兒去！也不想想是誰慫恿我逃跑的！」郝光光白了葉雲心一眼。

葉雲心剛要反駁，馬蹄聲突然由遠及近傳來。

兩人神色一變，郝光光連忙給葉雲心使了個眼色，葉雲心咻地一下鑽入草叢後趴在那兒，一動也不敢動。

郝光光將頭髮胡亂抓了幾下，抓成了蜘蛛網式，夜裡寒風一吹，頭髮將臉全部蓋住，猛一看跟女鬼沒兩樣，然後半趴在路邊作瑟瑟發抖狀。

來的一撥人是葉氏山莊的，遠遠的見到路邊趴著一個要飯花子，騎馬走近後，領頭之人停下馬，在馬背上喊道：「喂，小叫花，有沒有看到兩名姑娘從此地經過？」

郝光光聞言，慢騰騰地自地上爬起來，搖搖晃晃地走向眾人。

風吹得郝光光的頭髮四處飛，一股子飯餿臭味被風吹得襲向眾人，由於光線暗了點，眾人只感覺是一個沒有眼睛鼻子、長滿了頭髮的小鬼「飄」過來。

此等情形有些恐怖，若非人多，膽子小的都得嚇得尿褲子。

「大、大人，賞小的點兒吃食吧！」郝光光從身上摸出一只破碗，舉著破碗走過來，啞著嗓子，用非常難聽的聲音說道。

領頭人見「小乞丐」太髒，嫌棄地牽著馬往旁邊躲了躲，不耐煩地道：「小叫花，我問你有無見到兩名姑娘從此地路過？」

「見、見過，我若是告訴你們，能得賞錢嗎？」郝光光抬手企圖撥開亂髮，結果越撥越亂，只一雙被風吹得睜不太開的眼睛流著眼淚巴巴地望著領頭人，表情要多呆就有多呆，讓人看了一眼就不想再看第二眼。

「告訴我就有賞！亂說的話被我們發現可不會與你客氣！」

「不敢不敢，小的先前看到兩名長得很好看的小姐路過，她們嘴裡好像還說著什麼趕緊跑，別被葉什麼莊的人抓回去，好像往那邊去了。」郝光光隨意指了個方向。

「走！」領頭人聞言立刻帶著人向郝光光所指的方向行去。

「喂、喂，賞錢呢？」郝光光在後面啞聲大叫，還裝模作樣地追了幾步，可惜賞錢沒得到，得到的只是一片被馬匹捲踏起的沙土。

「啐啐！王八羔子，說話不算話、卑鄙無恥，與你家主子簡直一個德行，活該被騙找不到人！」郝光光連啐了幾口唾沫，將濺到嘴裡的泥啐出去。

見人都走遠了，葉雲心才小心翼翼地走出來，衝著郝光光豎起拇指讚道：「妳真厲害，幾夥人都被妳擺平了。」

「那是，本姑奶奶能屈能伸，會裝孫子會要飯，還能將自己身上抹得跟剛從豬圈裡鑽出來似的臭。試問哪個女人會這麼糟蹋自己？」郝光光撥了撥貼在臉上的頭髮自損道，聲音恢復成自己的，但依然有些啞，為了逃跑，她將嗓子都叫啞了。

葉雲心呵呵一笑，抬手在胳膊上、脖子上使勁兒撓，邊撓邊抱怨。「草叢裡又臭又髒，不知裡面有什麼，躲了一會兒就渾身不舒服。」

「我的大小姐，想離家出走可是要付出代價的，不想被剛剛那夥人折回來揍，咱們得要趕緊跑。」郝光光拉住葉雲心就走。

夜裡寒冷，兩人將帶出來的衣服全穿在了身上。雖然外面的衣服破，裡面的都是好的、暖和的，兩人身上均裹成了球狀，衣服多致使身材起了變化，胖了兩圈不止的兩名「乞丐」沒那麼快被看穿，這也是為什麼剛剛郝光光沒有被那些人認出來的原因之一。

跑路要緊，兩人不敢耽擱，盡快上路，沒打算晚上睡覺。遇到葉氏山莊的人，葉雲心就躲，由郝光光一個人出面，不是裝瘋就是賣傻，每次都險險逃脫。

他們是在找兩個人，一個人出面危險性大減，而且郝光光的身材外貌全變，連嗓音都變，於是前兩日成功騙過了無數追來的人。

總是當要飯花子早晚會被人懷疑，於是郝光光不再扮要飯花子，扮成個身懷六甲的孕婦，葉雲心扮成臉長著一顆大大媒婆痣的小白臉兒相公。一路上，「孕婦」變著嗓音說方言，一會兒揪「相公」的耳朵數落，一會兒對「相公」又掐又罵，一整個就是潑婦，這麼凶悍的孕婦沒人敢招惹。

大概是老天保佑，又或是郝光光向來差到極點的霉運終於離她遠去，她開始轉運了！

總之，自逃跑之後，幾日以來遇到數十次的搜尋之人都化險為夷了，個別幾次差點露餡，也是在關鍵時刻出現特殊情況躲了過去。

就這樣，在離開葉氏山莊的地盤後，兩人不再陸行，開始或扮夫妻或扮兄妹地乘馬車，就這麼稀裡糊塗地走遠了。

兩人商量了許多，最後決定回郝光光以前居住的地方。

出來這麼久一直受欺負，郝光光再樂觀心也有些疲憊，正好想家了，於是便帶著好奇的葉雲心回了那個生活了十六年、有著幾戶親切熱心好鄰居的山上……

第四十九章

回到生長了多年的山上，起初身心疲憊的郝光光感到很舒服、很自在，可是幾日後喜悅感過去，她開始感到空虛難過了。並非是回到山上生活後哪裡不好了，只是總會時不時地感到心裡空落落的，彷彿有什麼重要的東西遺落了一樣……

葉雲心剛來時不太適應郝光光家的簡陋，因與她自小習慣的生活環境相差甚遠，和郝光光擠在一個硬硬的土炕上，睡在幾乎可以稱得上「家徒四壁」的小屋子裡，著實害她失眠了兩日，好在適應能力好，因這裡的鄰居們著實熱情儉樸，沒多久葉雲心便適應了這裡，並且喜歡上了這個地方。

「怎麼，妳又腰疼了？」葉雲心看向捶著背的郝光光，直皺眉。

「嗯，剛洗了兩件衣服就疼了。」郝光光也覺得奇怪，明明沒幹多少活兒，但就是經常感到疲憊。

「妳是不是著涼了？要不然怎的老腰疼？還整日泛睏。」

「不會，大概是在葉氏山莊過了一陣子好日子，現在事事要親力親為，於是不適應了吧。」郝光光如是說道。

「若是感到不舒服一定要與我說，咱們好去請大夫，若是有個什麼差錯，我可沒法兒向韜哥哥交代。」葉雲心略微擔憂地望著開始打起哈欠來的郝光光，早上都日上三竿才起床，此時她居然又睏了？

「知道了，別擔心。」郝光光脫去因洗了衣服而沾了水漬的外衣，打著哈欠道：「累了，我去睡會兒，妳別自己下山啊。」

「放心，我才不會自己下山呢，到時困在陣法中出不來，我找誰哭去。」葉雲心說完後，拿起郝光光脫下的衣服準備去洗。因敬著郝光光是「大嫂」的身分，家裡大多數活兒她都搶著做。

葉雲心去附近的小河邊洗衣服，這裡最好的地方便是鄰居們都很好，沒有自私自利的人。聽郝光光說，這裡的人都是當年在走投無路之下被郝大郎救上來的，總之這裡的人可以說是臥虎藏龍，官場、武林、普通百姓都有，有文的有武的，這些人共同的特點便是心腸好，就是因為這樣，郝大郎才帶他們上山。

在山上生活了幾年後，這些人早放下了當年的一切，專心地過起了男耕女織這等平淡的生活。雖然日子平淡了些，但沒有勾心鬥角，也沒有生命安危，大家都對如今的生活方式感到滿意。

最令葉雲心歡喜的一點，是這裡有溫泉！洗澡可以去那裡洗，泡著別提多舒服了，葉氏山莊就沒有這等好東西。

「韜哥哥下手真快，可憐的光光。」葉雲心搓著衣服，自言自語著。記得第一次與光光泡溫泉時，她看到郝光光的胳膊上沒有守宮砂了。以前雖然知道葉韜一直宿在郝光光房裡，但因他們還未成親，總覺得韜哥哥會君子的，誰想根本不是那麼回事，在她心目中無所不能、幾乎沒什麼缺點的葉韜，因為這事形象大跌，他這是欺負光光呢！

洗完衣服回去，郝光光已經睡著了，葉雲心輕手輕腳地給郝光光蓋好薄被，然後脫去鞋子，挨著她躺下來。

躺在床上很久都沒睡著。來到這裡新鮮了幾日後，葉雲心開始想家了，有些後悔衝動之下與郝光光一起跑出來，葉雲心想著想著便流下淚來。當時要離家出走只是一時之氣，現在這麼多日過去，她早就想家了，想祖父母、想爹娘、想兄弟姊妹，還想……那個人。

平時沒事做時，郝光光經常跑去郝大郎夫婦的墳前整理雜草，有時將做好的飯菜和酒也都拿去，與父母說說話。

這日，郝光光正在生火要燒炕，外面傳來一道爽朗的男人聲音——

「我說光光丫頭，大伯給妳送魚來了。剛從河裡網來的，這肥魚起碼十斤重，夠妳與心心丫頭吃好幾頓的。」

郝光光聞言連忙放下手中的活兒迎出去，看到還在來人手中活蹦亂跳的大魚，連忙擺手。「林大伯，這魚您留著吃唄，我與心心吃不了這麼大的。」

「無妨，妳出門在外這麼久，哪有機會吃上這新鮮的活魚？拿著！」說著，林大伯便將手中還掙扎著的魚塞到郝光光手裡。

冷不防被塞了個正著，郝光光剛要將魚還回去，結果那條大魚勁頭大，尾巴甩得老高，泛著腥味的水星子濺得到處都是，其中許多飛到了郝光光臉上。

一股濃濃的魚腥氣息傳來，郝光光一聞到這股味，熟悉的噁心感再次上湧，立即扔掉魚，跑去一旁彎腰乾嘔起來，酸水自胃裡一直湧到嘴中，難受極了。

「光光丫頭！」林大伯嚇了一跳，顧不得在地上翻來跳去的大魚，急著要出門找大夫。

這時，林大娘提著一小籃子雞蛋走過來，見郝光光在旁乾嘔，驚問：「怎麼了這是？」

林大伯急急地將剛剛的事對自家婆娘說了一遍，說完後嚷嚷著要出去找大夫。

「等等！」有經驗的林大娘拉住了風風火火要出門的男人，不確定地問郝光光。「聽心丫頭說，光光最近嗜睡，此時聞到魚腥味就噁心，這症狀怎麼與我當年懷大娃、二娃、三娃時一樣？」

郝光光沒聽清林家夫妻倆的話，胃裡翻滾得厲害，不停地乾嘔著，只聽到有聲音嗡嗡個不停，卻顧不得去辨認在說些什麼。

一個未出閣的姑娘懷了孕，那可不是小事！林大伯兩口子是看著郝光光一路長大的，對她的品性極為瞭解，知她並非那種不懂得潔身自好的女人，是以有喜一說簡直是荒謬。

「妳這婆娘亂說什麼！光光一個姑娘家怎麼可能、可能有那種事！」林大伯氣得臉紅脖子粗地訓斥自家大嘴巴的婆娘。

林大娘幾乎是話一出口就後悔了，一巴掌拍在嘴上，訕笑道：「瞧我這張嘴，說的什麼爛話！光光定是吃錯東西了，孩子他爹，你還不快去請大夫！」

「對、對，我這就去！若非妳這婆娘多事，我早出去了！」林大伯瞪了下眼，哼哼著匆匆出門請大夫去了。

林大娘放下手中的一籃子雞蛋，快步去廚房舀了一碗清水，走至乾嘔漸止的郝光光身旁，一手拍著郝光光的後背給她順氣，一手將碗遞過去道：「快漱漱口。好好的，怎的就吃壞肚子了呢？」

郝光光難受死了，接過水漱了漱口，待將嘴裡的異味都漱乾淨後長吁口氣。「天，再嘔下去我就癱了。」

林大娘擰眉想了想，最後道：「難道是這些日子以來這頓在這家是烤肉，下頓在另外一家吃燉菜，飲食風格多樣又大多屬油膩食物，於是胃適應不了？可是按說不至於呀，妳自小身子就挺好的。」

「林大娘不要擔心，光光沒事了。」郝光光輕輕撫著肚子，感覺噁心感淡去了許多，於是衝著林大娘輕笑。

「妳先進屋休息，既然聞不了那魚腥味，一會兒就大娘幫妳將魚拾掇了。」

「多謝林大娘。」郝光光乏了，回房休息去了。

「這孩子，出去一趟，身子骨怎的就變嬌弱了？」林大娘將雞蛋拿去廚房裡放好，然後拿起還在院子地上打滾翻騰不停的大魚去宰殺了。
嘔吐勁頭一過，郝光光就沒事了，在房裡坐了會兒後感覺無聊，便起身去了廚房。
「林大娘，我來吧，您歇會兒。」郝光光走過去，正好看到已經死掉被剝光了魚鱗的魚被林大娘掏出了魚腸子，血淋淋的、腥味十足，剛消沒多久的反胃感漸起，不由得遲疑了下。
林大娘正在掏腸子，頭也顧不上回，道：「妳去休息，一會兒我家那口子就請大夫回來了。」
魚太大太肥，腸子也多，林大娘掏出的那膩膩的東西越來越多，郝光光止住腳步，艱難地別開眼，用手牢牢捂住鼻子。「有勞林大娘了，我此時好像聞不了這股子腥味。」
這時，林大伯風風火火地扯著一個花白鬍鬚的老頭兒進來了，喊道：「光光、光光！大夫來了！」
嗓門太大，將隔壁幾家的人也吸引過來好幾個。
「怎麼了這是？誰病著了？」
「是光光身子不爽利嗎？可憐的孩子，身邊連個大人都沒有，我們可要多照看照看，免得大郎兩口子在地下擔心。」
「你們都閉嘴！聽聽大夫怎麼說。」
葉雲心聞訊奔了回來，撥開擋路的幾個人，跑進屋中，焦急地道：「光光病了嗎？我出門前還好好的呀！」

郝光光沒想到會驚動這麼多人，不好意思地笑說：「沒事啦，就是吃壞了肚子而已。」

花白鬍子大夫把了會兒脈後，眼中閃過一絲驚訝，不確定地又把起脈來。

「我說錢老大夫，怎麼把了這麼久還沒診出光光是何症狀？不會是醫術突然失靈了吧？」堵在門口的某個大嗓門兒等不及了，開起玩笑來。

錢老大夫沒理會，皺著眉把了會兒脈後，不確定地問：「最近身體上都有何不適？」

見錢老大夫神色嚴肅，久久沒說她是得了什麼病，郝光光害怕了，收起笑，恐懼地問：「錢伯伯，光光是否已經病入膏肓，活不久了？」

眾人聞言驚呼，紛紛說起「童言無忌」、「壞的不靈好的靈」這類話來。

葉雲心嚇得「哇」地一下哭出聲來，撲上去抱住郝光光，又驚又怕地道：「光光，我們回去吧，韜哥哥一定會治好妳的！」

郝光光木然，眼睛直直盯著錢老大夫。

「妳最近是否有嗜睡體乏等症狀？月信多久沒來了？」錢老大夫問。

林大娘聞言，驚得捂住嘴，眼睛下意識地望向郝光光平坦的肚子。

葉雲心猛點頭，一邊哭一邊道：「光光最近總愛睏，幹一點活兒就喊累。」至於月事多久沒來她就不知道了。

見郝光光嚇得面無血色，錢老大夫才意識到自己的遲疑嚇壞了她，不自在地咳嗽了一下，安撫道：「別怕，妳這並非生病，只是……」

「錢老大夫別磨蹭了，光光究竟是怎麼了你直說，別繞彎子了成不成？」

「再不說我們就帶光光下山尋大夫去了！」

眾人你一言、我一語地催促起來。

屋子裡有幾個大叔、大伯在，郝光光不好意思回答月事這等女人的私密事，為難地回視錢老大夫。

嘆了口氣，錢大夫鬆開把脈的手道：「光光丫頭沒有生病，只是……害喜了而已。」

平地一聲雷，震得眾人腦子嗡嗡的。

「錢老頭！你胡說什麼呢？光光丫頭還沒嫁人，何來害喜一說？」

「我看錢老頭八成是睡糊塗了！光光丫頭走，大叔帶妳下山去找個靠譜的大夫！」

「光光，錢老大夫說的是不是真的？若是真的話，害妳的那男人是誰？說出來，大傢伙兒拚了老命給妳出氣去！」

一下子亂成了一鍋粥，因聲音過大，又引來了不少人，詢問聲、斥罵聲亂成一片。

「害喜？」葉雲心瞪大眼睛望向錢大夫，在對方肯定地點頭後，驚得轉頭望向郝光光的肚子，彷彿那裡藏著一只金蛋，顫抖著手指著那裡問：「光光，這、這裡可是韜哥哥的孩子？」

郝光光沒聽到葉雲心的話，她嚇傻了。害喜是什麼意思她是知道的，抬手撫向扁平的肚子，愣愣地望著錢老大夫，她千想萬想都沒想過自己會懷了孩子！

掐指算了算，自己的月事大概快兩個月沒來了，她的月事向來都是遲來幾日的，這次又因逃跑，千里奔波，就沒注意這些事，誰想……

「什麼韜哥哥？是這個可惡的男人欺負了光光是不是?!」眾人凶神惡煞地質問起葉雲心來。

葉雲心哪敢回答這個問題？忙低下頭假裝沒聽到。

「還用問？絕對是他！簡直可惡透頂，占了光光的便宜卻不負責，吃完就走，像什麼話！光光，快告訴大夥兒，那個什麼韜的是何許人也？我們給妳討公道去！」

「對，這口氣不替光光出了，我們對不起大郎他們在天之靈！」

眾人一臉的激憤，恨不得將那個欺負了郝光光的男人碎屍萬段，大有郝光光一出口，便抄傢伙下山砍人的架勢。

葉雲心聽不過去了，抬起頭硬著頭皮抗議道：「才不是那樣！韜哥哥都決定娶光光了，成親的日子也已經定好，結果光光逃了！」

「什麼？」一群情激憤的人聞言立刻傻眼。

「韜哥哥才不是那種不負責任的人，是光光對他有所誤會，所以才出走。還有，韜哥哥根本不知道光光有了他的寶寶。」葉雲心膽子大起來了，雙手握起小拳頭，捍衛起葉韜的信譽來。

眾人望向一直呆愣著的郝光光確認。「光光，心心丫頭說的可是真的？」

「光光妳說句話，是那小子不願負責，還是妳自己要跑的？」

見這麼多人關心她，受了驚嚇的郝光光心頭略暖，突然間感覺輕鬆了許多，望向個個面露擔憂的人，不好意思地道：「心心說得沒錯，是我自己要逃的。算了算，婚期已經過去半個多月了。」

本來喧鬧的屋子頓時變得安靜起來，眾人愣了。

過了會兒，不知是誰先說了句「光光不怕，妳肚子裡的孩子我們幫妳養！」後，眾人又開始熱鬧起來，不再追問那個「不負責」的男人是誰，全開始安撫起郝光光來，個個都拍胸脯保證以後她和腹中的孩子就由他們全權照顧了。

「謝謝。」郝光光感動得眼淚都快流出來了。直到現在她都無法相信自己居然要當娘了，對未來她感到莫名的恐慌，根本沒做好當娘的準備呢！

葉雲心擦掉眼淚，神色複雜地望了會兒郝光光的肚子，隨後抿起唇，低下頭掩去眸中的神色。

第五十章

此時已近年關，郝光光與葉雲心當時在逃跑途中就聽到了各種傳言，婚期過時她們還在逃跑的路上心驚膽戰著。

正所謂好事不出門，壞事傳千里。有時找地落腳時，總能聽到南來北往的人談論葉氏山莊的事，讓他們當談資的無非是葉韜的喜事沒辦成，新娘子逃婚了云云。

至於新娘子為何要逃婚，各種版本都有，總之所有不利的一面全指向葉韜，有說他打女人的，有說他「無能」的，有說他是逼迫心中有著魏哲的女子嫁給他的，還有說是葉子聰不願父親娶後娘，將新娘子擠兌跑的，更有甚者居然說是葉韜在床上的喜好變態，喜歡一邊往女人身上滴蠟油、一邊拿鞭子抽……

逃跑途中聽說的謠言太多太多了，還聽說葉韜因為新娘逃跑而大怒，嚴懲了幾名下人，聽說嚴重的那人差點兒沒命。

郝光光聽得心驚肉跳，但卻沒有回去，她安慰自己說謠言都是假的，不可信。

後來還聽說魏家不知立了什麼大功，龍心大悅，給魏哲升了職，還賞了魏家許多寶物，一時間魏家可謂是大出風頭，這個原因郝光光隱約能猜到，但不願深想。

後來聽說魏家也在出人尋她，葉氏山莊和魏家兩路人尋她們，這對郝光光她們增加了阻力，不過好在老天保佑，在無數次差點露餡的情況下都化險為夷，最後成功逃回了家鄉。婚期一過，郝光光放鬆了許多，這下就不用擔心被捉回去拜堂洞房了。

總之，這次的事，葉氏山莊大為丟臉。葉韜乃大家公認的美男子，是無數女子心目中的理想夫婿，結果卻被一個名不見經傳的女人嫌棄繼而逃婚。

請帖發了數千份，最後婚禮沒辦成，葉韜面子裡子大失，一下子成了全天下的笑柄，就連南方這邊的商人和江湖中人都聽說了這件事，酒館飯莊等等地方總有人拿這個當談資，一說到葉韜震怒的反應，全部幸災樂禍。

越是高高在上的人倒了楣，普通人士們才越是高興，這是詭異的攀比心理在作祟。就是因為聽了太多關於葉韜的傳言，郝光光和葉雲心才更不敢回去，怕回去後承受不住葉韜的怒火。

只是，這回事情有點麻煩了，那個突然來到的孩子令兩人慌了手腳。

因郝光光聞不得腥味，最後那條魚還是被林大伯兩口子拿回去了。葉雲心跑去吃魚，郝光光則去了別人家吃清淡的飯食。

晚上睡覺時，葉雲心問著一直默不作聲的郝光光。「光光，妳可有想過怎麼辦沒？孩子不能生下來沒爹呀。」

郝光光嘆了口氣，為難地道：「這個以後再說吧，目前我也不知道該怎麼辦了。」

「韜哥哥若是知道這事會殺了我的……」葉雲心的聲音中帶了哭音。

「別怕，是我自己想逃的，帶上妳只是順便，他不會對妳怎麼的。」郝光光安撫道。以前討厭葉韜時，在她心中他是個十惡不赦的大壞蛋，而現在隨著感情的轉變，葉韜在她心中倒稱不上壞人了。

「妳不用安慰我了，密道的事是我洩漏給妳的。若是妳沒有寶寶還好，現在有了寶寶，我這可就是罪加一等啊！光光妳要救我！」葉雲心抱緊郝光光，身子因害怕而發抖。

郝光光連忙拍拍葉雲心的肩膀，輕哄：「他若是敢那樣做，我就永遠不讓肚子裡的孩子認他作爹！」

葉雲心聞言不但沒有鬆口氣，反倒狠狠打了個冷顫。這哪裡是鬧著玩的？以葉韜那性子，不讓孩子認他作爹，他會如何？她想都不敢想。

這一晚，兩人都沒睡好。郝光光是因為身體的原因，後半夜才睏極地睡著了；而葉雲心還在翻來覆去地想事情，想的全是葉韜的怒意和郝光光腹中的孩子，折騰到天快亮才睡去。

兩人都日頭大高時才起床，因郝光光懷了孕，左鄰右舍都不讓她再燒火做飯了，讓她們兩人自村東頭開始，每戶吃一天，吃到最後一家再輪回去，一直輪到郝光光生下孩子坐完了月子為止。

正好趕上年關，幾戶人家全殺雞宰羊備年貨，是以郝光光孕期內不用愁營養問題。

用過了早飯，葉雲心心事重重的，做什麼都沒心思，最後強拉著本想明日再下山採買的大娘提前下山了。她對郝光光說要去買點東西，讓她在家裡等著。

郝光光沒阻止，囑咐她不要亂花錢就讓她去了。

大半天過去，葉雲心最後只買了支普通的金步搖回來，陪著她一起買的大嬸對此抱怨來根「戰利品」皺眉。

「快過年了，山下雜人多，妳不要有事沒事的就往山下跑。」郝光光望著葉雲心手中那

葉雲心心虛，迅速將釵塞入袖子中，顧左右而言他。「光光，今日天氣真好，我們在院子裡曬曬太陽吧。」

郝光光若有所思地看了會兒葉雲心莫名帶著心虛的臉，沒多問，搬出兩把隔壁會手藝活兒的趙大師傅特地為她們打造的椅子，道：「坐吧。」

「哎呀，要搬東西怎麼不說一聲？妳現在有孕在身，不要搬重的東西！」葉雲心嚇得衝上前，連忙自郝光光手裡接過兩張椅子。孕婦要注意些什麼，她這兩日可沒少向鄰居們打探，學刺繡和學識字時她都沒這麼用心過，韜哥哥的孩子，若是有個什麼閃失，她萬死難辭其咎啊！

「別這麼大驚小怪的，我可不像養在閨閣中的那些千金們那般嬌弱。」郝光光嘟起嘴抱怨。不僅葉雲心，鄰居們也是如此，但凡她做個什麼都喳喳呼呼的，害得本來就沒做好準備、很沒安全感的她更是心驚肉跳的。

「快坐下，我們聊聊天。」葉雲心扶著郝光光坐下後，將自己的椅子放在郝光光身旁，挨著她坐。

被葉雲心小心翼翼的舉止弄得渾身不自在，郝光光抗議道：「心心，我只是有喜，並非病入膏肓！」

葉雲心被吼得嚇了一跳，訕訕地摸了摸鼻子嘟囔道：「我這不過是關心妳嘛。」

「哼！」郝光光白了葉雲心一眼。

兩人靠著椅背，舒服地曬了會兒暖洋洋的太陽後，葉雲心狀似無意地問道：「光光，這麼多時日以來，妳有懷念過葉氏山莊的生活嗎？」

郝光光聞言，表情微微一僵，頓了會兒後，才在葉雲心的偷瞄中嘆口氣道：「有想過。」

「真的？」葉雲心立刻來了精神，睜大眼睛欣喜地拉住郝光光的手，準備長篇大論，結果還沒等她開口，便被郝光光的下一句話給澆了個透心涼。

「想我的白馬和小八哥了。」郝光光一臉委屈地望向葉雲心。

「妳！」葉雲心嘴角抽搐，瞪著郝光光生悶氣。

「別這樣，其實不僅僅是想我的那兩隻寵物。」郝光光拍拍葉雲心的手，在對方眼睛重新亮起來之際道：「還有點想子聰那孩子了，唉，這次逃走不知他會不會鬧彆扭？」

「只想他一個人？不想別的了？」葉雲心不死心地繼續追問。

郝光光莫名其妙地望過去，皺眉反問：「妳想讓我想誰？」

「呃，我的意思是說，妳在葉氏山莊生活的時間並不算短，難道就不想念其他人？比如妳的丫鬟啦，莊裡的丫頭婆子啦，還有、還有韜哥哥……」葉雲心說到最後一句時，聲音中帶了點試探，拿眼角餘光偷偷瞄著郝光光的表情。

眉頭皺得更緊了，郝光光抽回自己的手，壓下心中因聽到這個名字而驟然湧起的波濤，天知道自從回到山上後，她想了他有多少回！只是這種事她不想說出來，於是強裝不在意地口是心非道：「就知妳是這個目的，我既然逃開他，又豈會想他？」

葉雲心聞言，腮幫子鼓了起來，忿忿地道：「我哪有什麼目的？只是隨口問問而已。」

「心心，馬上就要過年了，妳是否想家了？」郝光光怕再提起葉韜這個名字會被葉雲心發現什麼，於是在葉雲心說下一句話之前立刻轉移了話題。

葉雲心聞言，眼圈止不住一紅，連忙別開視線悶悶地回道：「怎麼不想？長這麼大，第一次離家人那麼遠、那麼久。」

郝光光擔憂了，側著身子握住葉雲心的手道：「妳若是想家，要不捎個信兒讓葉氏山莊的人護送妳回去吧？」

「那妳呢？」葉雲心忍住淚意，重新望向郝光光。「我們一同出來，若是只有我一個人回去像什麼話。」

「我不回去。」郝光光為難地望著葉雲心，抿了抿唇，說了個不影響和氣的藉口。「我有孕在身，不便走遠路。」

葉雲心重新笑起來道：「若是在保證寶寶絕對沒事的前提下，妳能與我一起回去嗎？光光，妳就答應吧，為了我不被韜哥哥掐死，幫幫我好不好？韜哥哥很可怕的！」

「別自己嚇自己了，有妳祖父和東方佑在，葉韜怎麼可能真將妳怎麼樣？」郝光光翻了個白眼。她現在也想通了，就算她一直不答應嫁給葉韜，葉韜也不可能真像他說的那樣關葉雲心一輩子的。

「就算如妳所說，不會要我的命，但禁足、抄書、被罵等等肯定少不了，說不定韜哥哥一怒就把我扔進地牢裡，那裡多陰冷，我會凍死的。」葉雲心越說越害怕，彷彿已經處在陰冷潮濕的地牢裡一樣。

「無聊。」郝光光乾脆閉上眼，不想再繼續這個話題。

葉雲心心思亂得很，頻頻望向瞇眼享受陽光的郝光光，最後忍不住搖了搖郝光光的胳膊道：「光光，妳難道要躲韜哥哥一輩子嗎？真若那樣，妳肚子裡的孩子怎麼辦？」

「以後的事以後再說，目前我只想睡覺。」曬了會兒太陽，郝光光又睏了。

「光光，拜託妳好好想一想以後吧，韜哥哥雖非十全十美，但他條件很不錯了，而且待妳明顯好了許多，若知妳懷了寶寶，他會待妳更好的。」葉雲心不死心地建議著。雖然鄰居們保證要照顧光光，可是又不可能隨時跟在郝光光身邊，若真有個什麼，對母子二人都沒好處的。自己又沒絲毫的經驗，臨時抱佛腳起到的作用相當有限。

郝光光一直沒反應，在葉雲心以為她睡著了時，才聽到一句——

「不要再提葉韜了，既然逃出來就不會自己回去。」

葉雲心洩氣了，肩膀無力地垮下來。她送出的信指定的時間是明日下午，還有一日不到，她本想說動郝光光，但試了這麼久都沒效果，看來是沒指望了。

葉雲心好想哭，她何嘗想出賣朋友？可是不出賣的話，對所有人都沒好處，無論她怎麼做都是兩面不討好。

郝光光閉上眼睛後，腦子不由自主地便去想葉韜了，霸道的、狡猾的、強勢的、自私的、溫柔的……

總之葉韜所有的表情她都記得清清楚楚，甚至回憶的很多場景中，葉韜說過的話她也都記得一字不差。

回想最多的便是離開之前那火熱的一吻，還有葉韜說的那句令她感動得不行的話「等我娶妳回家」。

聽山上一對姊妹花說，若是一個女人時不時地總想一個男人，某些場景或某句話翻來覆去地想，就連對方明明不好的一面都能想得津津有味的話，那就是愛上那個人了。

難道自己對葉韜並非僅僅是動心，而是愛上他了？即使逃了出來居然還不可避免地愛上他了嗎？郝光光不止一次地這樣問自己，回答她的則是因為想起葉韜而忍不住心中泛起的柔弱及想念。

葉雲心這日很老實，沒有到處跑，而是一直陪在郝光光身邊，一副欲言又止的模樣，偶爾還會露出愧疚的表情來，長吁短嘆的，像是有什麼為難的事困擾著她。

郝光光雖然腦子不是很靈光，但葉雲心的表現實在太過特殊，忍不住開始懷疑對方是否在打鬼主意，不過想想又覺得沒事，只要她不下山，一百個葉韜加起來也奈何她不得。

「光光，那些陣法的出入方式妳真的不能教我？」葉雲心不死心地問著不知問了多少遍的問題。

「不能，除非妳拋棄以前的家，發誓以後的年歲都以這裡為家。」郝光光還是那個答案。

「小氣鬼！」葉雲心不高興地嘟囔著。

「妳到底是怎麼了?別想那些有的沒的，給我好好睡覺！」郝光光強硬地命令道。

「知道啦！」葉雲心心事重重地脫了衣服爬上床，還有一晚上的時間，她到底要如何做才最為明智？

郝光光看著黑暗中睜著眼睛的葉雲心，無奈地搖頭。她在糾結什麼隱約能猜得到，只是她無法照著葉雲心的心意去做，只能抱歉。

躺在熱烘烘的炕上，郝光光雙手輕輕放在肚皮處，想像著這裡孕育的寶寶的模樣。比起第一次聽說這件事時的慌亂驚恐，此時她已平靜了許多。

寶寶已經一個半月多，還有漫長的八個月會在辛苦中度過，一想到此就想嘆氣，但對於寶寶出生後的情景又忍不住有些期待，那是她生的孩子，肉乎乎的、小小的樣子，比白麵團兒可愛得多。

郝光光懷孕初期容易疲憊，很快便睡著了。

而要做「壞事」的葉雲心則再次失眠，不僅要想如何做能萬無一失，還要做好惹惱郝光光以及面對葉韜怒火等一連串的麻煩事。

唉，若早知道如今她會為這些事情煩惱成這樣，當初她就算再煩惱、再委屈，也不會逃出來的！這都是她自找的，怨不得別人啊！

第五十一章

次日，葉雲心頂著一雙黑眼圈，無精打采的發呆，有好幾次郝光光叫她都聽不到。

好不容易熬過中午，吃完飯後葉雲心說要陪人下山，她要買件過年穿的新衣服，郝光光囑咐了幾句注意安全便讓她下山了。

在家裡無所事事的郝光光拿著筆練這兩日葉雲心教她寫的字，打算寶寶生下來時她已經會寫很多字，並且寫得端正，不能害寶寶因有個不會寫字的娘丟臉不是？

練字時，郝光光眼皮總在跳，心踏實不下來，總感覺像是有事要發生似的。

大概過了半個時辰，郝光光坐得腰疼，正要站起身走兩步，突然見到與葉雲心一起出去的大娘慌慌張張地闖進來，大呼——

「光光！不好了，心心不見了！」

「什麼？發生什麼事了？」郝光光心陡地一沈，幾步衝上前急問道。

「哎喲，光光妳小心身子。」大娘扶住快步走過來的郝光光，擔憂地道。

「心心怎麼了？大娘您快說！」郝光光急得渾身發顫，怪不得先前眼皮直跳。

「就是我們原本在集市上買東西來著，誰想一轉眼的工夫就找不到她了，心心說店裡悶，去門口站會兒，結果就這麼一會兒工夫，她就不見了。」大娘歉疚極了，葉雲心是她看丟的，著急的程度一點也不亞於郝光光。

「我們下山去找！」郝光光害怕了，葉雲心是隨她離開葉氏山莊，若是出了什麼事，她可以提頭去見葉雲心的家人了。

「光光妳走慢點，要顧著點寶寶啊！」下山時大娘一直心驚肉跳的，拉著郝光光，不讓她走得太快。

「不要緊的，我在注意著。」山坡並不陡峭，她雖然走得快，但很穩，絕不會傷到孩子。

「這一帶鮮少有拐賣人口等惡事發生，心心興許是去別處玩了。」大娘既在安慰郝光光，也在安慰自己。

「希望如此。」郝光光眉頭擰得極緊，暗自決定葉雲心這次回來後她一定要看緊點，不讓她再下山。

下了山，大娘帶著郝光光往集市的方向走，驢子就拴在山腳下，郝光光騎上驢子往集市的方向走，一邊走一邊祈禱葉雲心不要有事。

「不會是最近新冒出來的這些人做的吧？」大娘憂慮地說道。

「什麼？」郝光光剛一下山也感覺到了附近多了許多不明人士，突然間湧上一股不好的預感。

「前幾日就這樣了，山下面多了許多人，因感覺不出歹意，大家也沒將他們當回事，何況大郎的陣法厲害，不怕他們上山。」大娘有點後悔剛剛沒多叫幾個人下山，光顧著擔心郝光光的身子，竟將這事給忘了。

郝光光略微緊張地打量了幾眼附近的人，不好的預感更濃。

臨近集市時，大娘還在和郝光光說著話，說著說著，後背突然被一粒小石子重重打了下。哎喲一聲，怒目回頭，結果身後沒人，若非後背上還存留著尖銳的疼痛感，她都要懷疑是自己出現幻覺了。

「哪個小兔崽子拿石子打人？殺千刀的！」大娘用手揉著發疼的後背大罵，罵完後剛一回過頭來便呆住了，腿一軟，一屁股坐到地上，喃喃道：「光光、光光哪裡去了？」

這裡只剩下一人一驢，而原本騎在驢背上的郝光光已經不見蹤影，就在大娘回頭的工夫，憑空消失了……

郝光光醒來時，發現自己正躺在一張柔軟的床上，而非自己家裡那個略硬卻暖融融的土炕。

剛一動脖子便呻吟出聲，痠痛感襲來，她咒罵著伸手去揉頸後部位。郝光光想起她下山去找葉雲心，走著走著突然頸後一痛，然後就暈了過去。

誰把她劫走的？郝光光蹭地一下坐起身，睜大眼警惕地看著這個陌生的房間，出聲道：「這裡是哪裡？劫我來這裡做什麼？」

話音剛落，一個人慌慌張張地跑進來，此人不是別人，正是「失蹤」了的葉雲心。

「光光，妳醒了，身子可有不舒服？」葉雲心不知是緊張還是著急，向郝光光的方向快步走去時，腳絆到椅子，差點兒摔了個跟頭。

郝光光見到完好無損的葉雲心，緊張擔憂的心為之一鬆，隨即濤天的怒火便湧了上來，一雙秀眉擰緊，怒聲質問：「妳怎的在這兒？可知我們得知妳失蹤的消息時有多著急！」

郝光光很肯定葉雲心並非被歹人劫走，因葉雲心的臉上並不見遇到壞人的驚慌害怕，最重要的一點是──此時她身上穿的衣服是在葉氏山莊常穿的一件粉色對襟小襖，她們急匆匆逃跑時並沒有帶上這件衣服，顯然是有人自山莊裡特地為葉雲心帶來的。

究竟是怎麼回事，稍稍一想就能明白個大概了。

見郝光光動怒，葉雲心心虛地低下頭坐在床邊，揪著自己的衣角，喃喃解釋道：「光光，事情不是妳想的那樣。」

「妳覺得我會信嗎？」郝光光氣得直喘氣，後脖頸處還有點痠疼，於是歪著脖子一邊揉疼痛的地方，一邊睜大眼睛狠狠地瞪葉雲心。

葉雲心打了下哆嗦，猶豫了會兒後，抬起頭可憐兮兮地辯解。「坦白告訴妳吧，今日我的確打算要將妳引下山，可是計劃趕不上變化，還沒等我找好機會『消失』，就、就遇到了……佑哥哥。」

「東方佑將妳擄走的？難道他不知妳身邊還有個因為弄丟了妳而急得團團轉的大娘？」

郝光光一臉諷刺，自己也無緣無故失蹤，大娘還不知要多著急，想到此她就急了，不等葉雲心回話，掀開被子就要下地。「不行，我要回去。」

「光光！」葉雲心扶住郝光光的胳膊，止住她下床的動作，在郝光光眼中快噴出火來時趕忙解釋道：「別著急，韜哥哥已經命人去傳話了。妳要多休息，寶寶要緊。」

他果然來了！郝光光停下要穿鞋子的動作，眼帶懷疑地望過去。「妳確定已經有人去傳話了？」

葉雲心臊了個大紅臉，委屈地道：「光光妳都不相信我了。」

「哼，暫且信妳這回！若是大娘他們沒得到信兒，我這輩子都不會再理妳！」郝光光煩躁地將腿重新放回床上，蓋好被子，生起悶氣。

葉韜來了，看來將她敲昏劫走的人就是他了。

還是沒躲過……郝光光的心情極其複雜，說不清到底是為了終於見到近來一直令她神思不屬的男人而心喜，還是為了自己終究要與他一起回去，任憑心完全淪陷而感到徬徨無措。

「光光。」葉雲心小心翼翼地晃了晃郝光光的胳膊，小聲道：「妳別不理我好不好？」

「哼！」郝光光看都沒看葉雲心一眼，她能理解葉雲心的做法，若是今日有身孕的人是葉雲心，說不定她也會偷偷傳信讓人將葉雲心帶回去，但理解歸理解，接受起來卻不大容易。

葉雲心見狀，眼圈紅了，嗚咽著道：「這兩日就與我說說話吧，韜哥哥開口了，回山莊後我就要再次被禁足，這次不知何時才能出來了。」

「他哪兒去了？敲暈我的混帳東西是不是他？」郝光光終於忍不住開口問。她醒來這麼久都沒見到葉韜，心裡感到極不是滋味。

「是韜哥哥將妳帶回來的，他、他先前不知道寶寶的事，看到妳昏迷著被帶回來時嚇得我半死，嘴一快就說了出去……」

「果然是他做的！他怎麼不將孩子也一併敲昏了！」郝光光氣惱之下罵道。

葉雲心嚇得臉發白，連忙擺手道：「光光不要亂說！快過年了，更不要拿寶寶的安全亂說！」

郝光光說完也後悔了，閉緊嘴巴，她是氣得快失去理智了。

「妳就這麼希望孩子有個什麼嗎？」葉韜不悅的聲音在門口處響起，嚇了屋內兩個女人一大跳。

「韜哥哥……」葉雲心戰戰兢兢地站起身。

聽到葉韜的聲音，郝光光的心陡地跳亂了一拍，激動、期盼、惱怒、心虛、慌亂等等複雜的情緒攙和在一起，原本還鎮定的情緒突然就變得不再鎮定了。

心跳得很快，郝光光的臉莫名地發熱，索性將被子全部蒙在身上，只露了個腦袋，彷彿蓋住了身子，她就不會緊張、不會心跳加速了一樣。

葉韜冷冷地看了眼頭越垂越低的葉雲心，不帶絲毫溫度地道：「妳，出去。」

「是，心心這就出去。」葉雲心一刻也不敢停留，小跑著往外衝，到了門口時突然止住步，內心天人交戰了片刻，最後硬著頭皮帶著怯意對葉韜道：「韜哥哥，光光身體狀況特殊，不要嚇著她。」

「滾！」葉韜冰雕般的視線不悅地瞪過來，嚇得葉雲心腿一抖，一屁股坐到地上，顧不得屁股痛，扶著門框，手忙腳亂地爬起來跑了。

葉雲心走後，室內一片安靜。

葉韜面無表情地走至床邊站定，居高臨下地俯視著渾身不自在的郝光光。

感覺到龐大的壓力接近，郝光光更不自在了，想到逃跑時聽到的關於葉韜的閒言碎語，莫名感到心虛，又因為知道了自己對他的心意，面對他時有點手足無措。

良久，葉韜的眉頭越鎖越緊，淡聲道：「有什麼要與我說的嗎？」

質問的口氣令郝光光不滿，她壓下不自在，板起臉來瞪了葉韜一眼。「沒什麼要告訴你的。」

葉韜聞言，泛有紅血絲的雙眼湧過一道惱怒。「婚前逃跑，妳可有想過我的處境？若非我找過來，妳還打算在外面偷偷生下我的孩子，瞞我一輩子了是不是！」

話語中包含的火氣極濃，可想而知郝光光的行為令他有多氣，是以這一刻沒有溫情、沒有甜言蜜語，有的只是熊熊的怒火還有極度的不滿。

郝光光這人是吃軟不吃硬的，葉韜的話太冷硬，她聽了後脾氣立刻就上來了，收起心虛和緊張，瞪過去大聲道：「那麼凶做什麼？怎麼不想想是誰將我擊昏的？現在我脖子還疼呢！」

聞言，葉韜冷淡的雙眼中驀地滑過一絲歉疚，略微狼狽地別開眼，咳了聲，稍稍放緩語調。「我當時不知、不知妳……」

「不知我懷了寶寶，所以你就可以想敲就敲、想打就打？你這樣的人如何能讓人心甘情願嫁你！」郝光光越說越生氣，大概是覺得自己肚子裡有個護身符在，葉韜不會將她怎麼樣，於是膽子便大了起來。

葉韜的眉又擰了起來，不悅地道：「若不是妳一而再、再而三地逃跑，我會那樣對妳嗎？」

「你！」郝光光氣鼓鼓地瞪著葉韜，兩人就像個賭氣的孩子般，以眼神較勁，誰也不示弱，最後還是郝光光敗退，別開視線輕揉酸澀的眼。

葉韜的視線慢慢地移向郝光光的腹部，自進房後一直含有的惱怒及冷淡逐漸淡化，眼神漸暖。

抬頭不經意間，郝光光看到了難得露出溫柔的葉韜，心驀地跳亂了一拍。

她印象中的葉韜都是冷淡的、霸道的，有時即使是對她笑也是懷著各種目的的，而此時他臉上的溫柔卻是發自內心，眸中的笑意暖暖的，這是郝光光第一次見到這樣的葉韜。

明白他為何會在不自覺間露出這副表情，雖然不是因為她，但不可否認，真正溫柔起來的葉韜是會令女人動心的，若是有朝一日他對自己露出這樣的表情……郝光光覺得自己頑固如城牆的心防好像塌陷了一個角。

愣神的工夫，一抬眼間撞到郝光光頗為專注的視線，葉韜不確定地眨了下眼再次望去，郝光光已經移開視線了，害得他弄不清剛剛那種類似「動心」的注視是真的存在，還是他這陣子太累太乏導致出現幻覺了。

「寶寶可有折騰妳？最近身子如何？」這些問題之前他已經反覆問過葉雲心，並且也請了大夫給睡著的郝光光把過脈，但葉韜還是不放心。他沒忘記前妻就是因為生子聰時難產，最後身體大傷，沒活幾年便去了。

郝光光的心跳還沒平緩，此時被葉韜關心的語氣一問，頓時很沒骨氣地咕噥道：「除了偶爾聞到油腥味會有孕吐反應，其他還好。」

先前沈悶的氣氛有所改善，兩人都心平氣和下來，為了這難得的平和氣氛，誰也沒再胡亂發脾氣，因郝光光此時身體狀況特殊，葉韜只得選擇將怒氣埋藏在心底，等孩子生下來後再找她算這筆帳。

見葉韜不再生氣，郝光光一直提著的心放了下來，以為他是因為寶寶不會再跟她算帳了，正慶幸著呢，若得知葉韜的打算，不知會氣成什麼樣。

葉韜嘆了口氣，挨著郝光光坐下，拉過她的雙手握住，然後慢慢揉搓起來，彷彿要通過這個動作來傳達自己這陣子以來的憂心和思念。

郝光光的臉頓時通紅一片，試了幾次都沒能將手抽回來，最後放棄了，對自己說連孩子都有了，摸個手就讓他摸去吧，又不會掉塊肉。

過了好一會兒，大概是摸夠了，葉韜放下郝光光的手，雙臂一伸，將郝光光攬進懷內，下巴抵在郝光光的頭頂，一手輕托郝光光的後腰，一手揉捏著郝光光泛疲的後脖頸，喟嘆道：「我終於找到妳了。」

葉韜的聲音中包含了太多複雜的情緒，郝光光聽著莫名地感到心酸，本就軟化了幾分的心此時全軟了下來，不知是否是因為王大嬸說的那樣，懷孕的女人容易感動，反正她此時是硬不起心來了。

揉得差不多時，大手慢慢移到郝光光的腹部，輕撫著正孕育著他孩子的地方，輕聲道：「光光，既然有了孩子，妳就不要再逃跑吧？我們盡快趕回去，趁早將親事辦了，免得孩子生下來被人笑話。」

郝光光對於禮教這玩意兒所知甚淺，因為山上的人對這些東西看得很輕，此時聽到葉韜的話心一突，推開他焦急地問：「孩子會被笑話？」

「自然。怪我當時太大意，以為只一次，不會那麼巧有寶寶。」葉韜睜著眼說瞎話，不會告訴郝光光他當時就是故意的。

葉韜擺出一副歉疚的面孔，輕撫郝光光擔憂焦急的臉道：「既然孩子來了，就盡快將親事辦了，拖下去對妳、對寶寶的名聲都有影響。」

「我、我都不知道這些事。」郝光光要哭了，頭一次因為自己逃跑的行為感到自責。若是因為自己的任性，害得孩子以後被眾人恥笑，她還有什麼資格當寶寶的娘了？

見郝光光要哭，葉韜心裡悶笑，表情卻很鄭重地道：「有些人，尤其是那些自視甚高的文人，對禮教之事看得更為嚴重，他們最鄙夷的其中一事便是這個。所以這次妳乖些，隨我回去，過了年就盡快將親事辦了。上次沒辦成，令葉氏山莊成了笑話，這次時間有限，不能再像上次準備得那般熱鬧，只能委屈妳和孩子了。」

郝光光哪裡還敢說不，她自己的名聲可以不在乎，但寶寶的不能不在乎，連忙點頭。「那我們快些回去成親，不能讓寶寶被人笑話。」

葉韜得償所願，眼中泛起得逞的笑意。「別急，來時我已想好，要去岳父岳母的墳上祭拜一下，向他們正式提親。妳不是說過，魏家的人沒資格左右妳的親事嗎？岳父岳母總有資格了吧？」

「嗯嗯。」郝光光笑了，葉韜總算做了件令她高興的事。尊重她的爹娘就等於是尊重她，如此郝光光還有什麼不滿？

為了寶寶，她那點堅持已經不算什麼了。既然愛上葉韜，為了孩子及後半生的幸福著想，她就賭一次吧！哪怕以後變成被愛情牽著鼻子走的女人也拚了，被想念啃噬的滋味她已嚐過，不想再去嘗試。

「妳先睡會兒，我們明日一早用過飯便去。」葉韜扶著郝光光躺下，給她蓋好被子，戀戀地看著郝光光的腹部道：「幸虧帶妳回來時沒出什麼差錯，否則……」

葉韜只要尊重她，態度溫柔點，郝光光其實不會動不動就鬧情緒。躺在床上，她心情頗好地道：「知道害怕就好，你可要時刻記得我身子特殊，若是胡亂發脾氣或動手動腳地嚇到我，可要小心寶寶會不高興。」

「……」這難道就是傳說中的「挾天子以令諸侯」？葉韜扶額。

第五十二章

兩人沒吵起來，令一直提心弔膽關注著屋內情形的幾人鬆了口氣。

葉韜沒有自郝光光失蹤時起便出來追尋，而是一直命手下們去找，並非他不想親自出面，實在是情況不允許。

臨近年關，莊內事務繁重，而且郝光光的逃婚令葉氏山莊立刻成了天下人關注的焦點，閒言碎語不絕於耳，他需得坐陣，若是放下公務去尋郝光光，那不僅是他本人，連整個葉氏山莊都會被人嘲笑得再也抬不起頭來。

葉韜是三日前聽到手下們稟報了郝光光的確切落腳點後，才放下手中完成得差不多的公務，快馬加鞭地趕了過來。

兩天兩夜沒怎麼休息，一直在趕路，趕來後因進不得山，於是多浪費了半日時間，正巧葉雲心傳信，說今日會找機會將郝光光引下山來，如此才出現葉韜先前擄走郝光光的那一幕。

將郝光光帶回來，聽到葉雲心驚呼著說郝光光有了身孕時，正滿腔怒火想著要怎麼與郝光光算這筆帳的葉韜宛如一大盆冰水澆到頭上，怒火立時嚇飛，湧起的是無窮的恐慌與緊張。

一陣人仰馬翻，請大夫的請大夫、抓藥的抓藥，葉韜一直問著葉雲心這陣子以來關於郝光光的身體情況，幸好郝光光和她腹中的孩子沒事，否則葉韜在不會原諒自己的同時，葉雲心等人也不會討得好去。

葉韜來了，東方佑也來了，下午郝光光在房內休息時，聽丫頭笑說葉雲心在躲著東方佑，具體怎麼回事郝光光也沒心思去想，自己的事她還操不過來心呢，哪有心思管前不久剛「出賣」過她的人的事。

一覺過後，郝光光多了兩件新買來的衣衫，手感柔軟，衣料比她此時穿在身上的要好得多，樣式較為寬鬆，正適合孕婦穿。

「夫人，這是主上命人買回來的酸梅，您反胃時吃幾顆。」小丫鬟捧著一小罐酸梅過來。

郝光光懷孕的事除了她山上那些鄰居，知道的人不超過五個，除了葉韜、東方佑、葉雲心外，就只有這個小丫頭了。這些人在被葉韜嚴厲命令後絕對會守口如瓶，至於那名請來為郝光光把脈的老郎中根本不識得葉韜，對郝光光也不熟悉，於是不用擔心。

聽到酸梅，郝光光眼睛一亮，嘴裡立刻冒起酸水來，忙道：「快拿來！」

丫頭聞言，趕忙將酸梅遞上去，不忘為葉韜說好話。「這是主上千叮嚀萬囑咐要買來的東西，附近的酸梅主上看不上眼，侍衛騎馬跑了大半日才從隔壁縣買回來的，這味道聞著就誘人，夫人嚐嚐看。」

郝光光這幾日在山上時胃裡一不舒服就會吃些酸梅，都是從集市上買的，她對吃的東西並不挑剔，能止住噁心感就好。

捏起一枚顆粒飽滿、醃漬得酸香味十足的酸梅放進嘴中，可口的酸甜味道瞬間在口中蔓延開來，享受得郝光光像隻花貓一樣瞇起雙眼，抱著酸梅罐子不撒手了，開始一顆一顆地往嘴裡丟。不知是酸梅的甜味起了作用，還是葉韜的心意使然，總之郝光光吃得心裡都著甜起來了，大呼好吃。

郝光光因為時不時的孕吐反應，近來胃口不太好，一整日吃不了多少東西，此時吃了十幾顆酸梅，不但將噁心感壓了下去，還開了胃，摸著肚子道：「有吃的沒？我餓了。」

「有、有！夫人稍等。」小丫頭匆匆出了房間。

郝光光對肚子中這個還沒有多少存在感的孩子日漸上心，尤其在與葉韜「和解」後，對肚子裡的這位「大人物」更是喜歡起來，想到這個孩子說不定比葉子聰還漂亮，就喜得咧嘴直樂，像個傻瓜似的。

現在這處院子是葉韜的產業，只是不像北方的那些別院那麼大，因為南方這邊生意方面涉及的少，所以目前他們落腳的地方只是一間看起來不太起眼的小別院，下人也不多，這還是當初葉韜命東方佑調查郝光光身世時，臨時在這裡購買的小別院，誰想目前派上了用場。

葉韜特地命令廚房的人準備著適合孕婦吃的清淡又有營養的飯菜，只要郝光光喊餓，廚房能隨時將飯菜端上來。

吃完了飯，郝光光摸著肚子滿足嘆息時，聽小丫鬟說——

「夫人，心心姑娘求見。」

郝光光眉微微一擰，擺了擺手道：「不見，讓她回自己房待著去吧。」

小丫鬟出去傳話，郝光光隱約聽到葉雲心在嘆氣，不知是否聽錯，好像嘆息中還夾雜著一絲哽咽。

「唉。」對於葉雲心，目前郝光光除了嘆息，也不知道該有什麼反應好。

葉韜帶人出去採買了一些東西，回來時正好是吃飯時間，進房見到郝光光抱著酸梅吃得正歡，眉眼間不自覺的一暖，問：「怎的沒用飯？」

郝光光摸了摸鼓鼓的肚皮回道：「剛吃過。」

屋子裡還泛著沒完全淡去的飯菜香，葉韜讓丫鬟端些飯菜上來，然後在床邊坐下笑問：「喜歡吃這個酸梅？」

「嗯，喜歡。」比她前些日子吃的口感好多了。今晚難得吃了很多飯都沒有反胃，全是這個酸得恰到好處的酸梅的功勞。

葉韜笑了，笑容在臉上慢慢蕩開，宛如輕風吹散了雲彩，他臉上的疲憊被笑容取代，好心情地道：「喜歡吃的話，回山莊有吃不完的酸梅，那些比妳現在吃的還要好。」

「真的？」郝光光挑眉問。

「真的。」葉韜點頭，拿起床頭擺著的帕子，輕輕擦拭著郝光光的嘴角。「山莊吃的用的應有盡有，家中的婆子們都有經驗，照顧起妳和寶寶來我也放心。」

「我們什麼時候出發？」

「明日下午。明日一早我們先去拜祭妳的父母，向山上那些鄰居們辭行後就出發。」剛剛他買了許多東西，就是送給山上那些人的見面禮，也可以說是郝光光的聘禮了。

聽葉雲心說，山上的那些人都是打心眼裡關心、照顧光光的，於是他改變了主意，不準備將聘禮送去魏家便宜那些「狼」了，而是送給山上這些拿郝光光當親生女兒對待的和善鄰居們，他們比魏家要有資格得多。

時間匆忙，聘禮所需的東西一時準備不全，於是就由其他的東西代替，例如上等布料、茶葉酒水、米麵還有雞鴨魚肉等這些雖俗但卻實用的年貨。

「沒幾日就要過年了，路程很趕，我這樣可以騎馬嗎？」郝光光擔憂地問。

郝光光的嘴角擦乾淨後，葉韜將帕子往床頭一丟，道：「妳坐馬車。無須擔心，馬車鋪得很厚實，我們挑平坦的路走，速度會適當。」

「喔。」郝光光放心了，有葉韜在，她什麼事都不需要操心，雖然他缺點多多，但辦事效率快、能力強這個優點她是不會否認的。

飯菜上來了，葉韜去吃飯，郝光光就吃酸梅，兩人誰都沒再開口，屋內安靜異常，氣氛卻是極為融洽和諧。

郝光光一邊吃酸梅一邊看葉韜吃飯，邊看邊笑，眉眼間滿是滿足的笑意。

不上心時覺得這個男人缺點無數，討厭無比，而一旦看上眼了，就覺得他舉手投足無一不迷人，此時葉韜專心吃飯的動作就令她看得入迷了。真是個好看的男人啊，郝光光暗自感嘆著。

晚上，如先前在葉氏山莊一樣，葉韜抱著郝光光睡，若有哪點不同，便是他的動作變得很小心，唯恐一個不注意碰到她的腹部。並非第一次當爹，他知道女人懷孕初期胎還不穩，要時刻注意著才行。

有葉韜在，郝光光心中莫名地多了許多安全感，快睡著時，她主動攬住葉韜的腰，選了個舒服的姿勢窩在他的懷中沈沈睡去。

郝光光難得的主動令葉韜身子一僵，好久之後他像是要確定什麼似的，在黑暗中觀察郝光光的眉眼，無奈均勻的呼吸聲傳來，表明某人已經睡著了。

葉韜搖頭輕笑，更加珍視地攬緊懷中的女人一同入眠。他愛這個女人，早在他因為她而追去京城、決定娶她之時，就已經明白了自己的心意，只是她沒有給他好好表現的機會，在來不及挽回從前留給她的壞印象以前，她就再次逃跑了。

這次她既已保證不再逃離他的身邊，那麼為了心愛的女人及她腹中的孩子，他暗自發誓一定要對她好，不僅要彌補以前對她的虧欠，還要給她加倍的安全感。他能感覺到她對自己並非無動於衷，總想離開他大概就是因為缺乏安全感使然吧。

孕婦好睡，郝光光醒來時天已經大亮，葉韜早已不在房中。匆匆洗漱完畢，與葉韜一起用完早飯便一道出門了。

要送的東西裝了兩大馬車，郝光光帶路，引著葉韜和兩名隨從上山。

上山途中葉韜一直在暗中觀察著陣法，越走越心驚。陣法看似平常，但若非會口訣，走錯一步都會被困住。想悄悄記下上山的方法，但就如葉雲心說的那樣，想記住出入方式太難，單憑口訣還不能做到出入自如，以葉韜對陣法的瞭解，這口訣之中尚有關鍵之處，需掌握了它才成，只是這一點究竟是哪一方面卻很難猜測得到。

這陣法比葉氏山莊的要高明，葉韜看著如迷霧森林般的陣法，頭一次打心底佩服一個人。能佈出這等複雜的陣法，並且在樹上動了手腳，令其無法用火攻，就憑這兩點便知郝光光的爹並非一般人物。

到了山上，葉韜先帶著兩名隨從，要他們將「見面禮」又名「聘禮」挨家挨戶地送去，郝光光則帶著他認人。葉韜對這些善良友好的人很禮貌，沒有擺他莊主的架子，面對長輩時也會隨著郝光光叫一聲大叔或伯伯。

每戶人家都送了許多禮物，有小孩子的人家，葉韜還會出手闊綽地送他們金錁子。

因葉韜出手大方，雖身分顯赫但對他們卻禮貌有加，而且最重要的一點是很在意郝光光，因此，本來對他存有偏見的眾人漸漸的對「孩兒他爹」放下了成見。

所謂不看僧面看佛面，就衝這一大堆的禮物，也不好再給人冷臉不是？

商量過後，眾人一致決定中午留葉韜吃飯，每戶人家都準備拿手飯菜去，到了午飯時間，端著做好的飯菜都去郝光光家，在寬敞的院子裡擺幾張桌子，所有人都圍在一起吃，當是歡迎準女婿上門，順便也當是為郝光光他們餞行了。

分完了東西，時間已經過去近一個時辰，葉韜不敢再耽擱，帶著郝光光去了郝大郎夫婦的墳前上香，而那些熱情好客的鄰居們則全部奔回家開始操起菜刀，使出十八般手藝做起拿手飯菜來。

郝大郎夫婦的墳在山腰處，兩座墳緊挨著，墳周圍有深扎進土裡的大石頭擋著，當初選位置的時候就看中這一點，即使下大雨也不用怕墳頭受損。自回到山上後，郝光光有空沒空都會來這裡坐坐，所以墳周圍被收拾得乾乾淨淨的。

葉韜拎著兩壺酒，郝光光拿著一籃子的糕點和水果，將水果糕點擺在墳前，點上香後，兩人跪在墳前衝著墳頭磕了三個頭。

郝光光說道：「爹、娘，這個是葉韜，也是我腹中孩子的爹，我們就要成親了。先前是女兒不懂事逃了婚，這次不會再逃了。女兒馬上就要嫁為人婦，以後會收斂性子的，您二老在天有靈就放心吧。」

葉韜往酒杯裡倒滿了酒，舉起來朗聲道：「岳父、岳母，先前是小婿疏忽，沒有前來拜見，小婿有錯，先自罰三杯。」

說完後，葉韜將手中的酒一飲而盡，然後滿酒再喝掉，三杯過後，葉韜一臉鄭重地道：「小婿以前對光光不好，以後不會再犯，小婿定竭盡所能照顧光光母子，不會再讓她受半分委屈。光光嫁進葉家，岳父、岳母儘管放心，小婿會以岳父為榜樣，此生不納妾，待光光始終如一。」

葉韜在墳前保證了許多，郝光光也說了許多話，最後兩人合夥將帶來的酒都一杯杯地倒在墳前孝敬郝大郎了。

「別跪太久，小心身子。」說完要說的話，葉韜站起身動作輕柔地將郝光光扶起來，看了看日頭道：「晌午了，我們回去吧。別難過，以後每年清明附近我都會抽空陪妳回來拜祭一下岳父、岳母。」

「嗯。」郝光光聞言笑了，葉韜剛剛在墳前說的那些話她聽了很受用，相信爹娘聽了也會開心。女婿雖然缺點多，但好在懂得尊重他們的女兒了，也沒有嫌棄她家窮。

葉韜扶著郝光光轉身離開，這時，墳邊新長出來的一株小樹苗突然無風地自動起來，輕輕地搖曳著，彷彿正在朝著葉韜和郝光光揮手告別……

中午時，葉韜等人是在郝光光的院子裡吃的飯，一堆人擠在院子裡熱鬧極了。葉韜自小什麼美味沒吃過？但這一次卻吃得格外開心。雖然飯菜不及他家中廚子做的美味，但重在心意，自這些飯菜中，他嚐出了熱情與真心。

這頓飯賓主盡歡，幾位好酒的大叔拉著葉韜拚起酒來，越喝他們對葉韜印象越好，最後幾人全喝趴了，葉韜還不見醉意，如此酒量頓時令所有爺兒們，包括奶還沒斷乾淨的男娃子都對其肅然起敬，直呼這才是真爺兒！

熱鬧過後免不了離別，眾人依依不捨地將葉韜他們送至山腳下，幾位大娘拉著郝光光的手，眼眶紅紅的，一遍又一遍地囑咐她要好好照顧自己，嫁了人後要做個好妻子云云。

郝光光上了馬車，紅著眼睛對一眾關心她的鄰居道別，下次再見得一年後了。

拜別眾人後，葉韜上了馬車，將抹眼淚的郝光光拉進懷中安撫。「哭什麼？又不是這輩子都見不到了。別的女子嫁人後三五年都不見得能回娘家一次，我許妳一年陪妳回來一次還不滿意？」

「滿意，就是忍不住想哭。」嫁人後一切都將變得不一樣了，郝光光難免會有些徬徨。

「別哭了，小心寶寶笑話妳。」葉韜抬手為郝光光擦去眼角的淚珠，覺得自己像是在照顧愛哭的女兒，念頭一起立時冒了一身雞皮疙瘩。

郝光光怕影響了肚中的孩子，不敢再哭，拚命止住淚意。

第五十三章

馬車行駛速度較慢，因要照顧著郝光光的身體，且挑平坦的路走，於是繞了遠，本來四天的路程，這下起碼要花費六日的時間。

不是沒有想過走水路，只是水路容易暈船，這對孕婦來講更是煎熬，是以行程緊趕慢趕的，差不多也得在臘月二十八、九到家。

趕路緊急，一行人都不得休息，郝光光與葉雲心累了就在馬車上睡，趕路的幾名侍衛輪流換班，一半趕路、一半在路經鎮上的客棧時睡一晚，天亮時再追上隊伍。

寶寶這幾日倒是挺體貼，沒有因為不停地趕路而折騰郝光光，累了就喊一聲讓馬車停下來，下地走幾步鬆緩一下筋骨。

郝光光不敢埋怨什麼，實在是時間緊迫，總不能除夕夜在路上度過。

那個小丫鬟沒有隨郝光光同行，而是留在了別院。路上沒有帶丫鬟，於是伺候郝光光的活計便落到了「戴罪之身」的葉雲心身上。

白天時葉韜騎馬趕路，晚上則抱著郝光光在馬車內睡覺，葉雲心在另外一輛檔次遠不及郝光光所乘的馬車內休息。

郝光光在馬車內發著呆，想著剛剛葉雲心說的話，心怎麼也平靜不下來。

「有心事？」葉韜察覺到郝光光不對勁，開口詢問。

「嗯。」見到了葉韜，郝光光一直煩亂的心稍稍平靜了些，傾身抓住他的胳膊問：「我與心心逃跑的事，你遷怒了莊上其他人沒有？」

葉韜何等精明，郝光光話一出口他便知道了她在煩惱什麼，俊眉一揚，似笑非笑。「若是換成妳在廣發請帖，所有人都知妳即將成親之時，新娘子突然逃了，妳說說妳是否會無動於衷？嗯？」

郝光光理虧，心虛地鬆開抓著葉韜胳膊的手，感覺到葉韜灼人的視線一直徘徊在她的臉上，莫名地全身不自在，糾結了片刻，最後實在是不放心，深吸一口氣後對上葉韜意味不明的視線，繼續問：「你是否將他們都處罰了？如何處罰的？」

葉韜看了眼郝光光，沒回答她的問題，將疊好的褥子拿過來一一鋪好，寬大的雙人棉被展開鋪在褥子上，隨後開始脫起衣服來。

「你倒是說話啊！」郝光光怒了，抄起葉韜脫下放好的披風向他的頭上扔去。

葉韜手隨意一伸接住了披風，清冷的目光在郝光光身上淡淡一掃，成功將郝光光臉上的銳氣嚇去幾分。

郝光光強迫自己忽略因葉韜的冷眼而加速的心跳，腹誹著葉韜的喜怒無常，這幾日他對她很是遷就，遷就得令她忘了他「惡性」的一面。

見郝光光老實了，脫好衣服的葉韜鑽進被窩，漫不經心地道：「妳擔心莊內下人們會遷怒妳？」

郝光光沒好意思點頭，只是眉眼間的焦慮算是回答了葉韜的話。

葉韜微微一笑，伸手輕輕一帶。將郝光光攬入懷中，一邊脫起她的衣服，一邊道：「妳覺得我像是那麼沒有分寸之人嗎？下人們對女主人心存芥蒂，於葉氏山莊可沒半點好處。」

「你的意思是說，你沒有懲罰他們嘍？」郝光光一掃煩悶，雙眼亮晶晶地望向葉韜。

點了點郝光光的鼻子，葉韜看著她驚喜的模樣，好笑地搖頭道：「現在知道著急了？當初逃跑時怎麼就不長點腦子，多想想後果？」

那是因為逃跑時就沒想過要回來！郝光光當然不敢這麼回答他，見葉韜說來說去都不說到重點上，急得她腮幫子鼓了起來，瞪著葉韜道：「好了，我錯了，向你道歉還不行嗎？葉大人您就行行好，告訴我吧！」

葉韜不再逗郝光光，收起玩笑，正色道：「妳所擔心的事我早就考慮到了，只是讓他們辛苦些，不停地出來尋妳而已，傷筋動骨的懲罰倒是沒有，不用擔心他們會記恨妳。」

郝光光聞言鬆了口氣，嘴角剛向上揚起一點，就因葉韜接下來的話而僵住。

「雖沒有濫罰無辜，但看守不利的人自不能輕易放過。」葉韜趁著郝光光提心弔膽的工夫，快速將她的外衣都脫掉，然後摟著她一同躺下來。

「什麼意思？你說清楚點。」郝光光剛放下的心再次提了起來。

「如蘭她們被趕去洗衣房做事了。」將她們每人被打了五十大板的事隱去沒說。「妳房中的丫鬟已經換了人，若是妳再逃跑，那這三個新的丫鬟可就沒有如蘭她們幸運了。」

狼星被罰得最狠，不過葉韜沒有說，他知郝光光對狼星素來無好感，若是告知她狼星的事，她恐怕不但不愧疚，反倒會鼓掌慶幸。

「什麼？如蘭她們被趕去了洗衣房？」郝光光大驚，如蘭她們伺候起她來向來很上心，挺可人的小姑娘，現在正值寒冬，這嬌滴滴的三個小姑娘由一等丫鬟一下子被貶成三等丫鬟去洗衣服……

「嗯哼，有意見？」葉韜閉上眼，心情頗好地反問。馬車在行駛，躺在行駛中的馬車內，睡意來得更快。

郝光光老老實實地窩在葉韜懷內，攥住他的手輕輕搖了搖，小聲提議道：「我已經乖乖隨你回去了，可不可以將她們再調回來？」

「說出去的話有如潑出去的水，將她們調回來我可還有威信在？」葉韜斷然拒絕。

「這都是我一個人的錯，跟她們沒關的。」

「沒看住妳就是她們失職，我養她們這群失職的奴才有何用！」葉韜的聲音冷了下來，語氣中表明了不想再談這件事。

郝光光張了張口，最後嚥下要求情的話，唯恐惹怒了葉韜，會給如蘭她們帶來更壞的下場。

馬車緩緩行駛，葉韜沒多久便睡著了，郝光光想到如蘭她們就愧疚得難以入睡，暗自想著回去後給她們送去些銀錢補償一下她們，還要交代管事婆子暗中多照顧幾下，待什麼時候葉韜不氣了，再偷偷將她們自洗衣房調出來。

一路辛苦，緊趕慢趕的，葉韜一行人終於在臘月二十九下午回到了葉氏山莊。

葉氏山莊佈置得很有過年的氣氛，莊內掛滿了大紅燈籠，人人臉上都掛著笑，新衣服已經發下，只等年初一當天再穿上。

郝光光回去後還沒等休息一下，老管家便帶人呈上魏家送來的年禮給她過目，都是送給她的，一件厚實的貂皮大衣，還有幾樣最近流行的新款首飾，這些東西加起來有不少錢。

「這是魏大人寫給夫人的信。」未被拆封的信遞至郝光光手中，郝光光知道她失蹤期間魏家也一直在派人尋她，不僅葉韜的人尋到了她家鄉，魏哲的人也尋了過去。

葉韜找到她後給魏哲的人送去了口信，那些人想拜訪郝光光無果後便打道回府了。

郝光光將信收了起來，暫時沒有看的意思。一路奔波，坐馬車坐得渾身酥軟，只想在柔軟舒適的床上好好休息一下。

「主上有事要忙，讓夫人先行休息，老奴就不打攪了。」老管家說完後就要退出去。葉韜已經發話，自今日起要改口稱郝光光為夫人。

郝光光立刻叫住老管家，一臉歉意地道：「這次我出門連累了心心，害你們擔心著急，對不起。」

「夫人哪裡的話，心心那丫頭是什麼性子，老奴這個當祖父的可瞭解得很，定是她出的鬼主意。何況她當時留了信，說明她是自願離家的，與任何人無關。」老管家臉上帶了絲微笑，安慰道：「夫人無須自責，老奴一家人心中亮堂得很，要怪只怪心心那丫頭不知天高地厚。」

老管家這麼一說，郝光光反倒更不自在了，站起身鄭重地對老管家抱了下拳道：「葉總管無須為我開脫，總之這次的事是我有錯在先，這聲抱歉您就收下吧。看在我的面子上，回去後也別太責怪心心。」

老管家慌忙回了郝光光一禮，緊張地道：「哪有主子向奴才行禮的道理，真是折煞老奴了。」

「這是應該的、應該的。」

葉管家走後，新來的三個丫鬟伺候郝光光洗了個澡、換好衣服，準備將郝光光扶床上去歇著時，葉子聽院內的丫鬟戰戰兢兢地拎著鳥籠過來，進房後因害怕而結結巴巴地道：「夫、夫人，少主讓、讓奴婢將八哥還、還回來。」

已經掀開被子要躺下的郝光光聞言回過頭，目光在接觸到丫鬟手中的鳥籠後怒火陡生，杏眼怒瞪。「葉子聰呢？讓他給我滾過來！」

膽小的丫鬟嚇得撲通一聲跪下來，手一抖，鳥籠子滾落在地。

小八哥就著籠子在地上滾了兩圈，定下身子後撐起暈眩的身體，撲騰兩下翅膀，傷心地叫起來。「我的毛、我的毛，毛沒了！」

屋內的三個小丫鬟捂住嘴，驚訝地看著鳥籠內的小八哥，只見平日裡有事沒事就梳理自己羽毛，臭美極了的八哥，身上的毛都被剪光，成了一隻醜醜的禿鳥……

郝光光下地將鳥籠子提起來，拿到眼前就近看著渾身發抖的小八哥。

平時活潑愛說話的八哥此時眼帶憂鬱，不停撲搧著光禿禿的翅膀，哀怨著自己被剪去的羽毛，淒慘極了。

「還愣著幹什麼？將葉子聰帶來！」郝光光的怒火蹭蹭往上躥，這葉子聰就是故意的，臭小子也太不乖了。

正打著顫慄的小丫鬟聞言更害怕了，嘴唇一癟，眼淚開始在眼眶中打轉。「夫、夫人，少主說他、他沒空。」

「什麼?!」郝光光提著鳥籠的手驀地攥緊，雙目圓睜。

先前已經被葉子聰狠狠嚇過的小丫鬟見狀，差點兒哭出來。

「夫、夫人饒命！」小丫鬟慌得就要磕頭，被郝光光阻止住了。

「妳怕什麼啊？我又沒生妳氣。」郝光光無奈，將小丫鬟拉起來，為防再嚇哭人家，放緩語氣道：「子聰都說什麼了？妳且說得詳細些。」

看郝光光不再發火，小丫鬟鬆了口氣，抹掉眼淚道：「少主說『告訴那個動不動就逃跑的女人，有事讓她親自來見本少爺，讓本少爺去見她？沒門兒！』。奴婢沒有不敬的意思，這是少主的原話。」

郝光光聽得眉心直抽，咬了咬牙，最後在小丫鬟小心翼翼的目光下道：「將這個包袱帶回去分給妳們院中的丫頭們，裡面的小玩意兒就送給有小孫子孫女的婆子們吧。」

這包袱裡的東西都是特地給葉子聰準備的，全是南方的土特產，還有郝光光覺得小孩子會喜歡的小玩具，本來打算休息過後就送去的，現在她改變主意了。

小丫鬟望過去，一見到裡面的東西就知是怎麼回事了，猶豫著不敢拿。

「怎麼了？」郝光光挑了挑眉，疑惑地問了句，結果只是很尋常的一個表情加問話，看在小丫鬟眼中卻成了質問，嚇得連忙拿過包袱，對郝光光千恩萬謝之後匆匆離開了。

郝光光現在房裡的三個丫鬟分別叫如顏、如喜、如玉。

如顏將郝光光扶回床上，小聲問：「夫人，要不要奴婢過去請少主過來？」

「不用了，那小傢伙要耍威風就讓他耍去。對了，有沒有方法能讓小八哥盡快長出羽毛來？」郝光光擔憂地望著籠內的小八哥。

「這……好像沒有。」

這時，葉韜走了進來，問：「怎麼了？剛剛子聽房裡的丫頭匆匆忙忙的在做什麼？」

郝光光將手中的鳥籠子往前一送，抱怨道：「還能是什麼？看看你兒子做的好事！」

葉韜在瞧清楚鳥籠子裡無精打采的八哥後，嘴角抽搐了兩下，抬手掩唇輕輕一咳，在八寶椅上坐下，笑了起來。

「還笑！敢情這不是你的寵物，如果被剪光毛的是你的『閃電』，看你還能不能笑得出來！」閃電是葉韜最喜歡的那匹號稱能日行千里的黑馬，就是這次尋郝光光時騎的那匹。

葉韜擺了擺手，讓屋內的三個丫鬟都下去，給自己倒了杯茶，拿起茶杯輕抿一口道：「氣什麼？當時妳逃跑時不是留下一句話嗎？可還記得？」

郝光光當然沒那麼快忘，白了葉韜一眼。「你提那事做什麼？」

「妳不是說誰敢欺負妳的寵物就是妳兒子嗎？如妳所願，不久後子聰就是妳兒子了。」

葉韜笑得很欠抽。

「你！」郝光光氣得咬牙，將鳥籠放在床頭後下床走過來，在葉韜對面坐下，瞪著他威脅道：「他虐待我的寵物，我就要虐待他出氣！」

葉韜一點都不放在心上，笑意不減，目光在郝光光的肚子上徘徊著。「無妨，妳虐待子聰，到時他就虐待妳兒子出氣。」

「我說正經的呢！」郝光光拍了下桌子，突然想起一件事，眨了眨眼，一臉正經地問：「你說，我們成親後我就是子聰的後娘了，天下間後娘與繼子間很少有相處得好的，你就不怕我藉機虐待你兒子？」

葉韜收起玩笑的表情，俊眸與郝光光對視，良久，問出一句話。「妳會嗎？」

郝光光被問得一愣，下意識地回答道：「當然不會。」

暖暖的笑意在眼底滑過，葉韜望著郝光光，唇角一勾。「我的眼光自是不會太差。」

聞言，郝光光得意地一挑眉。「你這是在變相地誇獎我嗎？」

「誇妳？嗯，如妳這般『單純』的女人並不多。」葉韜強忍著笑說道。

見郝光光柳眉要豎起來，葉韜趕忙轉移話題。「累了吧？躺床上去休息，平時妳白天不是都要小睡的嗎？」

「哼，本來是要休息的，結果都被你兒子氣得不睏了。」郝光光回頭看了眼憂鬱地趴在鳥籠裡的八哥，恨不得將葉子聽揪過來揍一頓屁股。

葉韜看了眼因沒了毛而變得相當詭異的禿八哥，嘴角又抽搐了下，別開眼，再倒了杯茶道：「他為何這麼做妳清楚得很，妳讓他生氣，他反過來就氣一氣妳，很公平。」

郝光光張了張口想發脾氣，結果發現發火的理由突然變得有些名不正言不順，最後很不情願地抿緊唇瞪葉韜。

「好了，去休息吧，想怎麼出氣妳自己決定，不過出了氣後還要哄哄子聽。難得那孩子喜歡妳，沒有像以前那樣鬧離家出走或是絕食抗議。」葉韜喝完了茶，站起身要出去。

聽到葉韜讓她哄葉子聽的話，郝光光不平衡了，嗔怒道：「我也生氣了，他怎麼不哄哄我來？」

「都要當娘的人了，怎麼還這般孩子氣？妳若是覺得自己比子聽小，那就讓他哄妳無妨。」葉韜似笑非笑地看了眼郝光光。

葉韜就說不出讓她聽起來順耳的話來！郝光光氣得站起身要回床上休息，邊走邊嘟囔道：「我就要欺負你兒子，讓你笑話我！」

本是自己說著過嘴癮的話，誰想葉韜耳朵尖，聽到了，出房門前唇角微揚。「隨妳欺負，『逆境』裡長大的孩子都早熟，會更有前途。」就像他小時候一樣。

郝光光猛地回過頭去，結果葉韜已經離開了，只好氣惱地啐了一口，嘀咕著。「說得好聽，如果真欺負了，瞧你急不急？」

「欺負！欺負！出氣！出氣！」小八哥見葉韜走了，膽子大起來，站起身衝著郝光光大聲叫了起來。

「你也覺得我應該欺負一下子聰對不對？」郝光光提起鳥籠與八哥對視。

「我的毛，主人，我的毛、毛……」八哥在籠子裡傷心地亂跳。

「唉，都怪我。毛沒了就沒了，以後就在我屋子裡待著吧，沒了毛，出去會凍死的。」

郝光光無奈地說道，只能等牠自己的毛羽慢慢長了。

第五十四章

晚上葉韜、郝光光和葉子聰一起用飯，因馬上就要過年了，飯菜比以往更加豐盛，考慮到郝光光目前的口味，廚房沒敢上油膩的飯菜，特地做了好幾道清淡口味的菜給郝光光吃。

三個人在與郝光光的臥房連著的外廳用飯，小八哥也被帶到了外廳。

葉子聰來時表情有點彆扭，礙於葉韜在不敢太放肆，喚了聲爹爹後，不情不願地衝著郝光光叫了聲娘。

「乖。」

郝光光瞇起眼睛來，看著葉子聰笑，笑得葉子聰心中直發毛。

「都坐下來好好吃飯，要過年了，都高興點。」葉韜警告身旁兩個心中各懷著小心思的人。

葉子聰聞言趕忙點頭。「子聰知道了，爹爹。」

葉韜滿意地點點頭，隨後微含壓力的視線望向郝光光。

「知道了。」郝光光無奈地翻了個白眼，她還沒幼稚到跟個孩子沒完沒了，算帳的事不急在一時。

葉子聰在葉韜面前很會裝乖，一口一聲娘，叫得脆聲極了，給郝光光挾菜也特別殷勤，只是挾的都是她不愛吃的罷了。

郝光光也不甘示弱，猛挾葉子聰不愛吃的辣菜往他碗裡送，笑咪咪地道：「乖兒子，多吃些，早早長大好迷死無數大姑娘小媳婦。」

葉韜與葉子聰聞言，眼皮子抽了抽，都沒搭理不正經的郝光光。

席間，三人吃得快飽時，葉韜突然說道：「子聰，我與你娘馬上要成親，不久後你就能多個弟弟妹妹了。」

葉子聰垂眸，喔了一聲。

郝光光多看了他幾眼，忍不住問：「子聰，你是喜歡弟弟還是妹妹？」

偷偷掃了眼不動聲色的葉韜，葉子聰抿了抿唇，小聲說道：「弟弟。」

「為什麼？小男孩不是都希望有個妹妹嗎？」郝光光好奇地問。

妹妹不能欺負，弟弟來才可以！葉子聰如是想著。

見葉子聰沒有對自己即將有個弟弟或妹妹而不高興，葉韜眉宇間舒展開來，破天荒地給葉子聰挾了道他今晚吃得最多的一道菜，道：「多吃點。」

葉子聰驚喜地抬起頭，望著葉韜的眼中閃爍著耀眼的光輝，眸中的喜意毫不掩飾地流露出來，看得葉韜一愣。

自己以前是否太忽視這個孩子了？葉韜心中不由得泛起一絲愧疚，被葉子聰的眼神看得有些不自在，咳了下，催促道：「快點吃，一會兒涼了。」

「謝謝爹爹！爹爹您也快點吃。」葉子聰高興地吃起葉韜挾過來的飯菜，郝光光挾過來的辣菜則被冷落到一邊。

郝光光看著葉子聰喜得什麼似的模樣，母性又開始氾濫，想著以後一定要多讓葉韜對子聰好些，有了父愛的溫暖，葉子聰的性子說不定會變得像個正常的小孩兒。

想完後，幾乎是立刻便罵自己賤。每次被葉子聰欺負過後用不了多久就心軟，可憐的八哥，她對不起牠，葉子聰剛剛受寵若驚的表情令本來要為牠報仇的心突然淡去了大半。

自葉子聰來後就一直縮在籠子裡大氣都不敢喘一口的小八哥，見主人與葉子聰有說有笑的，神情頓時更為憂鬱了……

次日，年三十了，莊上的下人大多都是家生子，侍衛中很多是自小就被葉氏山莊收留的孤兒，於是只有很少一部分人回家過年，剩下的就留在葉氏山莊裡過年。

上上下下臉上都帶著喜氣，逢人便說過年好，眾人都早早起來貼對聯的貼對聯，做飯的做飯，所有人都領了豐厚的壓歲錢，有了壓歲錢再加上發下來的新衣服，每個人喜得連走路都有風。

郝光光目前還不是正式的女主人，很多事都由管家等人去打理，她的任務便是留在房裡休息休息再休息，總之就是不要讓她累到了。

在房裡待得無聊，就練葉韜教她寫的字，別人忙忙碌碌的，唯獨她閒得人神共憤。

葉雲心出不來，雖然她還沒有被禁足，但平日裡也不能出門，這次不用葉韜說什麼，葉雲心的家人就對她嚴加看管起來。

沒有伴兒，郝光光就練練字，哄哄憂鬱的「禿」八哥，時不時地騷擾一下鬧彆扭沒完的葉子聰。

三十晚上依然是一家三口一起用飯，晚飯時郝光光將用紅繩串好的七個銀錁子遞給葉子聰當壓歲錢，之所以是七個，是因為過了除夕葉子聰正好七歲。

小孩子再早熟、再不缺錢花，但對於壓歲錢這種東西還是期盼的，接了銀錁子後，葉子聰高興了，對郝光光笑了一下。

「冷戰之中」能笑一下已經很難得，郝光光很容易知足。

吃完晚飯就要守歲，郝光光為防犯睏，就拉著丫鬟們打了會兒馬吊，沒打多久就被葉韜拉去練字，一晚上過得很充實。

過了除夕，每人都長了一歲，郝光光已經十七，葉子聰七歲。才十七歲就有了這麼一個大兒子，還長得極好看，讀書練武都一把罩，每次想想郝光光都覺得自己賺到了，她的想法若是被其他要當後娘的人知道，肯定會罵她白癡。

過完年，眾人開始著手準備成親事宜，其實也不麻煩，因之前已經準備好，由於葉韜定在年初六成親，時間太過緊急，是以這次要請的人不多，除了相近的親戚朋友外，其他人都不準備請。

年初四時，魏哲風塵僕僕地趕來，稱作為郝光光的義兄，算是她的娘家人，她的大喜之日即將來臨，他給她送嫁妝來了。

總共有兩馬車，一共八個箱子，布料首飾等東西不少，還有字畫古董等物，壓箱金和銀票這些該有的東西也有，算算一共大概得有上千兩銀子，這些東西非一日兩日就能準備齊全的，看來早在一個多月前剛定下日子時就已經著手準備了。

女子嫁人嫁妝越多在婆家才越有面子，郝光光沒了爹娘也沒有嫁妝，這次魏哲帶東西來算是解了她的尷尬。

「謝謝。」再次見面，尷尬感少了許多，僅剩下的一些不自在也因魏哲這次解了她的燃眉之急而消失無蹤。

魏哲神色複雜地看著模樣變得成熟了些許的郝光光，淡淡笑道：「謝什麼？這都是身為兄長應該做的。為兄先前愧對於妳，若在妹妹出嫁時還不備份嫁妝就太說不過去了。」

「大過年的，義兄還親自過來給光光添妝，這份心意光光很感動，以前的事就別再提了，光光已經忘了。」郝光光這陣子耳濡目染的，瞭解了很多為人婦要懂得的道理，其中之一便是要有強勢的娘家撐腰，魏哲之於她就是個很好的後盾。以前的事過去就過去了，總計較著對誰都沒好處。

魏哲深深地看了郝光光一眼，覺得這個妹妹有哪裡變得不太一樣了。

魏哲來此，葉氏山莊自是要好好款待，因初六就是郝光光的大喜之日，於是他留了下來，等親事辦完後再回京。

兩天的時間很快便過去，郝光光由葉韜在附近的一處別院出嫁，初六當日，郝光光早早地被喜婆叫了起來，開始梳妝打扮，哪怕喜事來不及辦大、喝喜酒的人不多，也要重視。

這是郝光光第二次穿上喜服出嫁，心情卻完全不同。頭一次嫁給白小三時她毫無感覺，只是想完成郝大郎交代的任務，而這次她嫁給葉韜，心情卻頗為愉悅。

最近她看葉韜是越看越順眼，大概是應了情人眼裡出西施那句話了，總覺得葉韜一日比一日英俊，常常看得她臉紅心跳，若非她有孕在身，怕是早……

最令郝光光感動的是，葉韜因體諒她，道成親後她若是處理不來莊內事務也無妨，這麼多年來莊上沒有女主子還不是照樣過來了？讓她有空時就跟在管事婆子身邊慢慢學著一些處理事務的方式，等瞭解了就適當處理一些。葉韜說身為女主人不能所有事都不管，會被笑。

沒什麼壓力，也沒有公婆需要她晨昏定省，就算有個彆扭的繼子也非難事，畢竟他沒有壞心，對她也沒有敵意，這個孩子只是需要父愛母愛而已，平時多哄哄便是了。

梳妝完畢後，等吉時一到，郝光光便由喜婆揹著出了房門去坐花轎。

馬上就由「郝姑娘」變成「葉郝氏」了，以後自由的日子變少，責任多起來，她不能再像以前那樣沒心沒肺的生活，有遺憾、有無奈，但更多的則是對不同生活的期待。

接親隊伍在幾條街弄繞了兩圈，引得無數百姓出來看熱鬧，等轉完了該轉的，最後前往葉氏山莊，途中總共用去了一個時辰左右。

葉韜一身紅衣，丰神俊朗，眉目含笑的模樣令一眾圍觀的小媳婦們看了直臉紅心跳。

「光光，來。」葉韜在花轎前站定，對著轎內的新娘子伸出手去。

郝光光坐轎子坐得暈頭轉向，其間乾嘔過幾次，好在聲音都被外面嗩吶和鑼鼓的聲音蓋了過去，她也沒有真的吐出來，於是沒有人發現異常之處。

走出花轎，將手遞向葉韜，手被葉韜溫暖、充滿安全感的大手握住，郝光光疲憊焦躁的心驀地安穩下來。有葉韜在，她只負責依賴就好。

將紅綢的一邊遞到郝光光手中，葉韜攥著另外一端，引著新娘慢慢往莊內走。正門口有個火盆，郝光光對這些駕輕就熟，邁過火盆，隨著葉韜在眾人的歡呼喜悅聲中走去了辦喜宴的正廳。

楊氏前一天便到了，此時正一臉含笑地坐在主座上，身旁坐著她的現任丈夫蘇尚書。

蘇尚書身材有些發福，五官端正，當官久了的人，臉上不自覺地會帶著令人無法忽視的威嚴，只有在望向妻子楊氏時，眉眼間才會流露出暖意來。

「一拜天地！」

葉韜與郝光光面向門外，一齊彎腰鞠躬。

「二拜高堂！」

兩人轉過身，對著蘇尚書和楊氏一拜。
「夫妻對拜！」
葉韜臉上笑意加深，與遮著喜帕的郝光光面對面，彎腰互相拜了拜。
「禮成，送入洞房！」
終於完事了，一直提著心的郝光光鬆了口氣，攥著紅綢一端離開熱鬧的大廳，向喜房走去。
葉韜是新郎官，要陪客人們吃酒，暫時回不來。郝光光等了好一陣子等不及了，站起身就往擺滿了糕點的桌子走去，嘟囔著。「不等了，我要吃東西。」
「哎喲，新娘子要與新郎官一同吃飯才成啊！」喜婆一把將郝光光拉回來，將她按回床上提醒道。
郝光光委屈地摸了摸肚子。「可是我很餓。」
知曉郝光光身體狀態的葉雲心也在屋內幫忙，聞言一驚，連忙取過兩塊糕點走過來，在喜婆不滿的目光中塞入郝光光手中道：「韜哥哥得很久才回來，妳先吃點填填肚子吧。」
「還是心心最好。」郝光光喜悅地拿起糕點便吃了起來。這一天就早晨出發之前吃過一塊糕點，之後就一直餓著肚子，不僅她，連寶寶都抗議了。
「哎呀！我的小祖宗，別吃得喜服上都是渣子啊！」喜婆無奈地直給郝光光撣渣子。
郝光光顧不得了，兩塊點心幾口便下了肚，稍稍好受了些，怕喜婆手上控制不好力道打到她的肚子，於是道：「我自己來吧。」

「新郎官很快就來了，別出了差池讓新郎官笑話。」喜婆嘮叨著。

過了大約小半個時辰，新郎官陪完酒回來了。

葉韜拿秤桿挑起喜帕，郝光光的臉立時露了出來，一旁的喜婆及丫鬟見到均讚嘆出聲。

「新娘子真好看。」

葉韜眼中閃過一絲驚豔，上了妝的郝光光今日格外嬌美，頰上的胭脂襯托得她的臉蛋白裡透紅，細細描繪的嘴唇紅得恰到好處，嬌豔欲滴地邀人品嚐。

郝光光被葉韜灼熱的目光看得不好意思地低下頭，心兒怦怦跳個不停。今日的葉韜比以往任何一個時刻都要英俊迷人，看得她的心中有如揣了隻小鹿。

揭完了喜帕，喜婆張羅著葉韜和郝光光吃飯。

一會兒讓郝光光吃餃子問生不生，一會兒讓一對新人喝交杯酒，又催促丫鬟去鋪床，棗子花生什麼的都在褥子底下放好，整個喜房就數喜婆最熱鬧，一張嘴沒閒過。

過了好一會兒，終於所有禮儀規矩都做完了，喜婆領了賞錢，喜孜孜地領著丫鬟們出了喜房，關上門，將一對新人留在房內。

「終於安靜了。」郝光光感嘆道。

葉韜拉著郝光光坐在床上，灼熱的視線流連在她的臉上，性感薄唇緩緩勾起。「光光，我們終於是名正言順的夫妻了。」

第五十五章

郝光光看著葉韜深邃得彷彿能勾人心魂的俊眸，頓覺滿滿身心的疲憊消去了大半，覺得一整天的疲乏不算什麼，有這麼一個英俊並且正努力學著對她好的男人當丈夫，她其實一點都不虧。

「我快累癱了，以後再也不成親了。」郝光光強迫自己別過視線，故作正經地感慨道。

葉韜聞言一哂，點了下郝光光的鼻子，佯怒道：「妳這輩子只能成這麼一回親，只能嫁我一個男人。」

「霸道！」郝光光瞪了葉韜一眼，瞪完後噗哧笑了，眼角眉梢全是笑意，使得本就因上了妝而更顯嬌美的臉蛋頓時更添幾分魅力，看得葉韜眸中的顏色立時深了幾分。

「這一日妳辛苦了。」葉韜的聲音帶了幾分喑啞，望著郝光光的眼底似有火苗在燃燒，危險性十足。

撲通撲通，郝光光心跳得更厲害了，不自在地往一旁挪了挪，動作雖然細小，但哪裡能躲得過葉韜敏銳的視線。

「想躲哪裡去？」葉韜手臂一撈，輕鬆將要躲的郝光光撈回懷中，牢牢抱住不鬆手了。

葉韜身上有淡淡的酒味，聞到這股酒味，郝光光覺得自己暈乎乎的，要醉了。

「臭死了，一邊去！」郝光光脹紅著臉推搡葉韜，感受到葉韜拂到她臉上的熱氣，心跳得更快了，當他的大掌突然貼到她跳個不停的心口上時，郝光光只覺轟的一下，彷彿被扔進了沸水池裡，整個人都燙了起來。

「妳的心跳得好……」葉韜用比先前更為喑啞、更具誘惑力的聲音說著，音尾消失在郝光光躲閃倔強的紅唇中。

上次他們這般親吻是郝光光要離開葉氏山莊那晚，葉韜突然拉住她給了她一個火熱強勢的吻，時至今日，已經過去兩個月，時間不算短，其間兩人心境上又發生了或多或少的變化，於是感覺自也不同。

起初，葉韜是用唇舌細細描繪郝光光的唇，雙手在她的身上輕輕按揉著，待懷中略微僵著的身子慢慢軟化，郝光光的雙眼變得迷離後，葉韜遂加大力道開始攻城掠地。

因郝光光懷孕，葉韜就算想做些什麼也不成，前幾晚抱著郝光光經常半夜渾身熾熱得睡不著。他們只有過一回，也是那一回讓郝光光懷了身孕，孩子的到來他雖然滿心歡喜，但是這懷胎外加坐月子如此長的時間，他忍起來可大為辛苦。

身體緊緊相貼，呼吸拂在彼此的臉上，郝光光的腦子早已經不會轉了，隨著葉韜靈活霸道的舌尖起起落落。

郝光光是個好學生，經過最初的彆扭與羞澀後，開始變得主動起來，偶爾還會將舌伸進葉韜的口中挑逗幾下。

「嗯……」葉韜強迫自己自即將淪陷的深淵中掙脫出來，離開郝光光的唇，額頭抵著她的額頭喘息著。

快窒息的郝光光一得到自由，趕緊大口大口的呼吸，腦子還沒太轉悠過來，只覺得眼前有一張臉擋著，影響她呼吸新鮮空氣，於是頭往後一仰，企圖錯開距離。

「不許躲！」葉韜再次將郝光光攬過來，抵著她的額頭命令道。

葉韜一出聲，郝光光飛走的思緒立刻飛回來，眼神轉為清明，小臉一板。「就知道命令我，狗改不了吃屎！」

「嗯？」葉韜聞言眼微瞇，望著郝光光的眼神透著一絲危險。

郝光光下意識地剛要害怕，突然想起自己有「護身符」了，遂收起畏縮的表情，挺直腰板兒，有如山中女大王般，拿眼角斜睨葉韜，傲氣沖天地道：「嗯什麼？是你巴巴地要娶我的，連續兩次將我『求』回來，看在你心很誠，沒了我不行的分兒上，我才勉為其難地嫁給你，結果剛拜完堂你便對我瞪眼睛，小心嚇著我，我就……」

「就怎樣？」聽到郝光光說她「勉為其難」同意嫁給他的話時，葉韜的表情可真是精彩萬分。

「就……不告訴你。」

葉韜沒再在這個話題上繼續下去，看著郝光光臉上還沒有消去的紅暈，突然揚唇一笑。

「還說妳是勉為其難，剛剛妳的反應可一點都不勉強。」

轟的一下，郝光光的臉立時燒成了豬肝色，一巴掌拍過去，感覺不解氣，在她剛拍過的地方又重重捏了下，怒道：「再笑話我，我晚上就跟子聰睡去！」

「儘管去，我看他敢不敢跟妳睡。」葉韜一點都沒被威脅，臉上洋溢著志得意滿的笑，看起來心情極好，與郝光光又羞又怒的表情成了鮮明的對比。

郝光光抬手抹了抹臉，感覺不那麼燙了後，瞧了眼外面的天色道：「客人們都走了嗎？」

「還沒走。放心，有人陪著他們喝酒，不用擔心我因為陪酒而耽擱了洞房花燭夜。」葉韜挑了挑眉，促狹地看著郝光光。

「你！」郝光光杏眼兒一瞪，嗔罵道：「大色胚！就知道想那事，我有寶寶了還有什麼洞房花燭啊？你儘管喝去，醉死了才好。」

這次葉韜沒有因被罵而生氣，反倒還有一絲絲的竊喜。郝光光會這樣正是因為害羞，至於為何害羞……葉韜眉眼間瞬間染上一層笑意，這是好現象。

看了眼沙漏，到了該就寢的時間了。今晚是他與郝光光的洞房花燭夜，他已經鄭重交代了一干侍衛，要他們不許放任何一個想鬧洞房的人接近喜房。

之前等著葉韜回房時，郝光光就聽丫鬟說過，這次來的幾個人與葉韜關係不錯，一直在灌他酒，最後被魏哲這個「大舅子」擋了一大部分，宴席散了後葉韜沒怎麼樣，代喝了大半酒的魏哲卻已經醉得不醒人事。
「光光，我們歇下吧。」葉韜回房草草梳洗一番後便摟著郝光光一同倒在床上。
「你說過沒經我同意不會強迫我的！」郝光光紅著臉，牢牢抓住伸進她貼身小衣內的大手。
「什麼時候？」微醉的葉韜擰起眉來思索。
「就、就在京城那次。」
「喔。」葉韜想起來了，好笑地捏了捏郝光光的臉。「那次我說的是『婚前』，婚前我沒有踰矩。」
這次輪到郝光光愣住了，惱羞成怒道：「你騙人！」
「我指天發誓沒有騙妳，當時我確確實實說的是『婚前』。」葉韜扯過被子蓋住兩人。
「流氓！你別碰著孩子！」郝光光嚇了一跳。
葉韜挫敗地瞪著郝光光，咬牙切齒地道：「那也是我的孩子，我會沒有分寸嗎？孩子出生之前我不會對妳怎麼樣的。」
很久之後……
郝光光惱得背過身，不搭理葉韜，臉燙得能蒸熟大蝦。
這個不要臉的，居然、居然抓著她的雙手去……

「睡吧，我睏了。」葉韜安撫了下生悶氣的郝光光後，閉上眼睡了。雖然他在她的手上「解脫」了，但卻也只是稍稍緩解一下忍得疼痛的身體，若想徹底地放縱緩解，就只能等寶寶出生了。漫長的日子他可怎麼過？葉韜無奈。

新婚後的郝光光，日子過得與以前並沒太大不同，只除了晚上她的手「辛苦」了點而已。

白日郝光光若累了可以隨時休息，有空時便跟著管事婆子學一些管事經驗，然後練練字、逗逗鳥，日子過得還算清閒。

因不知打哪兒聽來說女人懷孕期間若常笑的話，孩子生出來也愛笑，於是郝光光便一直揀開心的事去想，一整天大部分時間都是笑著的，就算與葉韜生氣也不敢氣太久，唯恐生個「氣臉」寶寶出來。

出了正月，大概在農曆二月中旬，馬上要迎來春天之時，葉韜終於鬆口，同意求了無數次的東方佑，批准了他與葉雲心的婚事，不過在成親之前，葉雲心還是要閉門思過，成親前半個月才能解禁。

對於葉雲心當初用密道帶郝光光逃走的行為，葉韜是動了真怒。

按說東方佑的婚事葉韜沒有權力去干涉，畢竟他非東方佑的父母，但是由於當初東方佑曾背著葉韜偷偷助郝光光逃走，後來心存愧疚之下，便對葉韜保證說以後自己的婚事必須徵求他的同意，否則就不成親。
葉雲心跟隨郝光光逃跑的事嚇到了東方佑，他不敢再靦覥，回到葉氏山莊便向葉雲心的父母提了親。
東方佑的人品可信，很輕易便徵得了葉總管等人的同意，只是葉韜那裡困難了些。求了快兩個月，總算皇天不負有心人，求成功了，五個月後便是他與葉雲心的大喜之日。
郝光光懷孕三個月開始，不再有孕吐反應，胃口變得大好，飯量增大，每頓必吃兩碗飯，平時點心糕點什麼的還不能少。
尤其葉氏山莊的伙食特別好，廚房每日變著花樣地給郝光光準備既營養又好吃的飯菜，郝光光很鬱悶地發現自己胖了一大圈。
由於婚前便懷孕的事要保密，葉韜放出消息說郝光光剛懷孕一個月左右，也就是說，這個寶玉是洞房花燭夜來的。
郝光光的狀態不太像是剛懷孕，不過因不同的孕婦懷孕的反應不同，於是只覺得這個孩子特別疼人，沒有害娘親嘔吐、沒胃口而已。
每日郝光光都照著鏡子捏著自己臉上多出來的肉嘆氣，但嘆氣歸嘆氣，見到飯菜上桌，就會將自己的體形忘到天上去，照吃不誤。
自寶寶有胎動後，葉韜與郝光光每晚的樂趣便是等著寶寶與他們打招呼，只有在這個時候兩人才會像個傻瓜似的笑個沒完，至於手又被噴髒了等雞毛蒜皮的事，她就不當回事了。

葉子聰往郝光光房裡跑的次數也日漸增多，不為別的，他也喜歡摸郝光光的肚子，等小弟弟或小妹妹與他打招呼。

葉子聰並不一定每次來都能趕上胎動，趕不上時就急得抓耳撓腮，只能嚇唬八哥轉移注意力，最後自然是被挺著肚子的郝光光拿雞毛撢子趕走。若是正好能碰上郝光光胎動時就驚喜地直叫，那模樣比他老子還要傻幾分。

因為這個孩子，葉韜不敢隨意動怒或威脅郝光光，而郝光光為了怕孩子以後長得難看，平時也不敢大呼小叫的，就算生氣也強迫自己立刻氣消。

還有最重要的一點，因懷孕的緣故，兩腿經常在夜裡痙攣，非常難受，這時葉韜會不厭其煩地給郝光光按摩雙腿，經常一按就是半宿，郝光光將這些都看在眼裡，感動在心中，所以平時因某些事而不滿時，只要想到葉韜溫柔地給她按摩雙腿的畫面，再大的氣都會立時消去大半。

久而久之，兩人感情升溫，爭吵少了，因為有了共同的期待，兩人就算沒有變得蜜裡調油，但也比眾人預期的要好很多。

葉雲心這次一關便被關了半年，因為有解禁後就立刻嫁給東方佑的喜訊支撐著，才沒有被關得瘋掉。她出來後，郝光光的肚子已經大得像個大西瓜了。

八個多月的大肚子，對外只說是七個月不到，於是不明內情的丫頭婆子們常常看著郝光光「大得離譜」的肚子說這裡定是兩個娃娃，否則不可能大成這樣云云，每每聽到類似言論，郝光光就心虛不已。

「光光，昨晚我爹抱回來的西瓜都沒有妳的肚子鼓溜。」終於出了房間的葉雲心跑來郝光光房裡，看到變得肉乎乎的郝光光和她的大肚子，就算有了心理準備還是嚇了好大一跳。

郝光光癟癟嘴，低頭看了眼自己的肚子哼道：「少嫌棄我寶貝閨女，等妳成親後懷了孕，肚子絕不會比我這個小！」

還沒成親的葉雲心哪裡禁得住這等玩笑，立刻臊了個大紅臉，一跺腳嬌嗔了句「光光，妳欺負人家！」後，羞得捂住臉就逃走了。

由於東方佑身分高，而且葉雲心身為葉氏山莊總管家的孫女也不算普通，於是他們的婚事很受重視，葉韜親自主持，外面也有許多人前來道賀，熱鬧極了。為彌補先前自己婚事的草率，葉韜特意將東方佑的婚事辦得很隆重。

郝光光挺著八個多月的大肚子，想幫忙都不成，被葉韜強行命令不得出房門，怕外面來吃喜酒的人多，無意中碰到了她。

於是，好友成親，郝光光不但不能幫忙，連看她拜堂都不能，鬱悶得在房裡直鬧情緒，然後一連十天，晚上她都沒有給葉韜「手解」……

火熱的夏季即將過去，涼爽的秋季快要來臨，郝光光臨盆之日將近，葉韜擔驚受怕，將莊內事務很不厚道地全推給左沈舟和剛成親不久的東方佑，害得人家小夫妻少了許多親熱時間他也不覺愧疚。

某日，風和日麗的午後，郝光光吃下一塊棗糕，起身要去床上躺會兒時，肚子突然傳來一陣抽痛。

一刻鐘後，丫鬟如顏自郝光光房裡奔出來大呼。「夫人要生了！」

「什麼?!」院子裡的丫頭婆子聽到信兒後，立刻扔下手中活計，傳信的傳信、燒水的燒水、喚產婆的喚產婆。

雖郝光光已經足月，但眾人卻認為她剛懷八個月出頭，以為她早產，是以無人因為寶寶即將出生而高興，每人臉上都帶著驚慌。

一時間，葉氏山莊因為郝光光臨盆的事而陷入了一片忙碌惶恐之中……

第五十六章

產婆早就在葉氏山莊住下了，一得了信，立刻趕來為郝光光接生。

郝光光自小身體就很好，上山下山游水爬樹沒少做過，甚至打架都沒少打過，比起嬌生慣養的千金們，她自是結實了許多，生孩子這種事從來沒擔心過。

郝大郎說過，他的閨女是全身充滿了韌性的小草，什麼都別想擊垮她，郝光光也是這麼認為的。

「好好的，怎麼就早產了呢？」如顏等人一邊焦急地拿出早就做好的小衣服，一邊慌亂地小聲嘀咕。若是因為早產導致郝光光或孩子有個閃失，她們這些當貼身丫鬟的可是吃不完兜著走啊！

聽到丫鬟們嘀咕的話，郝光光心虛得直捂臉，所有人都在忙活，也沒人注意到她在「害羞」。

孩子不會立刻就生出來，下半身抽痛也是一陣一陣的，郝光光不緊張，上次她被王蠍子打傷差點兒要死時，那種椎心的痛勁她都熬過來了，生孩子固然痛，但應該比那次命在旦夕要好受些。

葉韜聽到消息早早便趕了回來，在外間焦急的等待。

陣痛開始密集時，已經到了子時，郝光光疼得滿身是汗，難受了大半日，孩子終於有要出來的跡象了。

「快去端些粥來餵夫人吃下去。」產婆吩咐道。

丫鬟們聞言，立刻出去端飯菜。生孩子極費力，飯食要一直備著才行。

「怎麼還沒生？」葉韜坐不住了，在屋子裡來回轉悠，腦子裡一直閃爍著當初葉子聰出生時的驚險畫面。同樣是到了夜裡，孩子還沒有生出來。雖然郝光光比葉子聰的娘身體結實許多，但這麼久了孩子還沒出來，尤其郝光光難受的呻吟聲越來越頻繁，他哪裡還放心得下來。

「裡面的人聽著，關鍵時刻保大人！若有個閃失，妳們別想活著走出這葉氏山莊！」葉韜越想越心驚，跑到門前拍著房門，對裡面的人吼。

「我的天啊！」被強行拖著不讓回房睡覺的左沈舟猛地拍了下額頭，為防葉韜繼續說出驚人的話語，趕忙衝過去將他拉離門口的位置，警告道：「你瞪我我也要說，大嫂在裡面生孩子，你這般大吼大叫的，害她受驚的話，沒事都變成有事了。」

關心則亂的葉韜被左沈舟一提醒，頓時嚇出一身冷汗，這次清醒了許多，推開左沈舟坐回椅子上，置於桌上的拳頭攥得青筋直冒，郝光光每呼痛一聲，他的身體便更僵一分。

葉雲心和東方佑也在，郝光光生孩子，按理左沈舟與東方佑沒必要一直在這裡等，只是葉韜不讓他們走，他擔心受怕的時候肯定不會放他們回房睡舒服覺去，好兄弟就是要「有難同當」。

「莊主真是太緊張夫人了。」兩個接生婆僵笑著，擦了把被葉韜嚇出的冷汗後，繼續給郝光光接生。

「哪家不重視子孫後代的？莊主如此在乎夫人，夫人妳可要堅持住了。」

郝光光沒力氣說話，不知是下身突然傳來一陣尖銳的痛鬧的，還是因為葉韜吼的話，總之原本乾澀的眼睛突然濕潤起來。

葉韜的心意在這個特殊的時刻她突然懂了，有些時候，不需要甜言蜜語，往往不經意間的一句話或一個舉動，便能令另外一方感動得一塌糊塗。

這個孩子懷著時沒怎麼折騰郝光光，但是生產時著實害得一干人提心吊膽了很久。

郝光光疼了大半天加一宿，最終在天即將亮時才生出來，孩子一落地，郝光光便虛脫得睡了過去，與周公對弈之前，她聽產婆如釋重負地說了句母女平安。

原來真的是女兒……郝光光唇角輕輕揚起一抹笑，隨後便沈沈睡了過去。

「終於生了，恭喜你喜得貴女！哎喲不行了，睏死了，我要去睡覺，不許叫醒我，天大的事等我睡醒了再說。」左沈舟拍了拍葉韜的肩膀，打著哈欠離開了。

葉雲心捶著痠痛的肩膀，頂著一雙熊貓眼走到葉韜身前道：「光光母女平安，恭喜韜哥哥，這下兒女雙全了。」

東方佑看著疲憊不堪的葉雲心，眼中布滿心疼，對依然傻站著的葉韜道：「大嫂母女平安，我們先回去休息了。」

「都去休息吧。」擺了擺手，終於自提心弔膽中回過神來的葉韜抹了把臉後，大步邁進了產房。

屋內的丫鬟們在收拾淩亂的房間，產婆領完賞錢回家睡覺了。

迎面撲來難聞的味道，剛生過孩子，屋裡的空氣新鮮不了，葉韜卻像是什麼都沒聞到似地走過去，在郝光光累極昏睡過去的床邊輕輕坐下，看著床上躺著的一大一小兩個女人，捨不得眨眼。

如顏、如玉她們見葉韜進來，不敢耽擱，放下手中的活計，輕輕出了房間。

葉韜靜靜地看著郝光光的睡顏，良久後伸出手去想觸碰她的臉，無奈手在顫，中途撤了回來。

此時手顫動的幅度小了許多，剛剛產婆抱著嬰兒出來給他看時他沒有抱，怕顫抖的胳膊使不上力，摔到了寶寶。

「光光……」葉韜有些後怕地看著郝光光，半天加一宿的等待差點兒將他逼瘋，並非第一次當爹，但恐懼卻一點都不少，尤其是有子聰的娘這個前例在。

慢慢俯下身，珍重寶貝地在緊閉著眼睡覺的女兒臉上輕輕親了口，孩子剛出生，臉皺巴巴的，一點都不漂亮，也看不出像誰來，身形比起其他足月的寶寶顯得略微瘦小些，就是因為這樣，才沒有引起他人懷疑。不過很精神，剛落地時哭聲很響亮，聽著聲音便知這是個很健康並且朝氣的孩子。

太久沒睡，又因擔驚受怕，此時的葉韜哪裡還有平時俊逸瀟灑的一面，整個人顯得又疲憊、又邋遢，實在熬不住了，脫下靴子、放下床幔，陪著妻子、女兒在寬敞的大床上一同入眠。

這一覺，葉韜睡得有些沈，但並不踏實。他夢到了亡妻生葉子聰時血崩的情景，初得兒子的喜悅最終被恐懼取代，雖然時間已經過去了七年之久，但當時恐怖的畫面還深刻地印在葉韜的記憶裡。

夢境中的葉韜隱約知道自己是在作夢，但又不是很肯定，因為那一聲聲痛苦的呻吟太過真實……

葉韜等不及了，不顧眾人的反對，大力推開產房的門衝進去，只見產房內的床上有大片大片的血。

產婆一臉恐慌地道：「不好了，夫人血崩！」

「雅兒！」葉韜奔到床前呼喚著進入彌留狀態的妻子，葉子聰的娘親乳名叫雅兒。

蒼白虛弱的女子勉強睜開雙眼，對著擔憂的丈夫安撫地笑了笑。

畫面突然一變，雅兒的臉一下子變成了郝光光的，只見郝光光雙眼緊閉，一動不動地躺在床上，身下全是血，鮮紅的血流得滿床都是，然後漫到地上，血流在地上「滴答滴答」的聲音特別清晰，傳入葉韜的耳中有如催命的惡鬼。

「雅兒、光光……」僵立在床前的葉韜混亂了，弄不清床上的女子究竟是誰，但心中的恐懼卻升到了最高點，想去摸一摸床上的人，但手卻動不了，急得他滿身是汗，對著逐漸停止呼吸的女子大喊起來。「郝光光，妳給我醒來！」

「哇！」一聲嬰兒的哭聲在耳邊響起，葉韜還在大喊著郝光光的名字。

產婆將滿是血的嬰兒抱起來說道：「是個千金。」

嬰孩哭聲甚響，可葉韜顧不得去看孩子，看到郝光光頭一歪嚥氣的畫面，他瞬間呆住，彷彿靈魂都已經飛離了身體，追著她去了。

「光光……」葉韜腿一軟，跪坐在地上，喃喃地喚著郝光光的名字，眼淚突然流了下來，心痛得像是有隻手在狠狠地捏一般，痛得他喘不過氣來，他無法接受那個渾身充滿朝氣、動不動就與他唱反調的女人就這般沒了……

「我在這兒，你醒醒。」一隻柔軟無力的手在拍他的臉。

這聲音好熟悉，葉韜有點懵……

「快醒！」這次改拍為捏，可惜使不上力道，就像在給他撓癢癢。

「光光！」不知哪裡來的力氣，葉韜像是掙脫了魔障，倏地坐了起來，冷汗一滴滴往下流，看到床幔，混亂的意識終於歸位，意識到剛剛那撕心裂肺的情景是在作夢，現實中，郝光光和女兒都是平平安安的。

「哇哇——」寶寶的哭聲還在繼續，葉韜猛地回過頭，明白到夢裡所聽到的嬰孩哭聲正是女兒發出的，怪不得哭聲那麼真實。

「你作什麼夢了？鬼吼鬼叫的，看，都將女兒吵醒了。」郝光光虛弱地抱怨道，她也是被葉韜吵醒的，葉韜喊出的聲響太大、太恐怖，嚇得她現在心還跳得厲害。

見郝光光也醒了，葉韜如釋重負地擦了把臉上的汗，深吸一口氣道：「幸虧是個夢。寶寶怎麼了？是餓了還是尿了？」

郝光光也擔心，但此時她渾身虛弱無力，無法抱起寶寶來，焦急地道：「將劉嬤嬤叫進來看看吧？」

「不用。」葉韜手忙腳亂地掀開寶寶身上裹著的衣物，手往寶寶身下一探，瞭然地笑起來。「是尿了。」

「叫如顏她們進來換尿布吧。」郝光光心疼地看著哭得小臉皺成一團的女兒。

「我來。」

葉韜自床頭取過裝著乾淨尿布的包裹，拿出一件乾爽的疊好，動作笨拙地給哇哇大哭的女兒換上，尿布換得他又出了許多汗。扔掉髒了的尿布，將寶寶重新用舒適暖和的衣料包裹好後，小心地放在郝光光懷裡。

他笑著道：「妳來抱抱她吧，這小傢伙真精神。」

換好尿布後，寶寶抽泣了幾下後又睡著了，不及巴掌大的小臉兒還泛著一絲絲委屈，彷彿在控訴著爹娘的後知後覺。

「好可愛。」郝光光新奇地打量著這個與她血脈相連的小小人兒，折騰了她一天一宿才出來的寶寶。當時疼得厲害時她甚至想放棄，不想要這個懷胎十月的孩子了，結果現在看著緊貼著她熟睡的寶寶，只覺得心柔軟得一塌糊塗，先前疼得死去活來的場景彷彿已是上輩子的事。

「光光，妳辛苦了。」葉韜挨著她們躺下來，說出這句早就想說的話。

郝光光突然感覺很窩心，葉韜這句話包含了很多複雜的情緒，她居然聽懂了。抿唇微笑，那難耐痛苦的生產之苦還有一個月坐月子的煩悶，與丈夫的感激體貼和健康可愛的女兒相比，根本就微不足道了。

「你剛剛夢到什麼了，喊得那麼痛苦？」郝光光太累了，剛問完便閉上眼睛，輕攬著寶寶睡著了。

剛才那個噩夢葉韜回想一下都覺得心驚膽戰，後怕地握住郝光光的手，捨不得放開。夢裡因失去郝光光那絕望沈痛的感覺還深刻地印在腦海中，那種對生活無望、想拋棄一切換回她一條命的感覺猶為強烈。

感謝那個夢，否則他還意識不到郝光光對他的重要性，也無法如此時這般深刻地覺得妻女都安然睡在身邊是多麼幸福的一件事。

「光光，妳一定要好好的。」葉韜在心中祈禱道。郝光光固然不溫柔、不體貼，也沒有什麼才華，但是她能帶給自己他人無法給予的輕鬆與歡樂，有這點就夠了。

郝光光「早產」的事著實令莊上眾人嚇得不輕，好在最後母女平安，雖說早產，但聽說寶寶挺健康的，一點都不比足月生產的孩子弱，於是乎眾人紛紛說小小姐福大命大，有佛祖保佑才得以在早產的情況下還能活潑健康。

葉韜請了兩個奶娘來給寶寶餵奶，郝光光在休息了五日後，身子終於不那麼疼了，偶爾會自己餵寶寶奶。

某日，葉韜在房中陪郝光光她們母女待著時，葉子聰來了。先前他要來都被阻止，現在他終於被批准可以進來看妹妹了。

葉韜給女兒起了個名字叫葉子茜，葉子聰來時她正吃飽了奶，在睡覺。

葉子聰胳膊肘兒抵在床邊，湊上前看著皮膚泛黃、小臉皺巴巴的妹妹，左看右看上看下看了好一會兒後，眉頭倏地緊皺起來。

坐在床上的郝光光看到葉子聰的反應覺得奇怪，納悶地問：「怎麼了？看到妹妹了還皺什麼眉頭？」

葉子聰抿了抿唇，拿眼角餘光掃了眼葉韜，見爹爹臉上掛著笑，看起來心情不錯，於是膽子大了起來，指著睡得正香的葉子茜，用些許質疑的語氣問郝光光。「娘，她真的是我妹妹嗎？」

郝光光聞言挑了挑眉，莫名其妙地問：「為何這麼問？她當然是你妹妹了。」

癟了癟嘴，葉子聰皺著眉頭，又看了眼瘦瘦小小黃巴巴的妹妹，失望地道：「好醜。」

郝光光不高興了，柳眉一豎怒道：「你說誰醜了？我閨女漂亮著呢！」

葉子聰鄙夷地瞟了郝光光一眼，哼了一聲，望向一直沒出聲的葉韜，問：「爹爹，您覺得妹妹醜不醜？」

還沒等葉韜開口說話，葉子聰又不知死活地說了句。「這妹妹與我比起來差太遠了，爹爹，她其實不是我親妹妹吧？」

這話其實只是小孩子無意識亂抱怨的一句話，但是聽在大人耳中就成了另外一個意思。

葉韜聞言，含著笑的臉立刻冷了下來，抬起手便朝葉子聰的肩膀重重拍去，訓道：「胡說什麼？滾出去！」

突然挨了打的葉子聰懵了，不明白笑著的父親怎麼突然就翻了臉。

郝光光見狀，扯了下葉韜的袖子，責怪道：「他一個小孩子說錯話而已，跟他計較什麼？」

葉韜不悅的表情沒有因為郝光光的話而好轉，瞪著一臉茫然的葉子聰。「還愣著做什麼？滾回你的房間去！」

看了眼生氣的葉韜，又看了看正瞪著葉韜抱怨的郝光光，葉子聰緊抿著唇，站起身跑了出去。

葉子聰氣呼呼地往回走，邊走邊委屈地抹淚。妹妹明明很醜嘛，與他想像的精雕玉琢的小奶娃完全不一樣，他就說個實話，不但被打還被趕了出來！

「喲，這不是我們子聰大少爺嗎？哭什麼呢？來與左叔叔說說誰欺負你了。」左沈舟迎面走來，看到葉子聰時，詫異了下。

見到一向疼愛自己的左沈舟，葉子聰更委屈了，撲到他懷裡猛哭，哭完後禁不住對方追問，遂將方才自己因說了實話而被葉韜打罵出來的事詳細說了遍，說完後望著神情有些古怪的左沈舟問道：「左叔叔評評理，子聰很無辜對不對？」

忍了忍，最後沒忍住，在葉子聰控訴委屈的注視下，左沈舟很不給面子地仰天大笑起來，笑完後上氣不接下氣地指著氣得臉色鐵青的葉子聰說道：「你、你那話可是在影射你老子戴綠帽，他沒一、一腳將你踹出來算不錯了！」

葉子聰想不明白，忿忿地瞪著幸災樂禍的左沈舟。「妹妹長得醜與綠帽有何關係？」

左沈舟擦掉眼角笑出來的眼淚，同情地拍了拍被「冤枉」了的葉子聰，語重心長地道：「孩子，你還小，長大後就明白了。以後不許再隨便質疑子茜醜或不是你妹妹的話，再有下次，你爹可不是趕你出來那麼簡單了。」

左沈舟說完後就離開了，留下葉子聰一個人奮力地思考著說實話與綠帽兩者間究竟有什麼關係……

第五十七章

坐月子的一個月是痛苦且難熬的，好在現在是深秋，天涼得快，不至於流汗，但不能洗澡還是彆扭得緊，就在郝光光忍得要崩潰時，有經驗豐富的婆子說了，實在難受就簡單擦洗一下，不過一定不能著涼，否則以後會有吃不盡的苦頭。

得了特赦令，郝光光每隔幾日就用熱熱的濕手巾擦擦身上，衣服一日換兩次，如此倒沒有出現身上有異味、熏到葉韜的情形。

郝光光是自由散漫慣了的人，這次一下子悶在房中長達一個月之久，著實令她吃了許多苦頭，若非葉韜強行命人看住她，關得身上要發黴的郝光光哪裡會這麼老實。

這一個月郝光光深刻地體會到了葉雲心被禁足時的痛苦，明白為何當初剛一解禁，葉雲心就崩潰得說要離家出走，這種無聊且毫無自由可言的「牢籠」生活，她真不想再嘗試第二次了。

一個月後，像小耗子一般大的葉子茜長大了一丁點兒，皮膚白了一些，比起剛出生時要好看。葉子聰隔不了幾日就過來看看，雖說還不是很滿意，但起碼不會再抱怨妹妹難看了。

出了月子，郝光光最先做的事便是讓人準備好大一桶水泡澡，屋子裡熱氣騰騰的，絕對不會著涼，泡在浴桶裡泡得直犯睏都捨不得出來。

郝光光舒服得瞇起眼昏昏欲睡，哪裡知道她這副毫無防備，赤身露體洗浴的模樣，都被某隻「狼」納入了眼底……

葉韜站在浴桶前，雙眼直直地望著水下的美景，喉嚨滾動，眸中顏色轉暗，唇角微勾，二話不說抬手便脫起衣服來。

他已經忍到了極限，近些時日就算郝光光用手幫他「紓解」了都不成，半夜還要洗回冷水澡才能平息一下體內的躁動。這一個月郝光光因不能洗澡、不能出門而叫苦連連，他熬得一點兒也不比郝光光好受。

郝光光泡久了，睏極瞇著了，突然被一陣大動作驚醒，睜開眼發現自己正在葉韜懷中，他的一隻手環著她的腰，一隻手則在她的俏臀上徘徊著。

「你、你什麼時候進來的?!」郝光光大驚，羞窘地要往後縮。

葉韜沒回答，扣住郝光光的手腕一拉，將她拉回懷中，雙臂鎖住不老實的人，低下頭狠狠吻了上去。

「唔唔……」郝光光被吻了個正著，葉韜狂暴的慾望鋪天蓋地襲來，令她毫無招架之力。

郝光光生完孩子後身子豐腴了些，葉韜極是喜歡。

這種曖昧的時刻，郝光光已為人母、完全成熟的身體變得更為敏感了，沒抗拒幾下便渾身酥軟，雙臂無意識地環上葉韜的脖子，啟唇迎接葉韜放肆的唇舌。

一對相愛且很久沒有做過夫妻之事的男女等不及回到床上，在浴桶裡便親熱起來。浴桶中的水因著兩人的動作濺出桶外，喘息及嬌吟聲隨著嘩啦啦的水聲激蕩出一曲漣漪瑰麗的樂章……

郝光光被折騰得感覺身體快散架了葉韜才完事。

終於完了……郝光光喘息著想，抬手去擦臉上的汗，沒等擦完，身體猛地被抱起，失去平衡的郝光光嚇得趕忙環住葉韜的脖子，氣惱地質問：「幹什麼？」

葉韜眼中燃著的慾望並沒有完全消退，抱著赤裸的郝光光跨出浴桶，隨便拿浴巾將兩人的身子胡亂擦了擦，然後重新抱起她向臥床走去，火苗隱隱躥動的眼中緊緊盯著郝光光比之以往豐滿了許多的身子道：「妳今晚辛苦些，別睡了。」

若起初還不大明白葉韜這話是什麼意思，等躺在床上被精力無限的葉韜「吃」了一次又一次之後，再笨也明白了。

自此郝光光知道，男人不能憋太久，太久之後一旦爆發起來那是相當可怕的！

一宿不知做了多少次，她還真沒睡著，每次過後累得她閉上眼想休息，結果都在即將睡著之時又被葉韜重新壓住，以著各種姿勢翻來覆去的。

天快亮時葉韜才放過她，郝光光終於得以休息時，閉著眼欲哭無淚地想著，幸虧她因懷孕加坐月子長了許多肉，若還按以前那苗條纖細的身段，被無恥可惡的葉韜這麼折騰一宿，怕是兩天都別想下床了。

第二日一早，一宿沒睡的葉韜神清氣爽地出門了，而郝光光則蔫得起不來，頂著一身可疑的紅點點窩在床上，窘得不敢見人，連丫鬟來要給郝光光簡單清洗一下都一口拒絕了。

當了近一年的少奶奶，過了太久的舒服生活，身子骨變得嬌氣不少，一夜放縱後就跟生了重病似的，連下地都腿打軟，站不穩。

「臭男人、大色鬼！」郝光光捂著滾燙的臉，窩在被子裡不停說葉韜壞話。

渾身痠痛無比，身上彷彿起疹子了的淒慘模樣，在在都在提醒著她昨晚的縱情縱慾，想起自己每每到最後都被葉韜帶得像八爪章魚似的、雙手雙腳攀住他隨他一起起舞，就恨不得抽自己兩巴掌！

下午時，葉雲心來找郝光光，看到郝光光的樣子，就一直曖昧地衝著被子裡的人笑。

「笑笑笑，再笑踹妳出去！」郝光光惱羞成怒，拉緊被子將自己滿是吻痕的脖子也掩得嚴嚴實實的。

「踹呀，只是妳現在還有『力氣』嗎？」葉雲心掩嘴笑得有恃無恐。

「妳有男人給妳撐腰就膽子壯了是不是？哼，還笑話我，不知是誰因『身子乏』，連續幾日沒來找我。」郝光光不甘示弱地取笑回去。

葉雲心聞言臉一紅，抬手拍向郝光光，嗔道：「好了，我不取笑妳了行不行？」

郝光光白了葉雲心一眼，然後望向她的肚子，挑眉壞笑。「就是為了有他，妳前陣子才一直『乏』對吧？」

「妳……妳太壞了！韜哥哥怎麼不管管妳這張嘴！」葉雲心臊得捂住臉呻吟起來。還真是被郝光光說對了，若非前陣子那麼「忙」，她也不會這麼快懷孕。

「是妳先挑起的話茬兒，還怪我嘴巴壞。」

「好啦，我錯了，光光大人有大量，不要和我一般見識了吧？」葉雲心臉皮與郝光光比還是薄了些，只得示弱。

「算妳識相！」郝光光說完後便打了個哈欠，晚上一宿沒睡，就上午補了半天覺，現在又睏了。

葉雲心見狀瞭然一笑，調侃的話不敢再出口，起身道：「妳睏了先睡吧，我明日再尋妳來。」

「好吧。」

「對了，聽佑哥哥說，妳最近在忙著畫新陣法的圖紙？」葉雲心剛走出幾步，突然想起這件事，於是忍不住問道。

「是呀，反正無事可做，後山上的陣法又不怎麼高明，葉韜說我身為女主人要對山莊多上點心，想來想去，我能做的可不就是這點？其他的我可不懂。」郝光光說著說著，眼睛就閉了起來，睡意漸濃。

葉雲心笑了笑，說了句「這對大家來說都是好事，若是一舉震住外面的人，想必韜哥哥會很有面子」後，便離開了。

郝光光嫁進葉氏山莊的事引起過不大不小的轟動，尤其她還逃過婚，等再回來後，在大過年的就急急地成了親，賓客都沒有請多少，幾番作為想讓人不注意她都難。

其實這次郝光光「早產」的事已經有些人懷疑了，懷孕時肚子很大，結果卻並非雙生子，如此葉韜成親這麼急的原因自然而然就猜到了，只是大家都心裡明白，沒人有那個膽子說出來而已。

因為當初郝光光曾用陣法收拾了兩個嚼舌的婆子，葉氏山莊的人便覺得她有些本事，不再覺得她配不上葉韜，但是外面的人不了解情況，很奇怪為何葉韜會娶個既沒才名又死了爹娘的女人。

這件事至今一直被人們當成飯後談資消遣，更是有很多本來心儀葉韜或是曾被他拒絕過的女子們心生不滿，到處散佈謠言詆毀郝光光。

不過，這些不利於郝光光的流言就算外面傳得再如何風風雨雨，葉氏山莊裡面瞭解郝光光能耐的人都沒有人說過。見葉韜那般重視郝光光母女，下人們對郝光光均是畢恭畢敬的，絲毫不敢怠慢。

葉雲心是自東方佑口中聽說了外面的人輕視郝光光的事，她沒有直接對郝光光明言，只是讓她好好設計個能讓葉韜很有面子的陣法出來。

只是，本來就有些粗心的郝光光根本沒聽出葉雲心的暗示，對於外面的人說她的事完全毫不知情。

郝光光一天沒出房門，在床上睡了一天，晚上葉韜回去後看到還窩在床上沒精神的郝光光，難得良心發現，自我檢討了一番，很體貼地抱郝光光去餐桌旁用飯，還抱她去浴桶，若非郝光光抗拒得厲害，他絕對會體貼到底親自幫她洗。

「真那麼累？」洗過澡後，兩人躺在床上，葉韜看著一直生他氣的郝光光問。

「廢話！你是一逞獸慾，可有想過我能不能承受得住？」想起丫鬟婆子們看著她時那曖昧不明的眼神，郝光光便氣不打一處來。

葉韜理虧地摸了摸鼻子，掃了眼郝光光比懷孕前胖了起碼三十斤的身材，動了動唇，最後還是選擇說了實話。「妳現在肉這麼多，我以為不會像第一次時那麼嬌弱……做什麼？喂，再打我可生氣了。」

「生氣？隨你生氣去，老娘氣還沒生完呢！」郝光光拿枕頭朝著葉韜的胳膊、胸膛、大腿不停地打，邊打邊罵。「敢嫌棄我胖？也不說說這是誰害的！我辛苦給你生了閨女，你還說風涼話！哪個女人剛生完孩子還跟以前一樣瘦的？」

郝光光現在沒力氣，打起人來也不痛不癢，在她打得氣喘吁吁之時，葉韜搶過枕頭，扔到遠處的軟榻上，隨後將氣得臉通紅的郝光光壓在身下警告道：「看來妳還很有力氣，要不今晚咱們再『奮鬥一宿』？」

這句話威力十足，還想繼續撒潑的郝光光頓時蔫了，哪裡還敢折騰？閉緊嘴狠狠瞪著葉韜，在心裡將他從頭罵到腳。

見威脅起了作用，葉韜捏了捏郝光光因生氣更顯鼓溜溜的臉，躺回她身側嘆了口氣。雖然他很想，但若連續兩天女主人都起不了床就說不過去了，是以強迫自己不去想剛剛壓在郝光光身上時所感受到的軟玉溫香，摒除雜念，閉上眼準備睡覺。

過了很久，葉韜睡著了，睡了一天後，此時毫無睡意的郝光光則瞪著一雙氣憤的眼望著床幔，心裡暗暗嘀咕著自明日起要少吃點飯，多去外面走走。都被葉韜嫌棄胖了，再這樣下去她豈不是要地位不保？

絕不能讓外面那些削尖腦袋想頂替她位置的女人們如意！郝光光忿忿地想著。

女為悅己者容，今晚葉韜無意識的一句話著實害郝光光苦悶極了。雖沒意想天開到要當葉韜眼中最美麗的女人，但起碼不能是個胖子兼醜女！

郝光光難得為一件事這般上心，往後的日子她不再甩開膀子猛吃了，哪怕因餵奶後很容易餓都忍著，吃飯就吃個六分飽，甜點也吃得少了，在房裡畫圖紙畫累了就跑去外面溜溜。

美食當前要控制食慾雖然辛苦，但半個月後，郝光光見到成效了，她腰上的肉少了一圈，雙下巴也消了。

某日晚上歡愛過後，葉韜摟著郝光光的腰，皺了皺眉問：「妳是不是瘦了？」

一聽葉韜「誇」她瘦了，郝光光大喜，得意洋洋地瞟了葉韜一眼。「我天生麗質，先前胖是因為生孩子，坐完月子了自然要慢慢瘦回去。」

葉韜皺緊眉。「丫鬟說妳最近飯量減了許多，難道是為了瘦回去故意的？」

「故意不故意很重要嗎？我現在是不是比前陣子好看了？」郝光光一直記著那晚葉韜「嫌棄」她胖的那句話，好不容易盼到葉韜發現她瘦了，當然要趁這個機會將裡子面子全賺回來。

看著郝光光亮晶晶含著期盼的杏眼兒，葉韜的眉頭擰得更緊了，抿唇道：「胡鬧！肉乎乎的有什麼不好？起碼比妳現在好看多了。」

「你！」想聽的話沒聽著，反倒更被「嫌棄」了，郝光光怒極，腦子一熱，想也沒想便抬起腳，一腳蹬在葉韜肚子上，怒道：「你到底想怎樣？老娘胖了你嫌棄，瘦了時還嫌棄！」

葉韜捂著被踹疼的肚子，眼中逐漸凝聚風暴，一個翻身猛地壓住氣呼呼的郝光光，怒極反笑。「很好，敢踹我了，既然這麼有精力，今晚就別睡了吧！」

轟的一下，郝光光意識到情況不妙，立刻收起怒火，小心翼翼地看著眼中閃著危險的葉韜，怯怯地道：「大、大爺，小的一時糊塗，您別跟小的一般見識了唄？」

「晚了！」

這一夜，葉韜與郝光光的房中就沒安靜過，時不時地傳來郝光光哀聲求饒的話。

「我以後不敢了……饒過我吧……」

「妄想！」

「我的腰……哎喲，腰要斷了！」大哭聲響起。

「再胡說明晚繼續！」

「哎呀！我不胡說了、不胡說了！我的腰一點都不痠，好使著呢！」

某隻「狼」聞言滿意一笑，道：「既然如此，那我們繼續。」

聞言，郝光光連罵葉韜祖宗的心都有了，可惜她有那個心卻沒那個膽……

第五十八章

花了不短的時間，郝光光終於將新的陣法圖全部畫完。

此陣法是郝大郎的看家本領，是最為複雜的其中之一，其難破解的程度並不亞於當初那個迷魂陣多少，郝光光為了爭臉，將老爹千叮嚀、萬囑咐，不到萬不得已不許透露的陣法都拿了出來。

當初郝光光娘家那裡的陣法便令葉韜驚豔佩服了許久，這次拿著郝光光畫的圖紙再聽著她的解說，葉韜覺得雖說這個陣法不見得就能比那裡的強，但起碼比起葉氏山莊裡有的陣法要高明得多了。自己那個「神偷」岳父還真是有本事的人，怪不得能將天下第一美人的心偷走。

葉韜拿著圖紙與左沈舟和東方佑商量了一番，隨後便開始著手佈置新陣法的事宜。

沒兩日，郝光光便開始忙著處理後山換新陣法的事情了，以往她總是山莊內最閒的，而現在她忙得很，陣法因為複雜，是以必須要由她這個設計陣法的人做指揮才成，正好她對管理莊內的大小瑣事沒興趣，而陣法上的事她的興趣卻不只是一點半點。

設計陣法對於郝光光來說完全是興致所在，從來沒像現在這般覺得自己重要過，尤其在指揮眾人搬石頭、移樹或在樹上安裝箭矢、裝機關時，感受到一個個的人對她投來的佩服的目光，郝光光心花怒放，得意得尾巴都快翹到天上去。當然，她即使心中再美，也沒敢在人前表露出來，只等晚上回房後對著葉韜得意。

有時忙活累了，為防技藝生疏，她會偶爾擺幾個小陣法逗逗偷懶或背後說人閒話的丫頭婆子。

對於丫頭婆子，郝光光還是手下留情的，而對那些個不屑聽令於她這個女主子話的男家僕或侍衛，她教訓起來可是一點都不會心軟。

有次一名侍衛喝多了，吹起牛皮說他對陣法一事有點研究，還嘲笑郝光光一個女人能有什麼本事，擺出的陣法定是小孩兒過家家，也就能騙騙那些個什麼都不懂的丫頭婆子罷了。

這話不知被哪個多事的下人告密，傳到了郝光光耳朵裡，然後這名侍衛倒楣了，郝光光特地花了半日時間擺了個稍微複雜點的陣法，結果吹牛皮的侍衛傻眼了，進去後哪裡還出得來？急得滿頭大汗，無論怎麼求饒、怎麼說好話都沒用，結果被困了一天一宿。

等郝光光終於「想起」來這件事去放人時，一群尾隨而去、準備看熱鬧的人好笑地發現又餓又渴的侍衛披頭散髮地癱坐在地上，而離他不遠處還有他的排泄物……

下人們在見識了郝光光懲治過幾次不服管教之人的手段後，對郝光光這個女主人可謂是言聽計從，他們是打心裡服她這個人，而非葉韜的正妻這個身分。

憑著對陣法精通這一點受到了山莊內下人們的佩服及尊敬，於是漸漸的，郝光光變得自信起來，女人一變得自信，即便容貌一般都會令人感覺迷人，何況本身長得就很不錯的郝光光了。

葉氏山莊的人都發現，最近他們的夫人變得更漂亮了，舉手投足間不僅女人味十足，還很有女主人的架勢了。

為了山莊的安全及利益，郝光光與葉韜兩人經常會一起探討佈置陣法的事，有商有量的，這般一交流，一個覺得對方並非一無是處，一個覺得對方比自己想像的還要有本事。

一來二去的，互諷的次數少了，因對方在自己心中形象有所改觀，於是兩口子之間感情突飛猛進。

一邊佈置新陣法、一邊毀去舊陣法是件大工程，因這裡涉及好多移植樹木及機關問題，於是等陣法全部以舊換新後，時間已經過去近半年之久，葉子茜這時已十個月大了。

「爹爹、娘娘。」葉子茜在又寬又大的架子床上爬來爬去，肉乎乎的小手撐在床上，揚著頭，用那雙烏溜溜的黑眼珠望著葉韜和郝光光笑。

葉子茜越長越好看，小臉白淨異常，眼睛遺傳了外婆和母親，是一雙很漂亮的杏眼，五官有五分像葉韜，兩分像郝光光，臉形有一點點郝光光的娘親魏氏的影子。

女兒越大郝光光越覺得像魏氏，經常望著葉子茜的臉發呆，暗自感嘆著這個女兒長大後怕是比她還像魏氏。這樣也好，像魏氏的話模樣定是萬裡挑一，也算彌補了自己長得不太像娘的遺憾。

「茜茜又尿了。」葉韜無奈，每次女兒尿褲子後都會用一雙無辜的大眼睛傻乎乎地衝著他們賣乖，對著這張好看又肉乎乎的小臉，讓人想說她都捨不得。

「我來換。」郝光光拿過一旁乾淨的褲子要給正無辜地對他們笑的女兒換下，結果小褲子被葉韜拿了過去。

「我來吧。」葉韜動作熟練地給女兒換下濕掉的褲子，事後無奈地點點因穿上乾爽衣服而舒服得直笑的葉子茜。「這麼大了還尿褲子，妳哥哥這麼大想尿尿時還會哭幾聲提醒一下旁人，妳這笨丫頭卻是毫無預兆地直接尿。」

葉子茜嘻嘻笑，一點都不在意被爹爹笑話，將右手大拇指塞進嘴裡吸得嘖嘖有聲。

聽葉韜提起葉子聰，郝光光上前將葉子茜抱過來道：「你今日還沒去看子聰吧？」

「不急。」葉韜看著與自己長得很像的女兒笑。

郝光光白了葉韜一眼，伸手去推他，催促道：「快去，什麼不急。」

「唉，我這就去。」葉韜無奈地搖頭，捏了捏女兒軟軟嫩嫩的臉頰後出了房間。郝光光的行為他瞭解，不想他因為女兒而冷落了子聰。那是他的兒子，就算冷落又能冷落到哪裡去？

女孩子要嬌養，所以他可以盡情地寵她陪她，而男孩子若是這麼寵的話，難保不會寵出個二世祖來，這就是他對兩個孩子態度不同的原因，可惜郝光光不懂他的用心良苦，只是單純的不想他這個當父親的偏心得太厲害。

葉子聰已經八歲，身高已到葉韜腰際，早熟的他此時看起來更是與小大人似的。

「爹爹。」見到葉韜進來，葉子聰放下手中的書站起身。

「嗯。最近功夫練得如何？」文與武比起來，葉韜更重視葉子聰的武藝，當初就是葉子聰什麼都學得快唯獨功夫不行，這才起了要奪甲子草的念頭。對於他們這些遠離官場的人來說，才學這等東西只要過得去就好，沒人指望葉子聰去考狀元。

「三天前佑叔叔教的一套拳法子聰已經學會，佑叔叔說明日起再教我一套掌法。」很快便學會拳法的葉子聰並沒有流露出得意來，此時的他已經基本能做到喜怒不外露。

「三天？」葉韜眉頭微擰，看著越長越像自己的葉子聰。「我以為你兩日就能練好。」

葉子聰聞言立刻低下頭，慚愧地道：「子聰下次一定努力！」

葉韜對葉子聰的反應頗為滿意，眉頭鬆開，指著一旁的椅子。「坐吧。」

「是。」

「本想吃過晚飯再過來的，無奈禁不住你娘催。」問過了葉子聰的練功進度後，葉韜開口提起了瑣事。

聽葉韜提及郝光光，葉子聰眼中快速劃過一道笑意，點頭應了聲。

葉韜望著葉子聰，若有所思。「你會因為爹爹疼妹妹甚於你而心生不平嗎？」

葉子聰連忙正色道：「子聰不會！」

「為何？」

「妹妹小，爹爹自是要多加疼愛些，子聰已經長大，豈能整日黏在父母身邊撒嬌？」

「好！」葉韜笑了，難得地誇獎道：「真不愧是我的兒子。」

父子兩人又挑一些有的沒的說了會兒，一刻鐘後葉韜起身，臨走時突然問：「子聰，你覺得你娘……怎麼樣？」

葉子聰錯愕了下後，坦然道：「娘很可愛。」說完後意識到這樣說長輩不合適，於是趕緊改口。「娘人很好，對子聰也好。」

葉韜仔細看了看葉子聰的表情，見他眼神真摯，知他並非說謊，於是放心了，嘴角微揚。「她呀，不知是真傻還是假傻。」

見父親笑，葉子聰也笑起來。郝光光這個繼母當得委實「失職」了些，不但不攬權、不貪小便宜，還總將葉韜往他這裡趕，讓他們父子交流感情。因為她的不斷催促，葉韜不再像以前那般冷落他了。

郝光光面對他時還與以前一樣，該笑時還笑，氣極了依然會拿雞毛撣子到處追著他打，他們娘兒倆相處得很自然，不知情的人還以為他們是親母子，哪裡會往繼母、繼子方面想。

「你接著看書。」葉韜說完後轉身要走。

「爹爹。」葉韜走至門口時，葉子聰突然叫住了他。

「嗯？」葉韜回頭。

「那個……」葉子聰的表情有些猶豫，還有些害怕，最後因為太想知道答案，於是鼓足勇氣問道：「爹爹，子聰知道您現在與娘恩愛無比，但、但是子聰想知道我娘親她、她……」

葉子聰口中的「娘親」，自然是他的生母。

看兒子問得極其忐忑，葉韜心中驀地一軟。天下大多失了親娘的孩子都是敏感脆弱的，葉子聰也不例外，哪怕郝光光這個繼母一點都沒有虐待他。

「我知你想問什麼，我心中一直有個角落是留給你娘親的，她是個好女人，我不會有了你娘就將你生母忘了。」

葉子聰早熟的臉上聞言立時散發出孩童純粹耀眼的喜悅來，大聲道：「謝謝爹，子聰知道了。」

葉韜點點頭，出了房門。站在房門口望著天上的太陽，心裡默唸著：雅兒，我會好好待子聰，光光也會，妳在天上就安心吧。

幾年的夫妻之情豈會說忘就忘？葉子聰的生母會一直在葉韜心目中留有一個特殊的位置，只是那段感情已經過去，過去的一切就當它是名貴的古玩，放在安靜的角落好好珍藏，偶爾想看了就翻出來看看，畢竟人活在世上，最重要的是現在。

葉子聰的生母他固然不能無情地說忘就忘，但是他明確地知道這輩子會令他心起波瀾、會令他為之笑為之怒、恨不得時時刻刻能看到、能將他的心塞得滿滿的人是郝光光，除她別無他人。

第五十九章

某日，郝光光閒著無聊，抱著剛睡醒的女兒去找葉雲心。

葉雲心馬上就要臨盆，肚子挺得極大，不方便出門，郝光光一有空便過來看看，陪葉雲心談談心。

葉雲心靠在床頭，雙手撫著自己的大肚子，聽郝光光逗弄葉子茜的話語，嘴角噙著笑意，喜悅地想著過不久她也能像郝光光一樣，對自己的孩子輕聲細語或抱怨寶寶調皮了。

「啊，對了，我想起一件事。」葉雲心驚呼完後，就開始拿眼角瞄著郝光光，捂嘴偷笑。

郝光光見狀直覺不是好事，翻了個白眼，在白白胖胖的閨女臉上香了口，不屑地道：「不管妳想起什麼事，本人都沒興趣聽。」

「真的沒興趣？是關於妳口中那什麼白小三和王蠍子的也不想聽？」葉雲心挑眉問道。

「白小三？王蠍子？」郝光光張大嘴，訝然地望向葉雲心。這兩個人已經快淡出她的記憶了，若非葉雲心提起，她都快忘了還有這麼兩號人物了。

「想聽了？」葉雲心露出得逞的笑，撫著肚皮得意地道。「這是自佑哥哥那裡聽來的，我知妳肯定不知道，韜哥哥才不會告訴妳關於妳『前夫』的事。」

「妳不說我也能猜到一些，不會是白小三不老實，惹怒葉韜了吧？」郝光光不甚在意地笑笑。

「什麼時候變聰明了？真是的！」葉雲心懊惱地捲了捲髮絲，嘟起嘴來道：「這事其實過去大半年了，是韜哥哥不小心說漏了嘴我才問出來的。」

半年前白小三跑來葉氏山莊的地盤上徘徊過，他之所以來是因為聽說葉韜成親了，而新娘子經某些人的描述，他越來越覺得像是郝光光。當初因為王家招婿的事，他知道郝光光與葉韜認識。

男人一般都有些劣根性，白小三雖然休了郝光光，對她後半生的生活完全不關心，但她再嫁後若他不知道就罷了，知道了自是不痛快。他不要了的女人最好為他守身一輩子，若是嫁給別人還過得幸福，那是對他莫大的污辱！

於是，白小三在家裡待不住了，趁著雖有美麗外貌但實則厲害凶悍無比的妻子回娘家期間，一個人偷偷前往北方來查探情況。

到了葉氏山莊附近後，便到處尋人打探葉韜再婚妻子的姓名和長相，雖沒問出來閨名，但葉氏山莊新任主母姓郝，且是個活潑嬌美女子的事倒是打聽到了，不用說，這絕對是郝光光！

幾經試探，發現外面的人無人知道郝光光以前成過親，只知她是葉韜自南方帶回來的，與魏家關係比較近，是魏哲的義妹。

白小三不知是哪根筋不對勁了，覺得葉韜如此大的人物定是不願意被人知道妻子曾經嫁過人而且被休過，因為他丟不起這個臉！

於是便想要威脅葉韜，最好敲一筆錢。這時的白小三早忘了當初曾被葉韜收拾過的事了，只想著自己婚姻不痛快，也不能讓郝光光痛快地與別的男人恩恩愛愛丟他的臉。

葉氏山莊勢力不小，自白小三踏足這裡打探郝光光的事時起，便有人去報信了，葉韜知道後交代手下按兵不動，看看白小三的目的再作打算。

結果，白小三等不及了，開始假借醉酒，逢人便說郝光光很像被他休了的前妻，他是想借由此事引起葉韜的注意，他只是說「很像」，若葉韜「識相」的話大方點，那這「很像」就是他眼花看錯了，而若是葉韜一點表示都沒有，那「很像」便成了「是」。

其實白小三膽子並不大，也知如此做得罪了葉氏山莊對他沒有半分好處，可是他走投無路了，自從王蠍子嫁過來後，白家的生意便開始走下坡路。

當初他參加王家舉辦的選婿大會，不但是為了美人，還為了王家的財勢去的，誰想王家已經是空殼子了！

與這樣的人聯了姻，白家不但半點好處沒得著，被王蠍子暗中一使壞，白家的財物反倒受損嚴重，又因名下產業幾處遭了暗算，虧損了許多，導致白家目前也快成了空殼子。他不想白家在他的手上敗落，於是便想出了這麼一個損人不利己的餿主意。

「葉韜怎麼做的？」郝光光想笑，為白小三無恥兼天真可笑的作為感到鄙夷。

「佑哥哥說了，白小三以前就拿妳被休的事不老實過，當初給過他一點教訓，誰想這次又來，以韜哥哥的性子哪裡可能輕饒他？白小三的下場據說挺淒慘的。」

「什麼下場？再次被打得半死不活扔回去嗎？」郝光光毫無同情心地問。

「算是吧，聽說是將他的舌頭割了大半截，然後雙手打殘，不能說也不能動筆了。」葉雲心打了個哆嗦，因為映入腦海中的恐怖畫面。

郝光光嚇了一跳，呆愣住。

「怎麼？妳不會覺得韜哥哥這麼做殘忍吧？韜哥哥是什麼人，哪裡能容忍得了有人一而再地挑釁，再說挑釁的還不是別人，是妳『前夫』耶！」葉雲心對郝光光的反應有點不滿。

「妳這麼說是什麼意思？」郝光光眨了眨眼，對葉雲心的語氣感到莫名其妙。

「剛還誇妳聰明了，其實還是很笨！」葉雲心恨鐵不成鋼，稍稍坐直身子哼道：「佑哥哥說了，就算妳對妳的前夫沒有半點感情甚至是討厭的，但是他曾經與妳拜過堂，韜哥哥這麼驕傲的男人又豈會像面對平常人那樣面對白小三？尤其這個不長眼的男人還屢次前來威脅，換誰誰不生氣？」

「呃……」郝光光聞言，不自覺地點點頭。確實是這樣，不過她還是不高興，擰眉不悅道：「怎麼就在意我曾經拜過堂？他以前也拜過堂啊！我都沒嫌棄他，他憑什麼嫌棄我？」

葉雲心若非身體不便，真想衝過去打郝光光兩下！她咬牙忍耐地道：「妳沒抓到重點！我的意思並非說韜哥哥嫌棄妳，他對妳有多好難道妳不知道？什麼時候嫌棄過妳了？」

來。

郝光光被瞪得有些發悚，訕訕地道：「不是這個意思，那妳是什麼意思？」

「還能是什麼意思？當然是韜哥哥重視妳、喜愛妳，在吃醋罷了。」

「啊！」郝光光傻了，驀地，一抹紅雲悄悄襲上臉頰，原本平穩的心跳加速跳動了起來。

「笨死妳了！我累了，肚子裡的孩子在折騰我。」葉雲心乏了，躺回床上要睡覺。

「那妳休息，我回去了。」郝光光還沒完全從剛才的「驚訝」中回過神來，神思不屬地抱著正摟著她脖子、咬她耳朵的葉子茜離開。

成親這麼久以來，郝光光能感覺得到葉韜對她的心意，但是他一直沒有親口說過，她不能肯定。這次聽葉雲心這個旁觀者一點化，郝光光立刻有豁然開朗之感。葉韜從來沒有對她提過白小三再次挑釁的事，難道真如葉雲心所說的那樣，是因為他在吃醋？不想對她說關於她前夫的事？

一整日，郝光光都在思索這件事，一邊想一邊笑，臉上紅暈褪了又現，現了又褪，丫鬟們見了，知她是因為想到葉韜才如此，於是各個在背地裡偷著樂。

晚上，葉韜回了房，兩人躺在床上。

黑暗中，郝光光睜著眼問身旁的男人。「葉韜，你喜不喜歡我？」

葉韜沈默，就在郝光光以為他不會回答時不悅地道：「亂問什麼？睡覺！」

「哼，你不回答就當你是喜歡我，你不高興了就當你被我說中惱羞成怒了，嘿嘿！」郝光光瞇起眼來，笑得跟偷了腥的貓一樣。

「有空想這些莫名其妙的東西，不如我們做點別的。」葉韜的聲音帶了些微的不自然，拉過郝光光，開始脫起她的衣服來。

「喂，幹什麼？我在說正事呢！」郝光光羞窘得直躲。

「給子聰和子茜生個弟弟、妹妹才是正事。」葉韜特地詢問過賀大夫還有一些生過多個孩子的婆子，他們都說女人在生完第一胎後，再生後面的孩子就會順利且平安得多。

郝光光身體底子好，他又隔長不短便讓賀大夫開些補身的寶貴藥材給她喝，廚房也經常送來滋補的藥膳。

前兩日賀大夫應葉韜要求，給郝光光把過脈後，說目前她的身體狀況極好，生孩子絕對沒有問題。賀大夫的醫術整個山莊的人都佩服得緊，他說沒事就一定沒事，於是原本由於前妻難產存有的陰影，因為郝光光日日都朝氣蓬勃、健康無比而逐漸消散。

就這樣，葉韜便想要再生個孩子。

「你還沒說你喜歡我呢！不說我就不讓你碰！」郝光光拿出殺手鐧。

葉韜的動作頓了頓，最後不太情願地說：「我……不討厭妳。」

「不討厭?!說一句你喜歡我會掉塊肉還是怎麼的？」郝光光不滿，要葉韜這種自大的男人說甜蜜的話簡直比登天還難，「不討厭你」這種話算是他的極限了吧？

葉韜突然間怒了，快速脫去郝光光的衣服，緊緊壓住她，不滿地道：「妳也沒對我說過喜歡這兩個字！」

「你！」郝光光氣笑了，拍了葉韜的肩膀一下，罵道：「你還是不是男人？居然在意這種事。」

「嗯？我是不是男人妳還不了解？」葉韜拉過郝光光的手放到自己身下某個灼熱的部位，威脅道。

郝光光的臉騰地一下紅透了，氣得不知要說什麼。

葉韜的雙手開始在郝光光身上點火，邊點邊道：「說妳喜歡我！」

「我不討厭你。」郝光光惡作劇地拿剛剛葉韜對她說的話還了回去。

葉韜的動作一頓，隨後在郝光光又瘦了許多的腰上一捏。

「啊！」郝光光禁不住癢，笑了起來，邊笑邊求饒。「別捏別捏，我說還不行嗎？」

「說！」

郝光光擦掉笑出的眼淚，不滿地道：「你說，我有多久沒想過逃跑了？」

「多久？」葉韜想了想，回道：「自成親後就沒有過吧？」

「哼，如此你還執著於那個答案嗎？」郝光光紅著臉嗔道。她既然一直沒有想過逃跑，難道不能說明什麼嗎？

葉韜豁然開朗，眼中閃過濃濃的笑意。他知道郝光光的話所表達的意思，他們兩個人自最初的針鋒相對、互看不順眼到現在的和平相處著實不容易，因初相識時種種的不愉快，又因兩人驕傲的性子使然，誰都很難先說出「喜歡你」這三個字來，更別提「愛」了。

「我明白了。」葉韜的聲音極其溫柔，手上力道也放輕了，在郝光光的額頭上吻了下，道：「光光，我們再生個孩子吧？」

「生孩子很辛苦的，還是不要了吧？」

「不行，生個吧，妳再生個孩子，我就說妳想聽的那句話。」葉韜開始誘惑。

「真的？」

「真的。」

聽葉韜告白絕對是人生一大樂事，郝光光禁不住誘惑，最終點頭答應了。「你要說到做到，否則我就逃跑。」

「妳敢！」

「嗯……你看我敢不敢！」

「敢逃跑我就讓子聰將妳那隻八哥餵貓！」語畢，為了給葉家「開枝散葉」，葉韜開始賣力起來。

葉韜這日沒出門，在書房裡處理事務。

沒多會兒，左沈舟進來了。

「簫劍山莊那邊有什麼風聲傳出來嗎?」葉韜停下筆,望向看起來心情頗好的左沈舟。

「簫任那隻小狐狸背後、大腿各中兩箭,此時正在莊內養傷呢!簫劍山莊的人對外稱他們少莊主外出辦事時遇襲,被誰所襲他們則一問三不知,只推說這事只有少主知道。」左沈舟說完後突然笑了,看向眉宇間同樣閃現悅色的葉韜。「簫任小狐狸寧願稱自己在路上被襲,都不願讓人知道自己是擅闖葉氏山莊受的傷。他這個自稱年輕一代陣法技能最強的人這下踢到鐵板了,輸在比他還小幾歲的女人手上,看來一年半載內,那自尊心強的驕傲傢伙不敢再來葉氏山莊了。」

簫劍山莊是武林中的後起之秀,在江湖上有一定的地位,但是比起葉氏山莊來,勢力和根基都相差很遠。

簫老莊主只有一子,這個兒子就是簫任,自小便對陣法機關有著極大的興趣,學得也快,在他二十二歲之後便開始到處挑戰各大家族及山莊的陣法,聽說哪家陣法厲害,他便去哪裡。

一年下來,被他破解的陣法無數,著實令很多武林大家頭疼不已。因自出江湖以來還沒敗過,於是更加助長了簫任的氣焰,揚言沒有他簫任破解不了的陣!

自南方闖到北方,他連京中的將軍府都闖過,因只是試了陣法,最後留下「此陣不過爾爾」的話,並沒有傷人,也沒有損及一草一木,是以京中的大官們雖氣他,但也不好將沒有犯法的簫任抓進牢。

最後慕名來到了葉氏山莊，沒換之前的陣法簫任便闖過，雖然用了很長時間，最後胳膊上中了一箭，但還是被他成功地破解了陣法，留下「此陣不過爾爾」的字條。

這件事令葉韜等人非常惱火，先前郝光光就曾輕而易舉地破了陣與葉雲心逃跑了，後來又被一個年輕小夥子破了陣，葉氏山莊的臉面都丟光了！

正好這事發生不久，因被瞞著不知道簫任闖陣一事的郝光光開始設計全新的陣法來，陰差陽錯之下等於是解了葉氏山莊的燃眉之急。

時隔大半年，簫任在聽說了葉氏山莊換新陣法的事後再度光臨了，只是這次他沒討得好去，被複雜詭異的陣法機關困得差點兒沒出去，連陣中心都沒走到便被角度刁鑽、令人防不勝防的羽箭射中，雖靠著上佳的身手打落了無數的箭枝，但在狼狽逃走途中還是沒能躲過所有的箭。

「總算一雪前恥了，這下看簫劍山莊的人還敢不敢笑話我們天下第一莊！」左沈舟得意極了，若是身後有條尾巴，怕是早就翹上天去了。

葉韜唇角輕揚，開口道：「簫小狐狸臉皮薄，我們就賣他一個面子，不將這事洩漏出去吧。」

「為何？這正是大振我們葉氏山莊威名的機會啊！」左沈舟詫異地挑眉，突然想到了什麼，恍然道：「你如此做是為了保護夫人，不想將她推到風尖浪口上去吧？」

葉韜淡笑不語，雖說已經很多人知道新的陣法出自郝光光的妙手，但這倒還不會引來什麼麻煩，而若是攪和得無數人怨忿不已的簫任敗在郝光光之手的消息傳出去，那對郝光光而言並非是好事。

簫任闖陣的本事江湖眾人皆知，無數人在他手上吃過虧，若是被人知道這麼厲害的人居然敗在了郝光光手上，必會引來天下人側目，說不定還會有第二、第三個簫任來挑戰，就算沒有那麼多有本事能挑戰的人，但是想來見識一下郝光光的能耐或是只想見見她模樣的人必定不少，到時郝光光日日被這些好奇或不服之人煩著，如何能安生得了？

他想讓她無憂無慮地在山莊內生活，不想被全天下人惦記著而不能再過舒心自在的日子。

看著笑容突然變得溫柔下來的葉韜，左沈舟鄙夷地撇嘴。「真是個體貼妻子的好男人，以前怎麼沒發現你還有這潛質？」

「你很閒？」葉韜收起笑，劍眉一挑，俊眸掃向左沈舟。

左沈舟見狀頓覺不妙，起身就要走。

「站住。」葉韜不緊不慢地出聲，看著極不情願但還是站住了的左沈舟，起身指著堆積成山的書案道：「你來處理這些帳務吧。」

「你就不怕我心不甘，在帳務上做手腳？」左沈舟望著幾十個帳本，眉頭皺得死緊。

「不怕，我信得過你。」葉韜一臉輕鬆地走過來，拍拍左沈舟的肩膀，調侃道：「誰讓我們三兄弟就你一個人還沒成家，不幫忙多做點事怎麼成？」

「你！」被「孤立」了的左沈舟忿忿地瞪了葉韜一眼，垮著臉走向書案，這下整整一天他怕是別想休息了！

在葉韜將要走出書房時，左沈舟突然開口喚道：「莊主。」

「什麼事？」葉韜回頭問。

左沈舟磨著墨，收起不滿的情緒，頗為正經地道：「夫人是個好女人，她配得上你。」

聞言，葉韜錯愕了下，隨即眼中立刻泛起笑來，唇角上揚，心滿意足地道：「我知道。」

葉韜笑得太幸福了，令左沈舟這個「孤家寡人」看著感覺頗不是滋味，強忍著心中快溢出來的羨慕說道：「以前總覺得夫人既非絕色又非才女，本來身世高貴些，但卻因不能與魏家相認，於是與普通百姓沒什麼不同。我時常想，就這麼一個有點缺心眼、欺軟怕硬的、普通到不能再普通的女人，怎麼就入得你的眼了？」

「現在可是改觀了？」葉韜好笑地搖頭，感情的事又豈是道理能解釋得明白的。

左沈舟點了點頭，頗為感慨地道：「這次籲任的事讓我明白，夫人有能力助你更好地打理葉氏山莊，不僅我這樣想，東方那小子亦是這樣想的。」

郝光光被誇，比自己被誇還高興，葉韜心情一好，說了句令左沈舟嘴角猛抽搐的話來。

「這樣想是對的，否則惹怒她，將你們一個個困進陣裡，看誰還敢不服！」葉韜說完後哈哈大笑，他很少這樣笑，這次是心情太好所致。

「你這個重色輕友的傢伙！」左沈舟後悔自己叫住葉韜說這些話了，鐵青著臉翻起帳本來，不再理會某個被愛情沖昏頭的大傻瓜。

葉韜笑夠了，最後望著親如兄弟的好友，認真地道：「我會娶光光純粹是喜歡她這個人，簡簡單單的、不耍心機，很可愛。與她在一起我感到快樂，這比什麼都重要，就算她一輩子都不識字、不懂陣法，也學不會管理莊內事務都不要緊，我還是會喜歡她一輩子，因為只有她才會給我帶來快樂和滿足，這是其他女人所做不到的。」

葉韜說完後，不理會被他突如其來的剖心之語驚住的左沈舟，推門出了書房。

對著郝光光不好意思表白出口的話，當著好兄弟的面終於說了出來。

看向蔚藍的天空，葉韜覺得自己此時的心情就與這沒有半片雲彩的天空一般晴朗，想起郝光光和葉子茜母女，神色驀地轉柔。

女人的姿色、才學、智慧等等在他心目中沒有那麼重要，彼此間心靈上的契合、在一起時會感到快樂幸福，才是真正重要的。

第六十章

時光如梭，轉眼間，郝光光已經嫁進葉氏山莊五年了，產有一子一女，女兒葉子茜已經四歲半，兒子葉子熙三歲出頭。

葉子茜就像個小公主，被全莊的人捧在手心裡寵著，就連早熟、不喜與人過於黏乎的葉子聰都對這個妹妹寵愛有加。

葉子熙長得極像郝光光，與她起碼有六分相似，不管是哭是笑還是皺眉頭，連神情都特別像，雖也是個極俊俏的小奶娃，但比起他那對模樣出挑的哥哥姊姊來，則稍微遜了一籌。

葉子茜自打會走時就特別喜歡追著葉子聰跑，一口一個「得得」叫得甭提多歡了，後來長大口齒清晰後才改為哥哥。她喜歡黏葉子聰，雖自己就是個牛皮糖，總纏著葉子聰，但卻對與她纏功不相上下的弟弟葉子熙很沒有耐心，總會嫌他煩人。

〈場景一〉——

「姊姊，吃糖糖。」葉子熙邁著小短腿，努力地跟在跑去找葉子聰的姊姊身後，巴巴地舉著手裡的糖討好著。

葉子茜停下來回頭，看到弟弟手中的棉花糖，不自覺地嚥了嚥口水，強忍饞意，一扭頭哼道：「我是姊姊，才不吃糖！」

「糖糖好吃。」葉子熙無視姊姊的冷臉，撲過去想抱住葉子茜，結果力道太大，而葉子茜因只長他一歲多，力道有限，沒撐住，於是乎姊弟兩人一同跌倒在地，摔了個四仰八叉。

葉子茜摔得哎喲直叫，而一點都沒摔疼的葉子熙覺得這樣挺好玩，笑嘻嘻地將手中的棉花糖塞進正張大嘴叫的姊姊嘴中，熱情地道：「姊姊吃糖糖！」

「啊……嗚！」被堵住了嘴，那軟軟的棉花糖其中一小絲鑽入了葉子茜嗓子眼裡卡住了，咳得她眼淚鼻涕直流，好不容易喘過這口氣後，俏臉已經憋得通紅，氣得一雙杏眼瞪得極圓，結果葉子熙還老大不客氣地爬起身，一屁股坐在葉子茜的肚子上專心地吃起糖來。

敢情是拿她當軟墊了！氣上加氣，葉子茜火了，一把推開坐疼她肚子的胖弟弟，然後抓過不明所以的葉子熙，將他壓在自己腿上，抬起巴掌「啪啪」地打起他的屁股來，掌掌用力。

「哇——」葉子熙的糖掉在了地上，屁股挨了揍，委屈得哇哇大哭。

就在葉子茜打得不亦樂乎之際，郝光光突然聞聲尋了來，看到寶貝兒子被揍，連忙奔過來喝道：「子茜，住手！」

葉子茜一驚，看到正怒瞪著她奔過來的娘親，嚇得放下正哭鼻子的弟弟，連滾帶爬地站起身撒丫子跑開了。

「妳怎麼當姊姊的？居然打弟弟！」郝光光生氣地衝著跑遠的女兒大吼，本想追上去揍葉子茜一頓，教育她要懂得愛護幼弟，無奈兒子哭得太委屈，心疼得她顧不得去管葉子茜，連忙將哭個不停的兒子抱起來哄道：「熙熙乖，不哭不哭了，等會兒娘親幫你揍姊姊，替你出氣去。」

郝光光無論怎麼哄都不管用，小傢伙一直哭，急得她以為兒子屁股被打腫了，連忙脫掉葉子熙的褲子去看他光溜溜的小屁股——白白嫩嫩的，不但沒腫也不見紅，於是納悶了。

「熙熙怎麼了？是屁股很疼嗎？」

葉子熙搖頭，摟住郝光光的脖子，將眼淚、鼻涕全擦在她衣服上，眼淚跟斷了線的珠子似的流個不停。

「那怎麼了？告訴娘親你哪裡痛？」

「不、不痛。」葉子熙抽泣著。

「不痛你還哭？」郝光光不明所以。

葉子熙委屈地抿抿唇，轉過頭指著掉在地上髒掉的棉花糖哭。「糖、糖掉了！」

郝光光一看，只見吃了一半的糖掉在地上，挨著地的白色糖身沾了土，風一吹，棉花糖在地上滾了幾下，於是整個糖身全髒了。

「髒掉就髒掉，娘親再給你買一個就是了。」

「真的？」葉子熙立刻止住眼淚，一雙烏溜溜的眼睛眨也不眨地望著郝光光。

「真的。」郝光光點頭。

「好耶好耶！」葉子熙高興地原地跳了兩下，攬緊郝光光的脖子催促道：「娘親，買糖糖去！」

「好。」郝光光無奈地抱起終於破涕為笑的兒子往回走，看著葉子熙美滋滋的小臉，忍不住問：「剛剛姊姊打你痛不痛？」

「不痛，姊姊在與熙熙玩。」

「那你還哭得那麼厲害？」

「糖掉了！」葉子熙理所當然地回道。

郝光光好笑地點了點兒子的鼻子。「挨了打還認為人家在與你玩，糖掉地上了反而哭得驚天動地，你這孩子真是……唉！」

「嘻嘻，糖糖，買糖糖！」葉子熙在郝光光懷中歡樂地顛著小屁股，隨娘親去買糖了。

〈場景二〉──

葉子聰正在練功房練劍，一招一式敏捷銳氣，已長成少年的葉子聰眼神含了幾分冷厲，舞動寶劍的身姿輕靈瀟灑，無論是近看還是遠看，人和劍都是那麼俊逸迷人，葉子茜最喜歡做的事便是坐在小板凳上，一臉崇拜地看著兄長練劍。

只是今日葉子茜沒來，來的是剛過完四歲生日、手裡拿著冰糖葫蘆吃得正歡的葉子熙。

「哥哥好棒！」葉子聰練完了劍，拿手巾擦汗時，冷不防聽到一直當他觀眾的弟弟拍了句馬屁。

「又吃糖！」這個弟弟一日不吃甜的都不行，葉子聰無奈了。

「哥哥吃！」葉子熙撲過去抱住葉子聰的大腿，將糖葫蘆舉得高高的，滿眼期待地望著葉子聰。

糖葫蘆是黏的，一不小心蹭在了葉子聰身上。

葉子聰低頭看著自己胸前被蹭出的一道糖印子，眉頭立時皺起，推開葉子熙，不悅地道：「把我衣服弄髒了，你離我遠點兒。」

葉子熙愣了下，一點也沒惱，以為葉子聰在與他玩，嘻嘻笑著又黏了過去，抱住葉子聰的腿，再次開口說道：「哥哥，吃糖葫蘆！」

「我不喜歡吃。」葉子聰皺眉看著與郝光光幾乎一個模子刻出來的弟弟，手突然有些癢。

兩次被拒絕，葉子熙不高興了，委屈地癟起小嘴。「不吃就不吃，熙熙自己吃！」

「整天吃糖，除了糖你還知道什麼！」終於還是沒忍住，葉子聰伸出手在葉子熙的臉上捏來捏去，邊捏邊樂。時不時地被郝光光拿著雞毛撣子追著打，這次趁四下無人，他就欺負她兒子出氣，誰讓她兒子長得跟她一樣的。

「疼、疼！」被捏痛了的葉子熙頭向後仰，躲開不良兄長的賊手，揉著發疼的小臉兒抱怨道：「除了糖糖，熙熙還喜歡吃奶奶。」

「你！」葉子聰差點兒嗆到，深吸一口氣，又重重捏了下弟弟肉乎乎的小臉。「這麼大還想吃奶，羞不羞？」

「不羞，熙熙就想吃奶奶。」葉子熙咬了一口糖葫蘆，邊吃邊道。

「想吃回去找娘要去。」葉子聰想回去換衣服了，邁開步子帶著葉子熙出練功房。

「哼！」葉子熙嘟著小嘴，一臉委屈地道：「娘親給爹爹吃奶奶，不給熙熙吃奶奶。」

走在前頭的葉子聰聞言，一個趔趄，差點兒摔跟頭，穩住身形後轉過身瞪起眼睛，嚴厲地喝道：「胡說什麼！屁股又癢癢了吧？」

葉子熙怯怯地退了一步，眼眶瞬間紅了，小小聲道：「熙熙沒胡說！熙熙看見爹爹摸娘親奶奶，熙熙也想摸，爹好凶，打熙熙屁屁了。」

聞言，葉子聰的表情瞬息萬變，臉又紅又燙，蹲下身捂住口出驚人之語的弟弟的嘴，警告道：「以後不許再說這些話，聽到沒有？」

葉子熙不明所以，但看哥哥這麼凶，膽怯心起，哪裡敢不從，連忙點頭。

「你若是再說，被別人聽到，爹爹知道後不但打你屁屁，還會不給你吃糖糖！」葉子聰脹紅著臉繼續威脅。

一聽沒有糖吃，葉子熙睜大眼睛，惶恐地道：「熙熙知道了，不會說爹爹不讓熙熙吃娘親奶奶的話了！」

他指的並非這句，只是那話他實在說不出口。葉子聽深吸幾口氣，瞪著一臉茫然的弟弟，不知說什麼才好，最後無奈地嘆了口氣，捏著葉子熙的小臉道：「但願你說到做到，否則我也打你屁屁。」

葉子熙不怕打屁屁，一點反應都沒有。

葉子聽見狀，雙臂環胸，挑起眉惡意一笑。「打完屁屁後，再將你的糖糖全部扔掉！」

「啊，哥哥別扔糖糖！熙熙聽話！」葉子熙嚇得立刻衝上前抱住葉子聽的大腿，大聲求饒，一不小心糖葫蘆的糖汁又蹭到了葉子聽的衣服上。

「你！」葉子聽氣得牙齒緊咬，狠狠瞪了不知自己做錯事的葉子熙一眼，搶過還沒吃完的糖葫蘆，轉身就走。

「哇——」被搶了糖葫蘆的葉子熙放聲大哭。

葉子聽不理會大哭的弟弟，出了練功房後便將糖葫蘆扔掉。聽著身後某個小娃娃驚天動地的哭聲，葉子聽摸著下巴想，這次不知多久後，郝光光會拿著雞毛撣子來找他算帳？

嗯，不要緊，郝光光欺負他，他就欺負葉子熙，母債子償嘛，弟弟就是用來欺負的。

幸虧弟弟不像妹妹似的，模樣酷似他們那嚴厲的爹爹，否則他想欺負葉子熙時面對像爹爹的一張臉，哪裡還敢欺負得下去啊……

——全書完

庶女好威，看傲大少VS.沖喜妻從相看兩厭到難分難捨……
我愛故我在，豪門大戶愛恨情仇，
新婦入門，不只柴米油鹽醬醋茶……

穿越當家新秀／

大臉貓愛吃魚

庶女發威　魅力登場

庶女難為

文創風 019　3之1〈小小姑娘要出嫁〉

莫家最不受寵的小庶女，住在最角落荒蕪的院落裡，
地位不高還落到代姊出嫁去沖喜，嫁給景家的病郎君，
這病郎君曾是姑娘們趨之若鶩的良人，既美又俊又成材兼富有，
可一旦倒下了，眾姑娘還是逃之夭夭，不敢拿一生幸福開玩笑⋯⋯
只有莫芸溪逃不了，這就是身為庶女的命運！
所以她立誓不做原來的自己，從此刻起厭棄柔弱愛哭的舊時模樣，
開始情義放兩旁、利字擺中間的暢快人生⋯⋯

文創風 021　3之2〈大丈夫有所不愛〉

他飽嚐從香餑餑變成臭饅頭的苦澀，脾氣大變，不時發火摔東西，
連下人都避之唯恐不及，但這沖喜妻卻還寸步不離守著他。
他凶，她更凶；他倔，她也不認輸；他罵，她更是永遠有新鮮詞兒回嘴?!
他終於正眼看她了，這火一般的小姑娘不是凡夫俗子馴服得了的，
聰明機靈，難得賢妻，可嘆嫁給他注定是吃苦的命運，
他記在心頭，知道自己一生都欠了她；
以後他別的不愛了，就愛她一個⋯⋯

文創風 023　3之3〈兩心相許百年合〉

明明娘子依然脾氣壞、陽奉陰違假面得不得了，
偽單純無知實則狡猾多詐、過於聰明機靈難以馴服，
可他偏就愛她！相公看娘子越看越有趣～～
但前方路途豈是夫妻倆一搭一唱就可平順度過?!
家和萬事才興，小媳婦面臨的挑戰可多了！
心機深沈的婆婆跟不安分的小叔猛出招擺不平，
庶女當家欲撐起一片天，還早得很呢⋯⋯

文創風 029

娘子 2之2 〈不做富人妾〉

國家圖書館出版品預行編目資料

娘子. 二之二, 不做富人妾 / 大臉貓愛吃魚著. --
初版. -- 臺北市 : 狗屋, 民101.07
面 ; 公分. --（文創風）
ISBN 978-986-240-843-8（平裝）

857.7　　　　101009394

著作者	大臉貓愛吃魚
發行所	狗屋出版社有限公司
地址	台北市104中山區龍江路71巷15號1樓
電話	02-2776-5889～0
發行字號	局版台業字845號
法律顧問	蕭雄淋律師
總經銷	知遠文化事業有限公司
電話	02-2664-8800
初版	101年07月
國際書碼	ISBN-13　978-986-240-843-8

原著書名：《惹不起，躲不起》，由北京晉江原創網絡科技有限公司授權出版。

定價240元
狗屋劃撥帳號：19001626
網址：love.doghouse.com.tw　E-mail：love@doghouse.com.tw